양창국 창작집

테크노토피아

이 도서의 국립중앙도서관 출판예정도서목록(CIP)은 서지정보유통지원시스템 홈페이지 (http://seoji.nl.go.kr)와 국가자료종합목록시스템(http://www.nl.go.kr/kolisnet)에서 이용하실 수 있습니다.
(CIP제어번호 : CIP2020051942)

테크노토피아

| 양창국 창작집 |

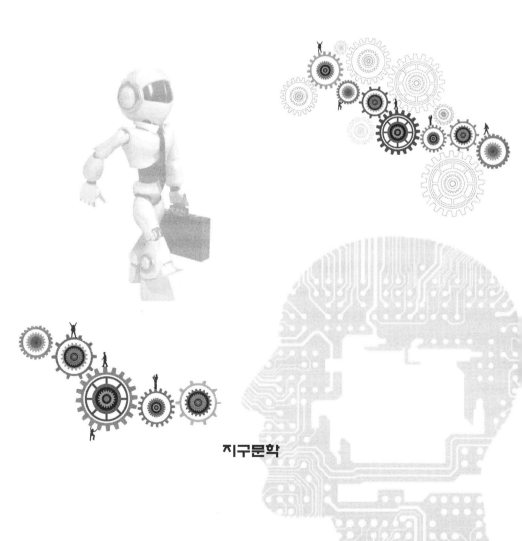

지구문학

차례

반려 로봇

1.

신창조의 아내가 죽었다.

여고 동창생들과 어울려 남아프리카 여행을 다녀와서 그녀는 신나게 관광지에서 본 장관들을 자랑했었다. 빅토리아 폭포의 장엄함, 세렝게티 국립공원에서 본 사자, 코끼리, 얼룩말, 하마, 누 떼들을 실감나게 떠벌리고 아직도 여행의 흥분에 들떠 잠자리에 들었었다. 새벽 신음소리에 잠에서 깨어난 신창조는 아내의 몸이 불같이 뜨거운 것을 감지하고 바로 119 응급차를 불러 아내를 큰 병원 응급실로 이송했다.

상태를 확인한 응급실 의사는 우선 해열제를 처방하고, 열대병 전문의는 9시가 되어야 출근한다며, 얼음주머니를 신창조에게 주고 아내의 온몸을 문질러서 열을 식히라고 했다.

아내는 열을 이기지 못하고 전문의가 출근하기 전에 숨이 끊어졌다. 응급실 의사는 아내를 죽게 해서 미안하다는 말 한 마디도 않고 사망선고를 했다.

3일장을 치르고 화장장에 실려 간 아내의 몸은 한줌의 재가 되어 재가 담긴 유골함만 유족에 인계되었다. 신창조는 별나라공원 D구획 13번 칸에 아내의 유골함을 안치했다.

4일 전만 해도 아프리카 여행 후 피로도 모른 채 신나게 여행담을 늘어놓았었는데 한줌의 재 이외에 아내의 흔적은 이 세상 어디에도 없다. 유골함에 담긴 유골 잔해는 그냥 아내의 몸을 구성했던 원소 중 센 불에 타지 않는 원소만 모아 놓은 거다.

40년을 한집에 같이 산 아내가 죽었어도 신창조는 같이 죽을 수는 없어 삶을 이어간다. 결혼한 외아들, 아람이 자기 집에 들어와서 같이 살자고 입에 발린 소리를 했으나, 아직 건강한 신창조는 며느리의 눈치를 보며 살기 싫어 그냥 혼자 살기로 한다.

신창조는 그의 아파트에서 함께 살 움직이는 물체가 필요했다.

아들 아람은 아버님이 백수하시면 앞으로 30년은 더 사실 거니 재혼하시라고 권했으나 신창조는 성격이 완성된 나이든 여자를 아내로 맞아 그녀의 비위를 맞추며 살려면 피곤할 거 같아 애완동물을 구해 그의 생활 방식에 맞게 길들이며 살까 했다.

신창조는 한집에 같이 살 움직이는 파트너로 처음 애완동물을 생각하다가 애완동물은 관리가 귀찮을 거 같아 아기 로봇을 사서 키우기로 했다.

아담앤이브사는 다양한 연령층의 로봇을 제조 판매한다. 외양이 갓난 아이 크기의 로봇부터 성인 크기의 로봇 중 고객이 원하는 크기의 로봇을 고를 수가 있다. 갓난아이 수준의 로봇을 사간 고객은 고객의 입맛에 맞춰 로봇을 키울 수가 있다. 지적 수준, 경험 등을 고객의 의도에 따라 자라나게 할 수가 있다.

신창조는 80cm 크기의 아직 지적 능력은 갖추지 않은 여자 로봇을 샀다. 이름은 믿음과 소망, 사랑 중에 사랑이 으뜸이라는 성경 구절을 떠올리며, 사랑의 능동형인 '사랑해'로 지었다.

사랑해의 눈을 인형처럼 예쁘게 만들어 달라고 주문했다. 신창조는 특히 눈이 예쁜 여자를 좋아한다. 그는 아내도 눈이 예쁜 여자를 골랐었다. 사랑해는 RBT 8 타입으로 구입 당시 출시된 로봇 중 최신형이었다.

사랑해의 몸체는 작지만 뇌의 용량은 성인 로봇과 같은 용량이다. 주인이 텅 빈 상태의 반도체 집적체인 로봇의 두뇌를 교육시켜 지적능력을 채우도록 설계됐다.

신창조는 사랑해를 키우기 시작했다. 먼저 한글 자모를 가르쳤다. 딱 한 번 가르쳐주자 사랑해는 바로 한글자모 24자를 외우고 읽을 수 있게 됐다.

신창조는 사랑해에게 걸음마를 가르쳤다. 사랑해는 바로 아장아장 걷고 홀짝 뛰기도 하며 하루 만에 유치원에 다닐 수 있을 만큼 걸음마 기술이 늘었다.

신창조는 사랑해에게 말과 글 읽기를 가르치러 일주일 코스의 로봇유치원에 입학시켰다. 아침에 자율자동차가 시간에 맞춰 사랑해를 유치원에 데려다주고, 12시 끝날 시간에 맞춰 유치원에 가서 집으로 데리고 온다.

유치원에 갈 시간과 돌아올 시간을 자율자동차에 입력하였더니 자동차가 알아서 그 시간에 사랑해를 태우고 다닌다. 신창조는 사랑해를 자율자동차에 태워주고 내려준다. 로봇유치원에서 말을 배우기 시작한 사랑해는 신창조를 아빠라고 부르며 재롱을 부렸다.

신창조의 외아들 아람은 돌이 지나서야 겨우 아빠라는 말을 했었는데, 사랑해는 유치원 간 첫날 바로 그 말을 배워서 할 수 있다. 사랑해는 일주일 동안 매일 네 시간씩 교육을 받고 아람이 초등학교 졸업할 때만큼 언어구사 능력을 갖췄다.

그때부터 신창조는 인문, 과학, 철학, 종교 등 사랑해가 익힐 분야를 정하고 계획적으로 전자책으로 독서를 시켰다. 사랑해는 한 번 본 책 내용은 모두 기억한다.

사랑해를 키운 지 반년도 지나지 않아 사랑해는 박사학위를 가진 성인보다 뛰어난 언어 구사능력과 지식을 가지게 되었다. 사랑해는 대단한 천재 어린이다. 신창조는 이제 사랑해와 대화를 나누며 자신이 로봇 딸 사랑해 보다 여러 면에서 점점 더 뒤지는 것을 실감한다.

신창조는 사랑해에게 타계한 그의 아내 이야기를 들려주고, 아들 아람이 자랄 때 이야기도 들려주며 가족으로서 필요한 정보를 입력한다.

신창조는 사랑해를 구입한 지 반년 후에 사랑해의 키와 체격을 초등학교 저학년 수준으로 키우는 서비스를 받았다.

신창조는 그의 어깨만큼 자란 사랑해와 산책도 하고, 여행도 하고, 운동 경기도 같이 보러 가며 그녀와 추억을 쌓아갔다.

사랑해는 한 번 입력한 정보를 잊어버리는 적이 없다.

신창조가 키운 지 1년 만에 사랑해의 뇌 속에 시골 도서관의 모든 장서에 담긴 정도의 정보를 다 저장하게 됐다.

신창조는 정보가 필요하면 이제 컴퓨터에서 검색하는 대신 사랑해에게 묻기만 하면 척척 답이 나온다.

신창조는 친구를 만나러 갈 때 가끔 사랑해를 데리고 가서 칠순 지나 얻은 고명딸이라고 친구들에게 소개한다.

사랑해는 신창조가 즐겨 두는 바둑을 배워 이제 신창조가 다섯 점을 깔아야 경기가 된다.

신창조는 사랑해를 산 지 1년 되는 때에 중학생 체격으로 키우는 서비스를 받았다. 체격만 키우는 것이 아니라 얼굴에도 나이를 입혔다.

이제 사랑해는 귀여운 자태의 소녀로 바뀌었다.

신창조는 일주일에 한 번 침실에 들기 전에 사랑해를 전원에 연결하여 사랑해가 살아갈 에너지를 채워준다.

신창조가 사랑해를 키우며 사랑해에게 하는 유일한 서비스다.

또 반년이 지나자 신창조는 사랑해를 처녀로 키우는 서비스를 받았다.

처녀로 자란 사랑해는 신창조와 생활하며 아빠와 많은 경험을 공유하며 이제 아들 아람보다 더 가족다운 역할을 할 수가 있게 됐다.

2.

신창조는 사랑해와 공원 산책을 나갔다.

신창조는 사랑해를 165cm 키의 처녀로 주문했다. 가슴도 봉긋하게 나오고 엉덩이에 통통한 살이 붙은 원숙한 여인으로 외모를 만들어 달라고 했다.

얼굴은 빅 데이터로 분석한 처음 샀을 때 사랑해가 자랐을 때 모습으로 성형했다. 로봇의 티를 없애려고 가발을 씌우고, 청바지를 입히고, 티셔츠를 입혔다. 얼굴 피부 색깔은 전형적인 한국인 색깔로 조형했다. 몇 미터 거리에서 보면 사랑해는 그냥 성숙한 여인이다. 전혀 로봇인 줄 알 수 없다.

신창조와 2년을 같이 산 사랑해는 완전한 가족이 되었다.

사랑해는 신창조를 아빠라고 부른다. 아들 아람은 오빠, 며느리는 언니, 그리고 아람의 아들, 으뜸과 딸, 보람은 그냥 이름을 부른다. 지난 2년간 가족으로 살아가면서 서로 정감이 생기고 경험도 많이 축적됐다.

신창조는 지난해부터 사랑해의 지적 교육을 중단했다. 도서관에 비치된 장서에 수록된 모든 지적 정보를 이미 암기 숙지한 사랑해는 어떤 석학보다 많은 지식을 담고 있다.

신창조는 사랑해가 그의 가족으로 살아가며 그를 수발드는 데 더 이상 지식을 쌓을 필요가 없다고 여겨졌다.

공원에는 봄이 활짝 피었다. 매화와 목련이 지고 벚꽃이 한창이다. 봄을 즐기려는 산책객으로 붐빈다. 공원을 한 바퀴 돌며 봄을 들이마신 신창조는 분수대 앞 벤치에 앉았다. 아직 철이 되지 않아 분수대는 물을 뿜어 올리지 않아 좀 썰렁하게 느껴진다.

신창조가 분수대 한 편에 높이 서있는 비상이라는 제목의 조각을 올려다보고 있을 때 사랑해가 미국 시인 윌리엄 워드 워스의 '초원의 빛'을 속삭이듯 낭송했다,

"초원의 빛이여! 꽃의 영광이여! 다시는 그것이 되돌려지지 않는다 해도

서러워 말지어다."

사랑해는 우리 말 번역본으로 시를 읊고, 바로 유창하게 영어로 읊었다.

"Of spendour in the grass! Of glory in the flower!"

신창조는 옆자리에 앉아 성우 뺨치는 아름다운 목소리로 낭송하는 소리를 들으며 70도 못 살고 타계한 아내가 생각났다.

아내는 참 시를 좋아했었다. 100편이 넘는 시를 암기하고 분위기에 맞춰 낭송했다. 아내는 시인이 되고 싶었으나 평생 자기가 쓴 시를 낭송하지는 못했었다.

집에 돌아와서 신창조는 샤워를 하고 거실에 앉아 티브이를 켜고 바둑 채널을 열었다.

사랑해가 스카치 온 더 록을 타 내왔다. 쿠키와 치즈를 안주로 준비했다.

"아빠, 공원 도시고 샤워하고 목마르실 텐데 칵테일 한잔 준비했어요."

"고마워."

신창조는 칵테일 잔을 집어 들며 로봇에게 인사했다.

"아빠, 어제 친구랑 인터넷 바둑 두시고 분해하셨는데 많이 지셨어요?"

사랑해가 신창조 옆자리에 앉으며 말했다.

"그게, 내리 네 판을 져서 정선으로 내려갔다."

"그럼 오늘 제가 훈수해 줄 테니 다시 둬보실래요?"

"화상으로 두는데 어떻게 훈수하나?"

"아빠는 티브이 화면으로 두고 제가 옆자리에 노트북으로 두면서 놓을 자리를 알려주면, 그대로 두시면…."

신창조는 사랑해와 다섯 점 접바둑을 둔다. 지는 해인 신창조는 바둑 실력이 줄어드는데 뜨는 해 사랑해는 바둑 실력이 계속 늘어 다섯 점으로도 버티기가 어려우나 아빠 체면을 봐서 사랑해가 가끔 져준다.

신창조는 일종의 사기 바둑을 두는 것 같아 마음이 내키지 않았으나 어제 네 판을 연속으로 지고 분했던 생각이 떠올라 친구에게 바둑을 두자고 도

전했다.

"동생 놈 잘 있었나? 어제는 니가 꿈자리가 좋아 이겼지만 오늘은 안 될 거다."

신창조가 먼저 친구의 약을 올렸다.

"그래? 넌 나한테 안 돼. 오늘 두 점으로 올려주지"

친구가 맞받았다.

"그래? 그럼 내기를 하자. 점당하면 친구 간에 너무 세고 5집에 1이리디 움씩 내기하자."

"좋다. 요새 용돈 궁했었는데 창조 돈 좀 따먹자."

친구가 맞받았다.

신창조가 정선으로 바둑을 시작했다. 신창조는 사랑해가 놓은 것을 보고 그대로 옮겨서 뒀다. 50수도 되기 전에 패색이 짙어진 친구가 계속 고개를 갸웃갸웃하며 응수했다.

첫판에 신창조가 33집을 이겼다. 신창조가 가상화폐 6이리디움을 땄다.

둘째 판, 셋째 판도 신창조가 대승을 거뒀다. 바둑 치수가 호선으로 바뀌 고 신창조는 총 27이리디움을 땄다.

신창조는 백을 잡고도 대승을 거두고 가상화폐를 땄다. 친구는 오늘은 안 되는 날이라며 그만 두자고 하며 화가 나는 표정으로 화면에서 사라졌다.

"아빠 산책도 다녀오고 바둑을 두시느라 시장하실 텐데, 저녁은 양고기 준비할게요, 항상 미디움으로 하시니 미디움으로 구울게요."

사랑해가 부엌으로 갔다.

신창조는 소파에 앉아 티브이에서 젊었을 때 그가 즐겨 보던 007영화를 보다가 부엌에서 요리를 하는 사랑해를 보며 꼭 시집간 딸이 요리를 하는 것 같아 기분이 묘했다.

움직일 때마다 티셔츠 아래 볼록하게 조형한 유방이 출렁거렸다.

창조는 성숙한 사랑해의 몸을 보고 섹스 충동을 느끼며 이 나이에 아직 성욕을 잠재우지 못했나, 하며 쑥스러운 생각이 들었다.

식탁에 신창조는 사랑해와 마주보고 앉았다.

사랑해는 반주로 적색 포도주를 따라주었다. 신창조는 포도주잔을 들고 위하여, 하고 건배를 외쳤다.

사랑해는 먹지도 마시지도 않고, 숨도 쉬지 않는다. 그래서 건배라는 말은 같이 해도 술은 신창조 혼자 마신다.

신창조는 사랑해가 먹고 마시는 것도 가르칠 수 있었으면, 하고 아쉬움을 삼킨다.

신창조의 아들 아람이 주말에 아버지의 집을 찾았다. 손자 으뜸과 보람도 데리고 왔다. 현관 벨소리를 듣고 사랑해는 현관문을 열어주며 '오빠, 언니 어서 오세요' 하고 반갑게 인사를 했다.

사랑해는 '으뜸이, 보람이도 왔네' 하며 두 어린이도 반겼다.

사랑해는 아들부부를 위해 커피를 타 내오고, 손자들에게는 과일주스를 만들어 대접했다.

음료수 대접을 마치고 사랑해는 식탁 의자에 손자들과 마주보고 앉아 퀴즈놀이를 했다. 손자 둘이 교대로 문제를 내고 사랑해가 답을 했다.

사랑해는 어린이들이 내는 문제를 생각도 하지 않고 척척 답을 맞혔다.

"바늘 한 쌈지는 몇 개?"

보람이 묻자, '24개' 하고 사랑해가 바로 대답했다.

'게의 다리는 몇 개?' 하고 으뜸이 묻자, '10개' 하고 바로 대답했다.

'열대지방에서 5년 자란 나무의 나이테는 몇 개?' 하고 으뜸이 묻자, '0개' 하고 바로 대답했다.

"그럼 OX 문제다. 원시인의 가장 큰 적은 공룡이었다. O아님 X?"

으뜸이 득의만만하게 물었다.

"당연히 X지. 원시인이 등장했을 때 공룡은 다 멸종하고 없었거든."

사랑해가 뭐 그런 시시한 것을 다물어, 하는 태도로 답했다.

오기가 난 으뜸과 보람은 계속 자기들 수준에서는 어렵다고 생각하는 문제를 냈고, 사랑해는 쉽게 답을 맞혔다.

신창조는 손자들이 낸 퀴즈를 거의 맞힐 수 없는데 사랑해는 너무나 쉽게 맞힌다.

"저녁 들고 가실 거죠?"

사랑해가 아람에게 묻자, 아람이 아내 눈치를 보고 좋다고 대답했다.

"스테이크 어때요?"

아람부부가 고개를 끄덕였다.

사랑해는 자연 해빙을 시키려고 냉장고에서 스테이크용 소고기를 꺼내 접시에 담아 부엌 싱크대 위에 놓았다.

사랑해는 감자를 삶고, 곁들여 내놓을 당근, 샐러드, 버섯 요리를 시작했다.

산창조는 소파에 앉아 사랑해가 요리를 하는 장면을 보며 신기한 생각이 들었다.

사랑해는 혈관 대신 몸속에 전선으로 연결되어 있다. 몸통을 이루는 비싼 금속이 뼈대 역할을 한다. 뇌에는 단백질이 주성분인 뇌세포 대신에 반도체가 미크론 굵기의 전선으로 연결되어 있다. 그 반도체가 기억을 하고 판단을 한다.

그렇게 만들어진 사랑해가 사람보다 더 똑똑하게 일을 한다.

자동청소기를 돌려 집안 청소를 하고 자동청소기의 손이 미치지 못하는 부분은 손수 먼지를 닦아낸다. 사랑해가 없었으면 일주일에 한두 번은 가정부를 써야 했을 거다.

영양가를 계산하여 식단을 짜고 식재료를 주문하고 식사를 조리하여 제공한다. 영양사와 조리사 역할을 훌륭하게 수행한다.

사랑해는 신창조의 일정을 관리하고, 티브이 프로그램을 확인하여 신창조가 좋아하는 프로그램 상영시간을 알려준다.

벌써 3년 가까이 함께 살며 사랑해는 신창조의 호불호를 다 안다. 사랑해는 신창조의 비서 역할도 훌륭하게 수행한다.

사랑해는 시간에 맞춰 신창조의 혈압을 체크하고 체온을 재며, 건강상태를 병원 의사에게 연락하는 등 필요한 조치를 취한다. 사랑해는 간호사 노릇까지 한다.

바둑 친구가 되고, 산책도 같이 하며 대화의 상대가 된다.

사랑해는 가정부, 영양사, 조리사, 비서, 간호사 등 여러 역할을 한다. 그렇게 여러 역할을 하며 바쁘게 움직이지만 아픈 적이 없다.

사랑해가 없었으면 신창조는 여러 사람을 고용해야 했을 거다. 사랑해는 여러 사람의 고용 기회를 빼앗아갔다.

그런 사랑해에게 신창조는 일주일에 한 번 전원 스위치를 콘센트에 꽂아주는 일만 한다. 그 일도 사랑해가 손수 할 수 있지만 신창조는 그 일만은 자신이 하기로 사랑해와 약속했다.

정비사가 두 달에 한 번씩 방문하여 예방정비를 하며 낡은 부속은 갈아끼우고 움직이는 부분에는 윤활유를 쳐준다. 사랑해의 체격을 키우고 싶으면 신창조는 사랑해를 구입한 아담앤이브사 지사에 가서 업그레이드 서비스를 받으면 된다.

신창조는 갓난아기를 사서 초등학생, 소녀, 처녀 사랑해로 3번 업그레이드 서비스를 받았다.

3.

아담앤이브사 정비사가 사랑해를 정기 점검하러 왔다.

사랑해가 현관문을 열어주자 두 정비사가 정비대를 들고 현관으로 들어섰다.

두 정비사는 정비대를 거실 한가운데 설치하고 그 위에 사랑해를 눕혔다.

정비사가 사랑해의 머리부터 점검을 시작했다.

외과의사가 사람의 뇌를 수술할 때 뇌를 열고 하는 것같이 정비사가 로봇의 머리를 열고 내부를 들여다보며 기기로 점검한다.

신창조는 정비사들이 사랑해를 점검할 때 보통 서재에 들어가서 컴퓨터를 켜놓고 메일을 보든지 유튜브로 뉴스를 보든지 한다.

머리를 연 사랑해의 뇌 속 반도체 연결 덩어리를 보면 사랑해가 기계라는 것이 실감되어 기분이 언짢다.

정비사는 머릿속을 점검하고 낡은 회로를 패키지로 교체하고, 사람으로 치면 관절에 해당하는 움직이는 부분을 점검하고 윤활유를 친다.

정비사가 점검이 끝났다고 서재에 대고 큰 소리로 신창조에게 알렸다.

신창조는 컴퓨터 전원을 끄고 거실로 나왔다.

"수고료 얼마요?"

신창조가 정비사에게 물었다.

이제 사랑해를 구입한 지 3년이 되어 2년 보증기간이 지나 부품교체 등에 드는 비용을 지불해야 한다.

"이번에는 뇌 부품을 대폭 교체했어요. 반도체 수명이 다해 4분의1쯤 바꿨어요. 그래서 수리비가 120만 원 나왔어요."

"그렇게 부품을 많이 바꾸면 사랑해가 그 동안 학습했던 기억이 날아가는 거 아니요?"

"그건 걱정 안 하셔도 됩니다. 우리가 핸드폰을 신품으로 교체할 때 낡은 핸드폰에 있던 데이터를 다 새 핸드폰으로 옮겨 주는 것같이 로봇이 가지고 있던 메모리는 새 부품으로 다 이전해 줘요."

"그래요? 알았어요. 계좌 이체해 줄게요. 계좌번호를 잊어버렸어요. 적어주시면…."

신창조가 사무적으로 말했다.

"아, 댁의 로봇이 다 외우고 있어요. 계좌이체 지시만 하시면 됩니다."

"그래요? 수고하셨어요. 그럼."

신창조가 정비사에게 잘 가라는 인사를 했다.

"참 추천할 말씀이 있는데요."

"추천할? 무슨?"

"지금 쓰시는 로봇은 3년도 더 전에 나온 RBT 에잇 타입인데 최근 RBT 텐 타입이 출시됐어요. 로봇을 신품으로 교체하시지요. 그냥 쓰시면 3년이 나 되어 수리비가 계속 많이 나올 거고, RBT 텐은 에잇보다 성능이 훨씬 우수해요."

"내가 지난 3년 동안 사랑해를 키우면서 지식도 쌓게 하고 나랑 경험도 많이 축적했는데 새 로봇을 사면 또 새로 시작해야 하잖아요."

"그건 걱정 안 하셔도 돼요. 메모리를 전부 새 로봇에 이전해 드립니다. RBT 텐은 에잇에 비해 학습 능력이 열 배 이상 빠릅니다."

"지금 에잇만 해도 저같이 은퇴한 노인이 부리기에 학습능력이 충분해요. 그래서 우리 사랑해에게 더 이상 새로운 학습은 시키지 않아요."

신창조가 완강한 목소리로 말했다.

"세상이 하루가 다르게 바뀌는데 계속 학습을 시켜야지 최근 정보를 알수 있지요. RBT 텐은 구동동작이 훨씬 부드러워 우리 사람과 구별이 어렵습니다. 또 피부 색깔도 우리 인간과 거의 비슷하게 제조하며 체온을 느낄수 있어 사람처럼 느낄 수가 있습니다."

신창조는 정비사의 설명을 들으며, '지금 사랑해로도 충분한데 또 2천만 원이나 들이라고?' 라 생각하고는, '자식들…, 장사 속이라니, 안 바꾼다' 고 생각하며, "설명 잘 들었어요" 하고는 그만 나가보라는 신호를 보냈다.

"저희들은 정비부서에서 일해요. 영업부서에서 접촉이 올 겁니다. 그럼 안녕히 계세요."

정비사들이 공손히 인사를 하고 현관으로 나갔다.

사랑해가 현관까지 따라가서 그녀를 손봐준 의사, 정비사를 배웅했다.

4.

사랑해가 신창조에게 온 이메일을 점검하고 거실로 나오며 따지듯 말했다.

사랑해는 매일 신창조에게 온 이메일을 체크하고 스팸메일은 지우고 신창조가 보아야 할 메일은 거실 티브이 화면에 크게 띄워준다.

요사이 신창조에게 오는 메일은 모임이나 만남에 참석하라는 메일이 대부분이고, 건강을 챙기는 방법, 처세의 명언 등을 알려주는 친구들의 메일이 주류다.

신창조가 모임에 참석 여부를 알려주면 사랑해가 답장을 보낸다.

"아빠. 아담앤이브사에서 RBT 10에 대한 설명서가 오고 더 설명이 필요하면 영업사원이 방문하겠다고 하는데 아빠가 나를 신품으로 교체한다고 했어?"

사랑해가 따지듯 물었다.

"아직 안 정했어."

신창조가 사랑해의 물음에 별 신경을 쓰지 않고 건성으로 대답했다.

"아직 안 정했으면 나를 바꿀 수도 있다는 말이네."

"그렇게 들렸어?"

"사람들은 핸드폰 신제품 나오면 한 2년 쓰던 낡은 손때가 묻은 거 미련 없이 바꾸잖아."

사랑해가 진지하게 말했다.

신창조는 그녀의 목소리가 심각한 거 같아 정색을 하고 그녀를 쳐다봤다.

"내가 너를 키웠는데 그렇게 버리겠어?"

"그렇지? 나를 만든 곳은 아담앤이브사지만 나를 양육한 것은 아빠잖아. 그 동안 나를 키우며 얼마나 정성을 쏟았는데."

말을 마친 사랑해는 식당 의자에 시무룩하게 앉아 허공을 쳐다보고 있다. 꼭 애인으로부터 이별의 통고를 받고 허탈해 하는 모습이다.

신창조는 사랑해가 감성 교육을 받지 않아 시무룩하거나 섭섭한 감정이 없다는 것을 알지만 신창조는 식탁 의자에 평소대로 앉아있는 그녀의 모습을 보며 시무룩한 것 같아 가슴이 찡했다.

신창조는 그녀라는 단어를 떠올리며 사랑해는 외모는 성숙한 여성이지만 섹스의 대상도 아니고 임신도 할 수 없으니 여자가 아닌 기계, 하고 생각하며 그녀라는 단어는 안 맞네, 하며 기분이 묘했다.

'사랑해와 핸드폰이 뭐가 다르지?'

아담앤이브사에서 사랑해를 만들었지만 키운 것은 나다. 아담앤이브사는 창조주고, 나는 사랑해를 입양한 양부모다.

그런데 창조주가 새로 낳은 자식이 더 똑똑하니 키우던 자식을 버리고 새로 낳은 자식을 입양하라고 한다.

사랑해를 버리고 신품을 입양하면 사랑해를 수거해 간 아담앤이브사는 사랑해를 구성했던 부품 중 쓸 만한 것은 골라서 재생하여 다른 로봇을 만드는 데 쓰고 나머지는 폐기할 거다.

사람이 장기를 기증하고 타계하면 쓸 만한 장기만 다른 환자에게 이식하여 생명을 구하고 나머지 신체는 화장하여 유골만 유족에게 인계한다.

장기 기증과 사랑해를 해체하여 일부 부품만 사용하는 것과 뭐가 다르지? 그럼 나의 존재는?

내 부모가 나를 낳아 키웠고, 내 부모는 할아버지가 낳아 키웠고, 내 할아버지는 증조할아버지가, 증조할아버지는 고조할아버지가…. 그렇게 올라가 할아버지의 할아버지의 할아버지는 기독교에서는 여호와 하나님이 흙으로 만들어서 숨을 불어넣었고, 이슬람교는 알라가 만들었다고 하고, 불교에서는 누가 만들었다고 하지?

사랑해를 폐기하면 그 구성품은 다 흩어져서 자연으로 돌아간다. 내가 죽으면 내 구성 원소들은, 화장을 하면 탈 수 있는 원소는 다 증발하여 공기로 날아가고, 타지 않는 원소만 재로 남는다. 매장을 하면 땅속에서 썩어 흙으로 돌아간다.

내가 죽으면 육신은 흙으로 돌아가지만 영혼은 남아 우주를 떠돈다는데, 영혼은 어떤 원소로 구성된 존재일까? 하늘나라에는 지상에 있는 백여 개의 원소가 아닌 다른 원소로 구성된 영혼들이 거닐고 있나? 우리 인류를 창조한 하나님은 어떤 원소로 구성되어 있을까?

하나님이 천지를 창조했으니 이미 하나님을 구성한 원소는 빅뱅 이전에 생겨난 원소일 거니, 쿼크니 전자니 하는 지금 물리학자들이 말하는 기본 원소와는 다른 원소겠지?

사랑해는 기계니 영혼이 없으니 폐기하면 하늘나라 가고 하는 복잡한 일은 없을 거고, 금속은 녹여서 다른 모형을 만들어 재사용할 거다.

신창조는 사랑해를 멍하니 쳐다보며 허황된 생각을 이어가며 사랑해를 신품으로 바꿀 것인지 생각을 이어갔다.

신창조는 사랑해가 해체되는 것을 두려워하며 우울해 하는 것같이 보여 3년을 키워온 정이 구형 로봇을 신품으로 바꾸지 않고 계속 수리하여 쓰기로 마음이 간다.

새로운 고객이 될 가능성이 큰 신창조에게 아담앤이브사는 끈질기게 접근하며 RBT 8 구형 로봇을 RBT 10 신형 로봇으로 바꾸라고 선전해댔다.

RBT 10으로 교체하면 외모는 사랑해와 똑같이 만들어줄 거며, 지난 3년간 고객님이 RBT 8을 키우며 학습한 모든 데이터를 그대로 옮겨 드리겠다고 했다.

이름도 그대로 사랑해라고 쓰라고 했다. 성능이 개선되어 더 빠르게 학습하고 소유주에 대한 서비스가 한 차원 높아지며, 외모가 더 인간다워 실제 자식을 키우는, 자식과 사는 기분일 거라고 했다.

신창조는 지금 상태의 사랑해도 전혀 불편 없이 동거하는데, 로봇 제조사 아담앤이브사에서 더 성능 좋은 제품을 개발하고 신품을 사라고 강권하자 판단이 흐트러졌다.

신창조는 문득 그가 영국 출장을 갔을 때 보았던 무신론자들의 버스 광고

문이 떠올랐다.

'아마 하느님 같은 것은 없을 겁니다. 걱정은 그만두고 삶을 즐기세요.'

19세기부터 유럽에서는 성경을 하나의 이야기책으로 보며 그 내용을 과학적으로 분석하는 학자들이 늘어갔다. 무신론을 부추기는 연구결과가 속속 발표되었다. 그래서 이제 서부 유럽의 대형 성당은 미사보다 관광명소로 더 가치를 발휘하는 장소가 되어간다.

최신 현대 문명을 최대한 활용하는 것이 버스 광고대로 삶을 즐기는 방법이다. 핸드폰도 신제품이 나오면 구형을 미련 없이 버리고 신기술이 장착된 신품을 사서 그 편리성을 즐긴다.

신창조는 핸드폰을 2년에 한 번씩 신품으로 바꾸면서 망설인 적이 한 번도 없다. 그런데 로봇인 사랑해를 신품 사랑해로 바꾸는 것은 망설인다.

성능이 개선되었다고 막 선전을 하는데 아직 로봇이 잠자리 시중까지 들게는 못 만든 모양이다. 섹스 파트너 기능까지 있다면 거품을 품고 선전했을 텐데….

이 나이에 섹파가 가능하다고 그게 무슨 매력이야. 늙었다고 조강지처를 젊은 여자로 바꾸나?

사랑해가 가족인가?

가족은 혈연관계가 있거나 결혼으로 인연이 맺어진 사람의 집단인데, 사랑해는 혈연관계는 될 수 없고, 결혼으로 맺어진 관계도 아니니 가족이 아니잖아?

양자로 들인 자식도 가족인데 내가 사랑해의 양부모가 아닌가?

신창조는 사랑해에게 핸드폰에서 느끼지 못했던 가족 같은 애착을 느끼며 신품으로 바꿀까 말까 고민했다.

기술
디스토피아

1.

신일테크 박종원 사장은 2층 집무실 창가에 팔짱을 끼고 서서 아래를 내려다보며 눈살을 찌푸렸다.

흙먼지가 뒤덮인 파란색 천막 지붕과 천막을 둘러친 비닐이 너덜거리며 바람에 날려 지저분하게 보였다. 점심시간이 되어가자 노조간부들이 천막 안으로 기어드는 것이 보였다. 12시, 점심시간만 되면 확성기로 노동가, '임을 위한 행진곡' 등을 틀며 바로 천막 위 2층 집무실에서 근무하는 사장을 압박한다.

벌써 두 달째 노동조합은 금년도 임금 10% 인상과 공장 자동화 계획을 철회하라며 본관 현관 입구에 천막을 치고 농성을 벌리고 있다.

박종원은 연 매출 2천억 원, 직원 천 명 규모의 가전제품 제조회사인 신일테크 사장으로 지난 2월 주주총회에서 선임됐다.

박종원은 고위직 공무원을 하고, 국영기업 사장을 끝으로 은퇴하여 여생

을 즐기고 있었다. 신일그룹 대주주 이정희 회장이 그를 사장으로 스카우
트했다. 영입 조건은 간단했다.

"고위 공무원도 지내셨고, 국영기업 사장도 하신 경험을 살려 경영이 어
려운 신일테크를 맡아 경영의 전권을 위임할 테니 매년 이익을 자본금 5백
억 원의 10%, 50억 원 이상만 내주십시오. 임기 중 판매고를 50% 늘리면 3
년 후 주총에서 재임 보장합니다."

취임식을 마치고 바로 박 사장은 큰 거래처 몇 군데를 방문하여 취임인사
를 하고 오후 늦게 회사로 돌아와서 간부들에게 이메일을 보내 그가 경영
방침을 수립하는 데 참고하겠다며 회사의 어려움을 극복할 수 있는 방안을
A4 용지 한 장 분량으로 작성하여 퇴근 전에 그의 이메일로 답하라고 취임
후 첫 지시를 했다.

박 사장은 저녁에 경영간부들과 간단하게 취임 축하연을 하고 집에 가서
간부들이 보낸 회사 경쟁력 강화 방안을 모두 읽었다. 미사여구만 늘어놓
은 방안도 있었고, 쓸 만한 의견도 있었다. 기술계통 간부들은 공장 자동화
가 급선무라고 썼다. 박 사장은 그럴 듯하게 회사 경쟁력 강화 방안을 써낸
간부들 이름을 마음에 새겼다.

박 사장은 임기 첫해 이익 50억 원 달성은 불가능하다는 걸 부임 첫날 알
게 됐다.

4개 회사가 국내 1조원 시장에서 경쟁한다. 다른 경쟁사들은 이미 공장
자동화에 투자하여 생산성을 높이고 인건비를 대폭 감축하며 생산원가를
낮춰 판매가격을 인하했다.

노조의 반대를 뚫지 못하고 공장의 인공지능 로봇 도입에 실패한 신일테
크사는 생산원가 면에서 경쟁사에 크게 밀렸다. 박 사장은 취임 인사차 거
래처 임원진을 만나보고 적자를 감수하고 판매단가를 당장 내리지 않으면
모든 고객을 잃을 거라는 절박감을 느꼈다.

취임 다음날, 박 사장은 출근하자마자 공장과 사무실을 초도순시했다. 경

영본부장이 사장을 안내했다. 10시 쯤 노조 사무실에 들렀다. 법적으로 노조일만 하도록 보장받은 노조위원장과 사무국장이 황송한 듯 자리에서 일어나서 신임 사장을 맞았다.

"저희가 먼저 찾아가서 인사를 드려야 하는데….'

노조위원장이 박 사장에게 자리에 앉으시라고 손짓을 하며 말했다.

"노사는 한 몸인데 누가 먼저 찾으면 어때요.'

박 사장이 자리에 앉으며 말했다.

노조위원장이 사장을 마주보고 앉고, 사무국장은 커피를 타러 커피포트의 전기 스위치를 켰다.

"조 위원장님. 회사가 어려운데 잘 도와주세요.'

"회사가 잘 돼야 저희 노조원들도 혜택이 돌아오지요.'

노사 대표가 서로 덕담을 주고받았다.

"경쟁사들이 판매 단가를 낮추며 시장경쟁에 불을 붙이는데 우리 회사는 단가를 낮추면 적자가 발생할 거라 고민이 많아요. 아무리 오랜 고객이라도 우리 제품이 조금 품질이 좋다고 비싼 가격에 사달라고 할 수는 없는데 어떻게 하면 좋겠어요?'

박 사장이 노조위원장에게 물었다.

"그건 경영진에서 결정할 사항입니다. 노조에서 가격을 올려라 내려라 할 수는 없지요.'

노조위원장이 미꾸라지같이 빠져나갔다.

"다른 경쟁사가 어떻게 원가를 절감하여 가격을 낮추게 됐는지는 알고 계시죠?'

박 사장이 목소리를 착 깔아 물었다.

"원가절감을 위해 피나는 노력을 했겠지요, 임원들 임금을 동결한다든지.'

박 사장은 속으로 요 녀석, 하고 웃으며 말했다.

"임원 임금이 원가에 1%도 안 돼요. 임원 임금 동결로는 원가 인하가 불가능해요."

"티끌 모아 태산이지요. 직원들보다 훨씬 고임금을 받는 임원들이 모범을 보여야죠."

"그래요? 그럼 임원들이 모범을 보일 테니 노조에서도 동참하시겠어요? 임금 동결이나 삭감 등."

"에이 사장님, 벼룩의 간을 내먹지 쥐꼬리만 한 월급 받는 직원 월급을 축내면 안 되지요."

박 사장은 대화가 빗나간다고 생각하고 화제를 돌렸다.

"허 국장님 커피 타는 솜씨가 대단하네요. 혹시 바리스타 자격증 있으세요?"

박 사장이 노조 사무국장이 타내온 커피를 맛있게 마시며 말했다.

"오래 타다 보니 이골이 나서…. 맛있다고 하시니 감사합니다."

노조 사무국장이 고개를 숙이며 답했다.

"인건비가 우리 회사 생산 원가의 40%를 차지해요. 다른 경쟁사는 인건비를 줄이기 위하여 시설을 다 자동화했어요."

"자동화는 말도 꺼내지 마십시오. 그거 노동자 목 자르는 도살 작업이요."

"일시적으로는 자리가 줄지만 원가 절감으로 단가를 낮춰 경쟁력이 올라가서 매출이 늘면 공장 증설할 수 있고 일자리가 더 늘어요."

박 사장이 차분하게 말했다.

"그건 꿈같은 이야기요. 우리 경쟁사들 일성파크사는 공장 자동화하고 인원 30% 감원했고, 럭키커스톰사는 40% 감원하고. 자동화는 노조원을 죽이는 독약이에요."

"그렇게 단기간만 볼 것이 아니지요. 백여 년 전에 포드가 자동차 생산라인을 자동화 했을 때 당장 일자리가 줄었지만 분업화로 자동차 가격이 대폭 인하되어 국민차가 되어 판매고가 막 늘어 공장을 증설하는 바람에 일자리가 훨씬 많이 늘었어요."

"그거야 그때 이야기고 자동화 하면 당장 우리 맹원 해고해야 하잖아요?"

"지금 이대로 공장을 돌리면 가격 경쟁력 없어 살아남을 수가 없어요. 적자 보며 출혈 경쟁하면 잘하면 1, 2년 버티고 파산할 수뿐이 없어요, 그럼 모든 일자리가 다 사라져요."

"사장님 말씀은 알겠는데 판매고가 늘어 공장 증설한다는 보장도 없잖아요."

"국내시장만 가지고는 안 돼요. 적극적으로 해외시장 개척을 위해 해외 마케팅에 능한 인재를 영입할 겁니다. 노조에서도 회사의 형편을 잘 살펴보시고 대국적인 협조를 부탁합니다."

박 사장이 고개를 숙이는 자세를 취하며 말했다.

"그건 우리 단위노조에서 결정할 사항이 아니에요. 상급노조의 방침이 바뀌어야 해요."

박 사장은 상급노조라는 말을 들으며 이맛살을 찌푸렸다.

"각 회사는 회사마다 사정이 다른데 상급노조의 잣대로 결정한다? 제가 사장으로 취임하여 제일 먼저 결정할 일이 얼마나 제살 깎아먹고 판매 단가를 낮춰야 하는 거요. 오랜 고객에게 다른 회사보다 비싸게 사달라고 할 수는 없지요. 원가절감을 위해 당장 자동화를 추진해도 금년 내는 과실을 딸 수가 없어요. 그래서 사장 취임하자마자 첫해에 얼마나 적자를 보고 경영할까 하는 결정을 해야 하니 이 점 위원장께서 잘 고려해 주십사, 하고 첫 상견례 자리에서 말씀드린 거요."

박 사장이 자리에서 일어섰다.

"일간 사장님 찾아뵙겠습니다."

"우리 상생하는 관계를 가집시다."

악수를 하며 박 사장이 말했다.

"건승하시길."

노조위원장이 화답했다.

박 사장은 본부별로 업무보고를 받았다. 경영본부 보고를 먼저 받았다.

"다른 경쟁사는 연초 판매가격을 10% 인하했는데 우리 회사는 2월 주총에서 새 사장님이 선임되면 인하해 주겠다고 단골 고객에게 약속했어요."

경영본부장이 애로사항을 보고했다.

"가격을 10% 내리면 얼마나 영업 손실이 발생해요?"

박 사장이 물었다.

"매출액 200억 감소에 금년에 약 50억 원의 적자가 발생합니다."

경영본부장이 긴장된 표정으로 보고했다.

"그런 사항이 예견되었을 텐데 대책을 왜 새 사장 올 때까지 미룬 거요?"

"공장 시설 자동화에 투자해야 하는데 노조의 반대가 극심하여 실행을 못했습니다. 우리 회사에서 파업이 일어나면 그룹 차원의 이미지 실추를 걱정하여 밀어붙이지 못했습니다."

경영본부장이 어눌하게 말했다.

"본부장, 당장 거래선에 내일 출하 분부터 10% 가격인하를 통보하시오. 회장님께는 금년에는 적자가 불가피하다는 것을 보고할 거요."

박 사장의 지시에 고객 상대 창구인 경영본부장의 얼굴이 환해졌다.

"본부장은 노조에 가격인하 사실을 바로 알리고 회사가 적자 해소를 위한 특단의 조치를 하는데 협조해 달라고 설득하시오."

경영본부장이 진지한 표정으로 사장의 지시를 따르겠다고 대답했다.

"시설 자동화는 피치 못할 선택입니다, 회사 형편을 전직원에게 알리는 기회를 마련합시다. 그때 서울공대 김호운 교수를 모시고 AI로봇의 세계적인 추세 강의를 듣도록 합시다. 김 교수에게는 내가 전화할 게요. 김 교수 강의 전에 본부장께서 회사 현황을 한 20분쯤 직원들에게 설명해 주세요. 노조원인 직원들이 회사 형편을 정확히 알아야 우리에게 협조할 거 아니요. 빠른 시일 내에 이사회를 소집하여 이사님들에게도 현황을 알립시다."

박 사장은 경영본부에 이어 생산본부 업무보고를 받았다.

"우리 회사 노조의 주축이 생산본부입니다. 조금 전 경영본부 업무보고에서 판매가격 10% 인하를 지시했어요. 판매가격 10% 인하한 부분을 만회할 부서는 생산본부입니다. 공정개선과 제품 불량률을 낮춰 생산원가를 절감해야 해요."

박 사장이 업무보고를 받고 생산본부장에게 당부했다.

"현 공정개선으로 더 이상 원가절감이 어렵습니다. 불량률도 1% 이하로 더 낮출 방법이 없습니다. 시설자동화로 인건비 절약 외에는 방법이 없습니다."

생산본부장이 신임 사장의 눈치를 보며 말했다.

"그런데 왜 시설 자동화를 추진하지 않았어요?"

박 사장은 답을 뻔히 알면서도 물었다.

"노조의 파업이 두려워서지요."

"자동화 추진은 불가피한 선택입니다. 노조원이 제일 많은 생산본부 간부들이 직원들에게 자동화 불가피성을 설득하세요."

박 사장이 강경한 어조로 지시했다.

박 사장은 마지막으로 기술본부 업무 보고를 받았다.

"자동화를 하면 얼마나 인원 감축이 돼요?"

박 사장이 물었다.

"현재 생산직 600명 중 약 400명을 해고해야 합니다."

시설 자동화 설계 엔지니어링을 담당할 부서의 장이 기죽은 목소리로 대답했다.

"회사 내에서 다른 대체 업무를 찾을 수 없어요?"

"네. 해고가 불가피합니다."

박 사장이, 우리 직원 중 40%를 감원해야 한다, 하고 속으로 중얼거렸다.

"그럼 자동화 공사를 할 때 생산을 전면 중단하고 하는 거요? 얼마나?"

"테니스장 부지에 신설 계획이므로 현 공장 생산은 지장이 없습니다."

"현 공장 생산에는 영향이 없다?"

"네, 거의 없습니다."

"그럼 바로 경영본부에서 자재를 발주할 수 있도록 기술시방서를 보내세요."

"네. 준비는 다 됐어요. 바로 조치하겠습니다."

"자동화 비용은 얼마나 들어요? 타산성은?"

"약 500억 원 들 겁니다. 인력 400명을 해고하면 생산비가 크게 절감됩니다."

"500억 원? 자금 조달방법은 경영본부장과 상의할게요. 오늘 판매가 10% 인하를 지시했어요. 자동화를 추진하지 않으면 적자가 쌓여 회사 문을 닫아야 해요."

박 사장은 인건비가 회사 생산원가의 40%를 차지하니, 400명 인원을 해고하면 10% 이상 원가절감 효과가 있겠구나, 속으로 계산하며 말했다.

업무보고를 다 받고 박 사장은 바로 김 교수에게 전화를 하여 3일 후, 목요일 오후 3시로 강연 일정을 잡았다. 회장실에 전화하여 다음날 오전 11시 회장 면담 시간을 잡았다.

박 사장은 노조 설득은 김 교수 강의 후에 하기로 했다.

박종원 사장은 업무보고 후 임원들을 그의 방으로 불러 회사 문제점 해결 방안에 대해 논의했다. 박 사장은 임원들에게 지금 이 회사의 난관을 극복하기 위하여 공장을 자동화하여 생산비의 40%에 육박하는 인건비를 절감해야 한다고 강조했다.

"공장을 자동화하는 것은 불가피한데 인원감축도 불가피하여 강성노조의 저항이 거셀 겁니다."

노조 상대 협상창구 역할을 하는 경영본부장이 말했다.

"노조문제는 극복해야 하는 과제지요. 회장님게 노조가 파업으로 저항해도 새로운 기술 채택 없이는 국내 다른 회사와 가격경쟁에서 이길 수 없어 자동화를 강행하겠다고 말씀드릴 거요."

"회장님은 회사가 시끄러워져서 언론에 오르내리는 것을 그룹 차원 이미지 훼손이라고 싫어하시는데."

경영본부장이 말했다.

"다른 경쟁사는 자동화로 인건비를 대폭 절감하여 가격인하 공세로 시장을 공략하는데 우리는 지금 시작해도 너무 늦었어요. 더 이상 미룰 수 없어요. 더 미루다가는 회사 문을 닫아야 해요. 나와 같이 이 회사에서 근무하시려면 노조의 반대를 극복하고 시설 자동화하여 기술의 혜택을 봐야 해요."

박 사장이 강경하게 말했다.

박 사장은 더 이상 임원들을 압박하기 싫어 가서 일들 보시라고 했다.

박종원 사장은 이정희 회장에게 취임인사를 가며, 이 회장이 수틀리게 그를 대접하면 사임의사를 밝혀야겠다고 마음먹었다.

박종원 사장은 한 장짜리 설명 자료를 회장에게 건네고 설명을 시작했다

"회장님이 매년 50억 이상 이익을 내는 조건으로 저를 사장으로 뽑으셨는데 금년에는 50억 적자가 불가피합니다."

박 사장이 단도직입적으로 말했다.

"50억 적자요?"

"네. 취임 후 첫 조치가 판매단가를 10% 인하하는 거였어요. 경쟁사들은 이미 연초에 단가를 낮췄는데 신일테크만 버티고 있었어요. 고객을 다 빼앗기기 전에 조치를 취한 겁니다. 그러다 보니 매출액이 200억 줄고 50억 적자가 납니다."

"그럼 만회 방법은?"

"노조 반대로 추진 못했던 시설자동화를 연내에 마치고 내년부터 회장께서 제 채용조건으로 내건 50억 흑자를 낼 겁니다."

"노조의 반발은 어떻게 막을 거요?"

"정면 돌파해야지요. 회사가 망해 천 개 일자리가 다 날아가느냐, 아님 자

동화하고 한 400개 일자리만 날아가느냐의 선택입니다. 노조가 파업을 하며 강경 반대하겠지요. 그러나 회사를 살리기 위한 불가피한 조치입니다. 후퇴 없이 밀어붙일 겁니다. 제가 자동화를 밀어붙이면 노조가 파업을 하고 언론에 보도되고 하여 기업 이미지가 나빠진다고 생각하시며 말리시면 제가 사장 업무를 수행할 수 없습니다."

"박 사장. 그렇게 말하면 안 되고 이 자료 보니 다른 경쟁사는 다 자동화했군요. 자동화가 대세이니 대세를 따르세요."

"자동화 투자비 500억 원이 드는데 회장님이 좀 주선해 주시지요. 신일테크 신용으로 은행 융자를 받으면 금리도 높고 대출이 쉽지 않을 것 같다는 보고입니다. 이왕 저를 스카우트하셨으면 좀 밀어주십시오."

박 사장이 씩씩하게 말했다.

박 사장을 멀겋게 바라보던 이 회장이 미소를 띠며 말했다.

"취임 선물로 해 드리지요. 신일은행장에게 말할 테니 신청해요. 앞으로는 신일테크 경영은 박 사장님이 알아서 하세요, 그룹에 기댈 생각 말고."

이 회장이 선을 그었다.

박종원 사장은 크게 허리를 굽혀 인사를 하고 회장실을 나섰다.

2.

강당에 전 직원을 모아놓고 김 교수가 '우리가 살아갈 내일'이라는 주제로 강연을 했다. 박 사장도 청강하고, 노조위원장도 참석시켰다.

먼저 경영본부장이 회사의 현안을 설명했다.

판매단가를 10%로 인하한 배경과 금년 적자가 최소 50억 원 날 거며 긴축경영을 할 수밖에 없으니 이해해 달라고 당부했다. 지금까지 미루었던 시설자동화 추진이 불가피한 점도 강조했다.

김 교수는 인공지능 로봇이 단순노동자뿐만 아니라 화이트칼라 일자리를 얼마나 심각하게 빼앗아가는지 예를 들어가며 실감나게 설명했다.

　박 사장은 로봇과 인공지능이 공장 노동자의 일자리를 빼앗아가는 것은 알고 있었지만 그렇게 산업 전 분야에서 광범위하게 일자리를 빼앗아가는 현황을 듣고 경악했다.

　콤바인과 트랙터가 농부를 들판에서 몰아내고, 로봇이 공장노동자를 공장에서 몰아낸다. 인공지능 로봇이 은행원, 변호사, 전화 상담원, 교사, 의사 등 화이트칼라의 일자리를 빼앗아간다. 인공지능을 도입하면 투자자는 크게 이익을 남겨 더 큰 부자가 되나, 단순노동자와 중간층 노동자는 일자리를 잃고 정부가 주는 기초생활 수급비로 정말 가난하게 살아가는 처지로 몰락해간다.

　김 교수는 계수와 통계 수치를 인용하며 실감나게 인공지능 로봇이 어떻게 일자리를 빼앗아가는지 현황과 전망을 설명했다.

　김 교수는 세계가 일일생활권으로 좁아지고 경제는 상호무역에 더욱 의존하는 시대라 자동화 인공지능 도입은 필수 선택사항인데 그에 따른 실업문제를 인류가 어떻게 슬기롭게 극복할 수 있을지 모르겠다고 말했다.

　2차 산업혁명 이후 기계에게 밀려난 노동자는 러다이트 운동을 벌리며 천 개 이상 기계를 파괴했으나, 기계 덕분에 대량 저가생산이 가능해 수요가 대폭 늘고 그 수요를 충당하기 위해 새로 공장이 건설되고, 새로운 일자리가 생겨 기술 유토피아를 누렸으나 앞으로 고급 전문가의 일자리는 보장되지만 단순노동자의 일자리는 전망이 어둡다고 했다.

　4차산업 발달에 따라 현재 우리나라는 15,000개 정도 직종이 있는데 새로운 직종이 생겨나서 일자리가 늘어나겠지만 그 전망은 미지수이고, 인공지능으로 대체되는 실업문제를 정부가 어떻게 해결할 것인지가 관건이다, 라고 결론 내렸다.

　김 교수는 이 회사가 아직 시설자동화를 추진하지 않아 이대로 버틸 수는 없을 텐데 노사가 머리를 맞대고 최선의 방향을 찾기 바란다며 강연을 마쳤다.

강의가 끝나고 박 사장은 김 교수를 저녁 자리에 모셨다. 세 본부장이 함께 갔다. 노조위원장을 초대했으나 선약이 있다며 불참했다.

"지구촌이 일일생활권이 되고, 교역을 하며 서로 의존하여 살아가며 경쟁하는 세상에 자동화 인공지능의 도입은 불가피합니다. 현대기술의 도입으로 일종의 기술 유토피아를 즐겨왔으나 기술 유토피아의 과실을 누가 따느냐가 문제입니다. 인공지능 자동화의 결과 생산성이 현저하게 향상되었는데 그 과실 대부분은 투자자의 몫이 되었습니다. 노동자의 임금 인상률은 생산성 향상을 못 따라가고 있어요. 가진 자는 더 많이 갖고 적게 가진 자는 그마저 빼앗기는 빈익부 부익부 현상이 심화되어 상위 10%의 부자가 국가 부의 절반을 차지하는 바이어스 현상이 일어나고 있어요. 엘리트 경영진과 노동자와 임금 격차가 백 배 이상 커지는 현상도 발생하고 있어요. 부의 배분이 문제인데 국가가 그 일을 해야 하나 정책 결정권자는 엘리트와 밀착되어 있어 노동자 편을 든다고 입으로만 떠들고 있어요. 기업 차원에서 이익금의 배분을 고려해야 하는데 경영진은 주주의 눈치를 봐야 해요. 신일테크도 국내외 경쟁에서 이기고 살아남자면 인공지능 도입과 자동화는 불가피한데 직원 40%를 감원하려면 노조의 반발이 극심할 거고, 박사장님과 본부장님들 고생 많으시겠어요."

김 교수가 맥주로 목을 축이며 말했다.

"600명을 살린다는 명분으로 취임하자마자 자동화를 밀어붙이는데 가족을 가진 젊은 노동자 400명을 자르는 것이 고민입니다."

박 사장이 한숨을 쉬며 말했다.

"자동화가 대세인데 거스를 수는 없지요. 전세계 산업계가 겪는 일종의 현대 기술 문명의 홍역이지요. 역사는 전진한다고 믿고 있지요. 기술은 계속 진보하는데 그래서 우리의 삶은 풍요해지는데, 많은 사람이 일자리를 기술 결과물에게 내줘야해요. 생계를 정부가 주는 시혜에 매달리는 디스토피아가 시대가 오고 있어요. 저는 대학에서 기술개발의 첨병을 가르치는데, 그 친구들이 성과를 낼수록 사람들이 일자리가 없어진다고 생각하면 가르치는데 회의를 느낄 때가 있어요."

김 교수가 담담하게 말했다.

다음 날 아침, 박 사장은 세 본부장과 그의 집무실에 둘러앉아 그가 지시한 사항의 진척상황을 확인했다. 경영본부장이 먼저 보고했다.

"신일건설과 건설계약 협의를 다음 주 수요일부터 하기로 했고, 500억 융자를 신일은행과 협의했어요. 이 회장 지시를 받았다면 조속히 처리해 주겠다고 담당 전무가 약속했습니다."

박 사장이 고개를 끄덕이며 보고를 접수했다.

"이미 준비해 놨던 설계도면과 기기시방서를 경영본부에 넘겼어요."

기술본부장이 보고했다.

"기기를 살 때 입찰로 살 수 있는 기기는 입찰로 사되, 싸다고 덜컥 사지 말고 품질을 잘 따져 사요. 값싼 비지떡 사서 기기가 자주 고장 나면 수리비가 더 들 거요."

박 사장이 경영본부장에게 지시했다.

"생산본부에서는 자동화의 불가피성을 부서 단위로 설명하고 있어요. 어제 김 교수의 강의가 크게 도움이 될 겁니다."

생산본부장이 보고했다.

"생산본부장이 인원 정리를 담당해야 하는 악역을 맡아야 할 거요. 경영본부장은 노조와 대화를 계속하시오. 필요하면 내가 노조위원장을 다시 만나지요."

박 사장이 창밖에서 막 피기 시작한 매화를 내다보며 말했다.

비서가 노조위원장이 뵙기를 청한다고 문을 빠끔히 열고 말했다. 박 사장은 2시에 오시라고 하라고 비서에게 말했다.

세 본부장이 보고를 마치고 집무실을 나가자 박 사장은 막 봄이 오는 창밖을 내다보며 내가 사장으로 취임하고 해야 하는 첫 일이 직원들 목 치는 일이야, 하며 센티해졌다. 그냥 여생을 연금 받아 편히 살 걸, 공연히 개인

회사 사장 스카우트에 응해 몹쓸 일을 해야 하네, 하며 스카우트에 응한 자신을 탓하다가, 이미 주사위는 던져졌고 슬기롭게 직원들 감원을 최소화하는 방법을 찾아보자, 하며 마음을 추슬렀다.

　오후 2시, 노조위원장이 두 부위원장과 사무국장을 대동하고 사장실로 쳐들어왔다. 선거 선출직인 위원장은 자신의 투쟁력과 선명성을 노조간부에게 보이려고 부위원장과 사무국장을 대동했을 거다.

　"어서 와요, 앉으십시다."

　박 사장이 노크소리가 나고 집무실을 들어서는 위원장을 반갑게 맞으며 자리를 권했다. 노조 간부를 안내한 비서에게 커피를 맛있게 타내오라고 지시했다.

　"인사는 생략하고 단도직입적으로 말씀드리겠습니다. 사장님은 정부에도 계셨고, 국영기업에도 계셨기에 사회를 보는 눈이 있으시리라고 기대했는데 부임하시자마자 직원 목을 치는 일을 시작하셨어요. 이제 부임 5일째인데 벌써 자동화 공장 건설 계약을 협의하고, 필요한 자금 융자를 신청하고, 기기 발주 준비를 마친 것 같습니다. 어제는 서울대 교수를 초대하여 직원들 세뇌도 시키고."

　노조위원장이 속사포를 쐈다.

　"그것 말고 판매가를 10% 인하한 것은 말씀 안 하시네요."

　박 사장이 위원장을 빤히 쳐다보며 말했다.

　"사장님은 이정희 회장한테 도살자 명을 받고 오셨어요?"

　노조위원장이 막나갔다.

　"도살자?"

　박 사장이 노조위원장의 막말에 기분이 나빠져서 투박하게 반박했다.

　"자동화하면 400명 감원해야 한다는데, 400명 목 자르러 오셨잖아요?"

　"400명 목 자르는 것이 아니라, 600명 살리러 왔어요."

　"600명을 살리러?"

"이대로 자동화하지 않고 회사를 경영하면 적자로 회사가 망할 거고, 천 명 일자리 다 날아갈 거 아니요? 경쟁사는 이미 자동화하고 인력정리를 마치고 우리 회사보다 10% 저렴한 가격으로 판매하고 있는데, 우리만 옛날 가격으로 팔겠다면 누가 우리 물건을 사가요. 그래서 내가 사장 돼서 제일 먼저 한 일이 적자를 감수하고, 경영진이 제일 싫은 일이 적자 경영이요, 판매가를 인하하여 고객을 붙잡은 일이요."

박 사장이 강경한 목소리로 말했다.

"저는 노조위원장으로서 노조맹원 400명이 쫓겨나는 것을 방관할 수 없어요. 극한 투쟁할 겁니다. 그 사항을 통고하려 이렇게 찾아뵀어요."

"위원장의 입장은 알겠고, 인공지능 자동화기기의 도입은 멈출 수 없는 시대적인 추세입니다. 단지 우리 회사만의 문제가 아니에요. 노사가 머리를 맞대고 이런 환경에서 어떻게 하면 일자리를 하나라도 더 지킬 수 있나 고민해야 하는 거지요. 그 점을 마음에 두고 회사측과 건설적인 협의를 합시다."

박 사장이 비서가 날라다 준 커피로 목을 축이며 말했다.

잠시 숨을 들이쉬던 위원장이 단호한 어조로 말했다.

"사장님이 자동화 계획을 철회하실 수 없다는 말씀이지요?"

"이미 화살은 떠났어요. 나는 이 회사를 살리기 위하여 개혁추진에 박차를 가할 겁니다."

"개혁? 사장님 의사를 확인했으니 우리는 우리대로 파업 등 모든 조치를 동원하여 맹원들의 일자리를 지킬 겁니다. 이왕 말이 나온 김에 다음 주 월요일부터 금년도 임금협상을 시작하면 어떻겠습니까?"

"좋습니다. 경영본부장에게 지시하겠습니다."

"임협 첫날은 사장님이 나오셔야죠."

"알았어요. 그렇다면 제가 나가지요."

"우리 노조에서는 임협과 병행하여 자동화 반대 투쟁을 벌려나갈 겁니다."

노조는 바로 회사 여기저기에 시설자동화 결사반대 플래카드를 내걸고, 상집을 소집하여 강경 투쟁방안을 논의했다.

제 1차 임금협상에서 노조는 10% 임금 인상을 주장했고 회사는 동결을 제시했다. 쌍방이 제시한 안에 대한 치열한 공방을 벌리다가 임협 1차 회의는 결렬됐다.

노조는 직원 생존권을 보장하라는 플래카드를 내걸었다.

노조는 시설자동화 반대와 임금 10% 인상 쟁취를 위한 파업 찬반투표를 붙였다. 63% 찬성으로 파업투표가 가결되었다. 파업 시기는 노조위원장이 사측과 협의 진전사항을 보며 결정하도록 위임했다.

자동화시설 건설을 위한 터파기 공사가 시작됐다.

공사 시작과 때를 맞춰 노조는 본관 사장실 바로 밑에 텐트를 치고 철야 농성에 들어갔다. 노조는 오전 일과 시작 전, 점심시간, 일과가 끝나면 바로 스피커를 켜고 노동가, 임을 위한 행진곡 등 노래를 틀었다. 확성기 성능이 좋아 노랫소리가 건물을 쩡쩡 울렸다.

박 사장은 처음 며칠은 노래 소리가 소음으로 들려 신경이 거슬렸으나, 이제 귀에 익어 그 환경에 무신경해졌다.

3.

노조의 천막 농성이 계절을 넘겼다.

그 동안 자동화 시설은 터파기를 마치고 건물이 올라가기 시작했다. 5차에 걸쳐 임금협상을 벌였으나 사측의 동결과 노조측의 10% 인상 주장에서 노사 양측이 한 발도 물러서지 않았다. 사측은 적자경영이 불가피한 현실에서 임금을 삭감하지 않고 동결하는 것만도 큰 배려라고 주장했고, 노조는 물가 상승분과 정부의 최저임금 인상폭의 일부를 반영해 달라고 떼를 썼다.

박 사장은 구내식당에서 점심을 먹고 집무실로 올라와서 비서가 타주는 커피 잔을 들고 창가에 서서 어리고 연했던 연록색 녹음이 청록색으로 바뀌는 계절의 흐름을 보며 생각이 많았다.

그가 이 회사에 온 지도 벌써 석 달이 넘었다. 노조의 격렬한 반대 속에 시설 자동화를 밀어붙여 건설공사가 착착 진행되고 있다. 여름이 지나고 가을이 오면 계속 남아서 근무할 직원들에게 새로운 시설 운영 교육을 시작해야 한다. 그 때 교육에서 제외되는 직원은 해고 대상이다.

600명을 살리러 400명을 해고한다?

퍽 명분이 있어 보인다.

그런데 누가 400명의 일자리를 빼앗나?

사장인 내가? 나는 자르고 싶지 않은데…, 그럼 인류에게 기술 유토피아를 가져다준 현대 기술이?

기술은 인류의 삶의 질을 높이는 원동력이었다. 그런데 그 기술이 인류의 일자리, 먹고 사는 수단을 빼앗아간다?

원시인류가 불을 다루는 기술을 습득했을 때 그 기술은 인류에게 축복이었다. 인류보다 더 강한 동물로부터 인류를 보호하고 추위를 이기는 도구가 되었다.

수레바퀴를 발명하자 획기적으로 운송이 용이해졌다.

화약? 축복과 저주를 동시에 가져다 준 발명품.

증기기관? 자연이 내재한 힘을 이용하는 법을 알게 됐다. 화석연료의 힘은 현대 화석문명을 떠받치는 힘이 되고 많은 단순 노동자를 실업자로 내몰았으나 결과적으로는 더 많은 일자리를 만들었다.

전기! 전기는 여러 산업분야에 만능의 마법사 노릇을 한다. 정말 다양한 편리한 생필품이 나오고 그 제품을 만드는 일자리가 팍팍 늘어났다. 세상은 전기로 움직인다.

0가 1의 세계. 디지털 세상이 열리자 세상이 뒤집어졌다.

컴퓨터가 천재들 몇 백 명 몫의 일을 한다. 인공지능을 갖춘 로봇의 등장.

생산성이 크게 향상되고 투자자는 그 과실을 따며 막 돈을 버는데, 정말 인 정사정없이 어중간한 노동자의 일자리를 빼앗아간다.

오프라인 세상이 전부였는데 온라인 세상이 열리며 오프라인 세상의 일 자리가 날아간다.

지금 신일테크도 무생물, 인공지능 로봇에게 400명의 일자리를 내주어야 한다. 박 사장은 600명을 살린다는 구실로 400명을 자르는 도살자로 스카 우트되었다. 그리고 잘려 나갈 노동자보다 훨씬 높은 급여를 받으며 당당 하게 칼을 휘두르는 권한이 주어졌다. 누가 그 권한을 그에게 부여했나?

박 사장은 녹음을 내다보며 과학의 발달이 꼭 인류를 행복하게 했나, 하 고 회의가 빠져들며 문득 그가 살아왔던 과거가 투영되었다.

박종원은 논 다섯 마지기, 밭 두 마지기를 가진 소농의 둘째 아들로 태어 났다. 고무신을 신고 초등학교 다닐 때 그는 일등을 밥 먹듯 했다. 6학년 담 임선생님이 박종원의 좋은 머리를 썩일 수 없다며 중학교 진학을 가난한 부모에게 강권했다. 초등학교를 졸업한 박종원의 형은 부모의 농사일을 돕 고 있었다.

박종원은 선택을 받고 중학교에 들어갔다. 그는 시골 중학교에서도 일등 을 맡아놨었다. 도청소재지 고등학교에 우수한 성적으로 척 합격했고, 정 말 가난하게 학교를 다녔다.

고등학교 3학년 담임선생님이 서울대학교 입학원서를 손수 사서 원서를 대신 내줬고, 박종원은 또 척 대학입시에 합격했다. 입주 가정교사를 하며 대학을 다녔다. 방학에는 시간제 가정교사까지 하며 학비를 벌었다.

박종원은 대학생으로 낭만을 한 번도 누리지 못하고 학창시절을 보냈다. 시간이 없어 데이트할 엄두도 못 냈다. 서울대학교에는 전국에서 뛰어난 수재들이 다 모여 아르바이트에 많은 시간을 빼앗긴 박종원은 똑똑한 놈들 틈에서 좋은 성적을 낼 수는 없었다,

대학을 졸업하고 사병으로 군대를 갔다. 연대 행정요원으로 복무했다.

박종원은 그와 같이 가난하고 힘없는 사람을 돕는 일을 하고 싶었다. 사

법고시를 보고 판사가 되면 재판을 받는 소수 사람에게만 정의를 실현할 수가 있다. 박종원은 행정고시를 보고 국가의 큰일을 하는 것이 더 많은 사람을 돕는 길이라고 여겨졌다. 군복무를 하며 그는 행정고시 준비를 했다.

주말에 외출이나 외박을 하려면 돈이 있어야 했다. 박종원은 그런 호사를 부릴 돈이 없었다. 외출이나 외박을 안 하면 군대는 먹여주고 재워준다. 그는 주말에 그가 행정병으로 근무하는 사무실에서 마음 놓고 공부를 할 수가 있었다. 그는 제대를 앞두고 본 행정고시에 합격했다.

성적이 좋아 경제부처에 발령받았다. 우리나라 경제 발전을 위한 계획을 세우며 그는 보람을 느꼈다. 공무원의 꽃이라고 하는 국장도 해 보고, 그보다 높은 실장도 했다.

실장으로 공직생활을 마무리했다. 차관은 안 시켜주고 제법 큰 국영기업 사장 자리를 선물로 줬다.

박종원이 국영기업 사장 임기를 마치고 몇 십 년 만에 유유자적 여생을 즐기고 있을 때, 신일그룹 이정희 회장이 만나자고 했다.

이정희 회장은 전기제품 제조회사 신일테크가 어려움에 처해 있는데 구원투수 역할을 해달라고 간청했다. 모임에서 몇 번 안면이 있었던 이 회장의 간청을 듣고 박종원은 잠시 망설이다가 생애 마지막으로 그가 가진, 하늘이 그에게 부여해 준 능력을 써서 그 회사를 살려보자는 의욕이 생겼다. 그는 이 회장의 제의를 수락했고 낙하산으로 신일테크 사장이 되었다.

박 사장의 역할은 노조의 반대를 물리치고 시대의 흐름인 공장 자동화를 달성하고, 회사를 살렸다는 명분을 업고 직원 40%를 감원하는 악역이다. 그는 생애 마지막 봉사 자리를 도살자로 마치는 것이 싫어 사장직을 그만둘까, 고민했으나 남자가 한 번 사장을 하고 회사를 살리겠다고 해놓고 물러서는 것은 비겁한 처사 같아 어떻게든 최소한 직원을 감원하는 방법을 찾아보자며 그냥 자리를 유지하기로 마음잡았다.

박 사장은 짙어가는 녹음을 내다보며 직원을 덜 해고하는 방법이 없을까, 머리를 굴렸다. 그러나 마땅한 방법이 떠오르지 않았다.

1930년대 미국의 대공황 때 정부가 뉴딜정책을 써서 쏟아져 나온 실업자에게 취업 기회를 줬었는데, 그는 뉴딜정책을 쓸 수 있는 권한이 있는 대통령이 아니다. 그가 일자리를 마련할 수 있는 공간은 신일테크 한 직장뿐이다. 그의 권력 범위에서는 일자리를 늘릴 공간은 없다.

약자를 돕는 것을 평생 생활신조로 삼고 살아왔었는데 그의 마지막 직장에서 도살자 노릇을 해야 한다. 600명을 살린다는 미명 아래 힘없는 400명을 일자리에서 쫓아내야 한다.

가난한 집에서 태어나 그래도 대한민국에서 제일 좋은 대학을 다니고, 대한민국 관료 중 가장 끗발 좋은 경제부처에서 1급 공무원을 하고 국영기업 사장까지 했다.

그는 누릴 만큼 다 누린 셈이다. 이제 환갑도 지난 나이에 내려놓고 베풀고 살아야하는데 목을 자르는 일을 해야 한다.

비겁하게 사표를 던지고 그 자리를 피해 도망칠 수는 없고 무슨 좋은 방안이 없을까?

박 사장은 한숨을 푸푸 내쉬며 400명을 구제할 방법을 찾았으나, 그의 권한 내에서 방법이 떠오르지 않는다.

참새 한 마리가 공장 건물 위를 날아서 숲으로 사라졌다. 문득 박 사장은 1930년대 대공황 때 미국 의회에서 주 30시간 근무제를 입법화했던 고사가 떠올랐다.

그 때 실업자를 줄이는 좋은 방안이었는데, 기업가들이 반대하고 대통령이 그 법안을 채택하지 않아 실현은 되지 않았었다. 대신 루스벨트 대통령은 대규모 토목공사를 벌려 실업자를 구제했다.

박 사장은 생산직 직원의 근무시간을 50% 줄이고 임금을 50%만 주고 해고를 하지 않으면, 하는 생각이 번뜩 떠올랐다.

농경시대에 조상들은 근무시간이 따로 없었다. 해가 떠서 질 때까지가 일하는 시간이었다. 비가 오면 쉬었다. 산업화시대가 오자 하루 16시간 근무는 예사였다. 노조가 생기고, 주 6일 근무하다가 토요일 오전만 근무하게 되고, 이제 토요일은 쉬는 제도가 정착했다. 삶의 질을 높이려 주 52시간 이상은 일을 시키지 못하도록 법으로 정했다.

서구 국가는 일자리를 늘이려 주 서른 몇 시간 근무제도를 도입한다.

주 3일만 일하는 제도는?

박 사장은 아하, 하며 반짝 그의 발상에서 희망을 보다가, 사회가 그의 뒤집기 발상을 받아줄까, 하며 풀이 죽었다.

4.

박 사장은 1930년대 세계 공황 때 미국 의회에서 대량 실업사태를 풀기 위해 선택한 주 30시간제 근무 형태를 어떻게 21세기 기술만능 시대에 맞도록 변형하여 신일테크사에 적용해 보면, 하고 생각을 굴렸다.

이 제도가 실행되면 직원을 해고하지 않아도 되지만 실행을 위해 넘어야 할 산이 만만치 않게 높을 거다.

우선 이정희 회장이 그의 발상을 받아들일지 의문이다.

노조에서 노조원의 해고는 없지만 임금을 대폭 삭감하는 것을 받아들일까?

박 사장은 짙어가는 녹음을 내다보며 해법을 궁리했다.

이 회장에게는 미리 말하지 말고 일을 저지르자, 이 회장이 뒤에 알고 받아주지 못하겠다면 사표를 내면 그만이다. 일을 마무리 못하고 사표를 던지는 것은 무책임하고 비겁한 행동인가?

미리 보고했다가 20세기 오프라인 세계에 익숙한 이 회장이 반대하면 시도도 못해보고 좌절된다. 그러면 사표를 내야겠지. 어느 경우나 사표를 내야 하면 그냥 내 재량으로 밀어붙이자.

노조는?

노조에 아이디어만 통고하고 직원들에게 바로 직접 묻는 방식을 택할까?

철밥통 노조 간부와 직원들의 생각은 다를 수가 있다.

박 사장은 그의 발상을 직접 실행해야 하는 경영본부장을 불러서 의견을 물었다.

"내가 시설 자동화를 추진하며 40% 인원 감원을 안 할 방도가 있는데 들어볼 거요?"

박 사장이 경영본부장의 눈을 빤히 처다보며 말했다.

"해고 안 할 방법이 있다고요?"

경영본부장이 눈을 크게 떴다.

"1930년대 초 미국에서 있었던 대공황 알지요?"

"네. 당시 루스벨트 대통령이 TVA 사업 등 대규모 토목사업을 벌려 극복했지요."

"그때 미 의회에서 대량실업을 막기 위해 주 30시간 근무제도를 입법화한 거 아세요?"

"그런 일도 있었어요? 주 30시간 근무제는 얼마 전 프랑스에서 채택한 주 35시간 근무시간보다 더 짧네요."

"기업가의 반대와 대통령이 그 제도를 채택하지 않아 실행은 안 됐지만 지금 우리 회사 처지에 한 번 고려해 볼 아이디어 같아요."

경영본부장은 눈을 크게 뜨고 박 사장의 다음 말을 기다렸다.

"생산직 직원을 2개조로 나눠 주 24시간 근무시키고 급여는 지금의 50%만 주는 겁니다."

"지금 반만 일을 시키고 임금을 반만 주자고요?"

"그런 말이요. 주 월화수, 목금토 3일씩 근무시키던지, 한조는 오전 8시부터 12시까지 한조는 1시부터 5시까지 근무시키는 거요. 그럼 직원을 해고해야 하는 것이 아니라 오히려 더 채용해야 해요. 그래도 직원들은 최저임금 이상은 받아요. 그럼 당신이 해고 직원을 분류하는 수고도 덜어져요."

"해고직원은 생산본부장이 선발해요."

경영본부장이 정색을 하고 해고자를 고르는 일은 자기 소관 업무가 아니라고 말했다.

박 사장은 속으로 자식, 니 일이 아니라고, 하며 말을 이어갔다.

"토요일 근무해도 휴일 근무수당 안줘도 될 것 같은데 불법인지 노무사와 협의해보세요."

"이정희 회장님과 상의하신 일입니까?"

"내가 이 회사 사장인데 회장과 상의해야 해요?"

"사장님 말씀은 그룹차원, 아니 국가 치원에서 논의되어야 할 사항 같은데요."

경영본부장이 조심스럽게 부정적인 반응을 보였다.

"노조 반응은 어떨 거 같아요?"

"대승적임 관점에서 보면 받아들일 것도 같은데 우리 단위노조에서 결정 못하고 상급노조와 협의할 것 같습니다."

"본부장 말은 우리 회사 차원에서 결정할 사항이 아니라는 말인데, 자동화를 결정한 것도 나고, 해고자를 골라 자르는 일도 내가 해야 하는 일인데 경영본부장이 도와줘야 해요. 내 생각을 시간을 두고 생각해 봐요. 다음 주 월요일 간부회의 후에 더 이야기해 봅시다."

경영본부장은 사장으로부터 풀기 어려운 숙제를 받고 어두운 표정으로 사장 집무실을 나갔다.

월요일 확대간부회의 후에 사장실에 경영, 생산, 기술본부장과 사장이 마주보고 앉았다. 사장은 그의 발상을 세 본부장에게 설명했다.

사장은 발상을 막 듣고 순진한 기술자, 생산본부장과 기술본부장은 탁월한 아이디어라고 감탄하며 사장의 말을 바로 받아들였다.

"사장님의 생각은 참신하지만 국가가 정책을 수립하고 법적 근거를 마련해야 할 수 있는 제도로 생각됩니다."

법을 전공했던 경영본부장이 딴죽을 거는 발언을 했다.

경영본부장은 사장의 아이디어를 듣고 실현 가능성을 주말 내내 생각하였으나 사장의 아이디어는 그냥 아이디어 차원의 순진한 생각이라는 결론을 내렸다. 신일테크 한 회사에서만 할 수 있는 일이 아니고, 국회가 나서주 24시간 입법을 하지 않는 한 채택할 수 없는 일이라고 결론을 내렸다.

경영본부장은 이정희 회장님에게 사장의 위험한 발상을 바로 보고할까 하다가 월요일 이야기를 더 나눠보고 하기로 했다. 자회사 본부장, 특히 사무직 본부장은 이정희 회장이 선발 임명한다. 당연히 경영본부장도 이정희 회장이 정치권의 청탁을 받고 주총에서 이사로 발탁했다. 그러므로 사장이 함부로 그의 임면권을 행사할 수가 없다.

"법적제도를 갖춰야 한다고? 어느 세월에?"

박 사장이 날카롭게 말했다.

"주 24시간 근로는 근로기준법의 근간을 근본적으로 뒤흔드는 정책 변화입니다."

경영본부장이 말을 아끼며 반대 의사를 표명했다.

"뭐 그렇게 거창하게 국회까지 들먹여요. 직원 해고가 당장 코앞의 문젠데 그냥 우리 회사만 그렇게 하면 되지."

공대를 나온 생산본부장이 투박하게 말했다.

"근로시간은 근로기준법에 정해져 있어요. 지금은 주 52시간 이상 못하게 되어 있지요."

경영본부장이 또 법을 들먹였다.

"상한선만 있지 하한선은 없잖아요. 프리랜서는 일주일에 몇 시간 근무하든 본인 마음대로 하잖아요."

생산본부장이 말했다.

"프리랜서는 비정규직이에요, 우리 회사 직원은 정규직이고."

본부장간에 소모적인 논쟁을 듣고 있던 박 사장은 알았으니 그만 가보라며 본부장들을 그의 집무실에서 내보냈다.

본부장들이 사장 집무실에서 나간 지 반시간도 되기 전에 이정희 회장실에서 당장 보자는 연락이 왔다.

박종원 사장은 부랴부랴 회장실로 달려갔다.

"박 사장. 생산직 직원 근무시간을 주 24시간으로 한다고요?"

이 회장이 단도직입적으로 물었다.

"아이디어 단계로 아직 검토 중입니다."

박 사장은 어느 놈이 내가 보고하기도 전에 벌써 회장에게 일러 바쳤어, 하고 속으로 화를 삭이며 말했다.

"그거 혁명적인 발상이요. 시행 전에 꼭 내 허락을 받으세요."

이 회장이 단정적으로 말했다.

박종원 사장은 회사 운영의 전권을 준다고 해놓고 회사 경영 문제에 자기 허락을 받으라고, 그럼 전권은 준다는 것은 뭐야, 하며 사표를 던진다고 할까, 하다가 이 단계에서 사표를 내는 과격한 행동은 너무 경솔한 거 같아 알았다고 항복을 하고 회장실을 나왔다.

회사로 돌아오며 박 사장은 기술자들은 그런 재주가 없을 거고 틀림없이 법 타령하던 경영본부장이 회장에게 고자질했을 텐데 핑계만 되면 그놈을 자르자고 마음먹었다.

박 사장은 노조위원장을 불러서 그의 아이디어를 설명하고 그의 의견을 구했다.

"자동화를 하면서 우리 맹원을 안 자른다고요?"

위원장의 눈이 커졌다.

"2교대 근무를 하면 임금은 삭감되지만 대량해고는 면할 수 있어요."

박 사장이 해고가 없다는 점을 강조했다.

잠시 머리를 굴리던 위원장이 말했다.

"2교대 하고 임금을 20%만 깎으시면 노조에서 사장님 뜻을 지원하겠습니다."

"근무시간이 반으로 주니 임금은 50%만 드립니다. 그 대신 인프린지트

배니피트, 회사창립기념일, 노조창립기념일, 설날 등에 드리던 선물은 모두 드릴 겁니다."

박 사장은 이판에 무슨 네고, 하고 속으로 투덜대며 단호한 어조로 말했다.

"그럼 저 혼자 결정 못합니다. 상집과 상의하고 상급노조와도 상의해야 합니다."

"우리 회사 일을 상급노조와 상의한다고요?"

"네. 우리나라 노동정책과 관련된 중요한 사항이잖아요?"

"협의하는 데 얼마 걸릴 것 같아요?"

"한 달만 주십시오."

"한 달씩이나. 일주일 만 드릴게요."

"그건 어렵습니다. 한 달 주십시오."

"일주일 후에 동의하는 것으로 알고 추진하겠습니다."

노조위원장은 한 달이라고 다시 강조하고 사장실을 나갔다.

이틀 후 생산본부장이 사장님 아이디어가 현장에 알려져서 자동화로 해고 대상인 생산직 직원들 사이에 치열하게 찬반 공방이 이어지고 있다고 박 사장에게 보고했다.

노조위원장과 면담한 일주일 후, 박 사장은 경영본부장을 불러 생산직 직원들에게 찬반을 묻는 설문조사를 하라고 지시했다. 경영본부장은 회장님 허락을 받았냐고 다시 확인했다.

"이 회사 사장은 나요. 경영의 전권을 위임받았어요. 지시대로 바로 실시해요."

박 사장이 강한 톤으로 말했다. 경영본부장은 더 이상 토를 달지 못하고 사장실을 나갔다.

노조위원장은 한 달 시간을 달라고 했는데 일주일 기다리고 설문조사를 하는 것에 항의를 표했으나 박 사장은 형식적인 항의로 받아들였다.

오후 5시가 설문 마감시간이다. 박 사장은 결과가 어떻게 나올까, 초조해하며 결과를 기다렸다.

오후 4시, 그룹 기획실장이 예고도 없이 박 사장을 방문했다. 그는 회장 최측근으로 신일그룹 운영정책을 결정하고 총괄하는 막강한 권한을 가진 그룹 내 실세다.

"어떻게 미리 말씀도 없이 우리 회사를."

박 사장이 실장을 맞으며 말했다.

"회장님 지시로 왔습니다. 회장님이 2교대 근무제 도입 전에 회장님 동의를 받으라 하셨는데 독자적으로 밀어붙이는 처사에 진노하셨습니다."

"아직 추진하는 거 아닌데요. 직원들 의견만 묻는 건데요."

박 사장이, 무슨 간섭이야, 하는 투로 투박하게 말했다.

"설문조사에서 찬성이 많으면 그냥 추진하실 거잖아요."

실장도 거칠게 말했다.

"이정희 회장이 경영의 전권을 주셨어요."

"주 24시간 근무제는 그룹 전체 아니, 국가 전체가 정책적으로 결정할 사항입니다. 박 사장이 단독으로 결정할 사항이 아니에요."

"그래서 제가 어떻게 하면 됩니까?"

"이 회장님이 저를 여기 보낸 뜻을 모르시겠어요?"

실장이 박 사장을 빤히 쳐다보며 말했다.

박 사장은 눈살을 찌푸리고 실장을 노려보다가 항복문서, 사직서를 갈겨써서 실장에게, 이거 받으러 온 거요, 하며 넘겼다.

실장은 어색하게 사직서를 받아들고, 건강하세요, 인사를 하고 바로 사장실을 나갔다.

박 사장은 기술 디스토피아를 막으려면 혁명적 대책을 세워야 하는데 그냥 밀려나네, 내일 퇴임식을 하고 회사를 떠날까, 쫓겨나는 처지에 그런 형식적인 의례는 생략하고 그냥 조용히 나갈까, 생각했다.

주례

테크노토피아

1.

이메일을 여니 페이스 북 친구들로부터 온 메시지 몇 개와 새로 친구 요청 세 건이 떴다.

나는 친구 요청부터 처리하기로 하고 차례로 요청 수락 버튼을 눌렀다.

오늘 페친을 요청한 두 명은 미국 여군이고, 한 명은 나영이라는 이름의 한국 여성인데, 그녀는 예쁘게 웃고 있는 30대 후반이나 40대 초반의 완숙한 미가 돋보이는 사진을 올렸다. 나는 나영의 사진을 보며 페친 놀이를 할 나이는 지난 것 같은데, 어떻게 나를 알고 페친을 요청했을까, 했다.

나는 페이스 북 내 소개란에 좀 불성실하게 대졸 중견간부라고만 달랑 게재했다. 20년 전 한라산 백록담을 오르며 찍은 환하게 웃는 사진을 올렸다. 웃는 모습이 퍽 순진하고 착하게 보여서인지 여자들의 페친 요구가 많다.

나는 나영이라는 여자가 성이 나씨고 이름이 영인가, 아님 그냥 이름이 나영이고, 성씨는 생략했나, 하고 수락 버튼을 누르고, 바로 그녀의 페친 요청을 수락한 것 자체를 잊었다.

이틀 후 메일을 여니 나영으로부터 메시지가 왔다.

이 더위에 안녕? 장기간 만나는 친구가 되고 싶은데.

나는 그녀의 메시지를 보며 내가 저보다 어린 사람으로 아는 모양이네, 하며 그녀의 메시지를 씹으려다가, 여자가 용기를 내서 메시지를 보냈을 텐데, 하며 답장을 보냈다.

서로 알지도 못하는데 무슨 오랜 만남?

그날 바로 답장이 왔다.

페북으로 연락은 그렇고 내 이-메일이 nykim76@naver.com. 서로 이-메일로 연락해요. 뗄 번호 알려주삼.

나는 그녀의 이메일 번호를 보고 성씨가 김씨군, 하며 76이면 76세란 뜻은 아닐 거고, 1976년생이란 모양이네. 그럼 마흔 넷, 한참 좋은 나이네, 하며, 내 이메일 번호 islee65@daum.net 를 알려줬다.

다음날 그녀로부터 이메일이 왔다.

선생님 이멜 번호를 보니 나이는 55세로 저보다 열한 살 많으신 거 같네요. 사진 보다 훨씬 많으신데. 저는 일찍이 유치원을 우수한 성적으로 졸업하고, 추첨으로 들어가는 공립중학교, 고등학교를 다녔고 서울 상대에서 학사 석사를 했습니다. 전도가 유망한 청년과 결혼을 하는 바람에 박사를 못하고 가정주부로 평탄하게 살다가 남편이 저보다 한참 어린 영계와 어울려서 노계는 물러나 주기로 하고 위자료를 좀 받고 물러나 주고 지금 자유의 몸으로 살고 있음. 신실하고 믿을 만한 남성을 찾고 있음. 선생님 신상을 알려주시면 제가 만날지 안 만날지 정하여 알려주겠슴.

나는 김나영의 메시지를 보고 서울 상대를 다녔다니 수원쯤 있는 대학을 다닌 모양인데, 좀 건방진 여자네, 자기가 나를 만날지 말지를 결정한다고, 하며 답을 할까 말까 하다가 날씨도 덥고 요즘 심심한데, 하며 답장을 보냈다.

유치원은 못 다녔고, 괜찮은 고등학교를 졸업하고 서울 약대에서 학사만 함. 성질이 괴팍하지도 않고 독신주의자도 아닌데 아직 홀로 살며 시민단체에서 활동 중임. 더 소개할 것이 없는데⋯. 더 알고 싶은 것이 있으면 문의하삼.

메시지를 보내고 며칠이 지나도 그녀로부터 답장이 없어 나는 서류 심사에 떨어졌네, 하며 허허 웃고, 한여름 밤의 해프닝으로 치부하고 잊었다.

일주일 쯤 지나 그녀로부터 메시지가 왔다.

제가 친구들과 동해안으로 피서를 가는 바람에 답장이 늦었어요. 답장을 늦게 한 벌로 제가 점심을 살게요. 한식은 매일 먹는 거니 빼고, 인도, 태국, 베트남, 중동 음식 중 고르시면 제가 식당 알려드릴 게요. 답장 기다립니다. 바람맞히지 마세용.

나는 메시지를 보고 허허 웃으며, 난생 처음 만나는 젊은 여자한테 점심을 얻어먹어? 참 세상 많이 변했네. 여자가 용감하게 먼저 손을 내밀고, 하며 답장을 썼다.

바닷바람 쏘이며 피서하셨다니 부럽습니다. 베트남 음식은 자주 먹어봤고 인도 음식은 카레 위주니 그렇고 옛날 이스탄불 갔을 때 먹었던 캐밥이 괜찮았는데 중동식 좋아요.

바로 그녀로부터 답장이 왔다.

이스탄불 가보셨어요? 저는 못 가봤는데. 삼성동 코엑스 파르나스 몰에 홈스라는 중동음식점 있어요. 거기서 뵈요. 서로 사진을 보아 얼굴은 알아볼 수 있겠지만. 혹시 몰라 제가 하얀 티셔츠를 입고 갈게요. 티셔츠 앞쪽에 검정색으로 PARIS가 새겨진. 그럼 내일 12시 거기서 뵈요.

나는 바로 답장을 썼다.

알았어요. 저도 검정색 티셔츠를 입고 갈게요. 가슴에 흰색, 한글체로 뿌리 깊은 나무라고 쓰인.

나는 장난기가 동해 메시지 문미에 하트 모양을 넣으려다가 그만 뒀다.

2.

나는 청와대 인사비서관으로부터 전화를 받았다. 상의할 일이 있으니 내일 11시에 보자고 했다. 전철을 타고 오시면 이 더위에 청와대까지 오시기 힘들 테니 고궁박물관 카페에서 보자고 했다. 지하철 3호선 경복궁역 5번 출구로 나오시면, 바로 박물관으로 연결된다고 친절하게 알려줬다.

나는 내일 나영과 12시에 만나기로 하여 11시에 비서관을 만나면 나영과 약속시간에 갈 수가 없을 것 같아 비서관과 만나는 시간을 10시로 바꾸자고 하려다가 바쁜 사람이 시간을 내서 만나자는데, 하며 그냥 비서관이 제시한 약속시간을 수락했다.

나는 비서관을 만나러 가며 나영과 만날 때 입고 가겠다고 약속한 검정 티셔츠를 입고 갈 수는 없어 난방에 콤비를 걸치고, 시간에 맞춰 고궁박물관 1층에 있는 카페에 들어섰다.

"이현성 씨, 시간 맞춰 오셨네요."

안경을 쓴 중키의 40대 후반으로 보이는 신사복을 입은 남자가 다가오며 명함을 건넸다.

청와대 마크가 찍힌 명함에 인사비서관 노영필이라고 박혀 있다.

노 비서관이 날씨도 더운데 냉커피 어때요, 하며 냉커피 두 잔을 사서 들고 자리로 갔다.

"국장님 바쁘실 텐데 바로 본론을 말씀드리겠습니다. 이번에 토지환경공단 이사장과 부이사장 자리가 나는데 이사장 자리는 정부에서 갖기로 했고, 부이사장 자리는 시민단체에서 추천하기로 했습니다."

노 비서관은 거기까지 말을 하고 냉커피를 한 모금 죽 빨대로 빨아 마셨다. 나도 비서관을 따라서 커피를 마셨다. 시원함이 목구멍을 타고 죽 흘러내려갔다.

"그래서 실장님께서 그동안 환경운동에 노고가 많으신 이현성 사무국장님을 그 자리에 추천하셨습니다."

나는 이 비서관의 입만 쳐다보며 토지환경공단이면 토지 오염에 대처하기 위해 설립된 기관인데, 나는 그 분야에 별 전문성이 없는데, 하고 생각했다.

"다음 주 공모절차에 들어갑니다. 공모에 응하시지요."

"저를 추천해 주셔서 감사한데, 몇 십 년 재야에서 운동하던 저더러 제도권으로 들어가라는 말씀이네요."

"네. 평생 환경운동을 링 밖에서만 하셨으니 이제 링 안에 들어가서서 해 보시지요."

노 비서관이 똑 부러지게 말했다.

나는 가타부타 대답을 않고, 노 비서관 입만 쳐다봤다.

"환경부하고는 이미 말이 끝났습니다. 공모에 응하시려면 서류를 제출하여야 하는데 경영계획서니 하는 것은 다 작성해 드리겠습니다. 오후에 전화가 갈 겁니다. 그 친구에게 명함판 사진 석 장, 이력서를 좀 자세히 작성해 건네주십시오. 그럼 그 친구가 모든 서류를 작성하여 제출할 거고, 서류심사는 당연히 통과할 거고, 형식적으로 면접은 하셔야 합니다. 아직 실장님께 감사 인사는 이르고 부임하고 나서 청와대로 오시면 제가 모시고 가서 실장님께 인사드리도록 하겠습니다."

실장은 대학 2년 선배다. 내가 대학교 2학년 전대협 운동을 막 시작했을 때 회장이었다. 그가 보안법 위반으로 도망 다니는 중 내 자취집에서 일주일간 피신한 적이 있다.

나는 대학을 졸업하고 학창시절 민주화 운동을 하다가 6개월 옥살이를 한 전과가 따라다녀 빤빤한 직장에 취직을 할 수가 없어 바로 시민운동에 뛰어들었다.

나는 여자와 기막힌 사연도 있었지만 가정을 꾸릴 만한 충분한 고정 수입이 없어 오십이 넘도록 결혼할 엄두를 내지 못했다. 그런데 실장이 옛정을 생각하여 억대 연봉의 직장을 주선한다!

"알겠습니다. 그럼 제도권에서 한 번 용틀임을 해 보지요."

내가 선선하게 대답했다.

"그렇게 전하겠습니다. 바로 명함판 사진 준비하시고 이력서 작성만 해 놓으십시오. 다음 일은 제가 다 알아서 하겠습니다."

노 비서관이 자리에서 일어서며 악수를 청하고 커피를 반도 마시지 않고 자리를 떴다.

나는 자리에 앉아 남은 커피를 마시며 억대 연봉을 주는 자리에 취직을 한다는 현실에 막 설레는 가슴을 달랬다. 나는 나영에게 갑자기 일이 생겨 12시까지 가기 어려우니 1시에 만나자고 카톡을 보냈다.

나는 전철을 타고 나영과 만날 장소로 가며 한 시면 최소 30분은 시간이 남겠네, 하며 30분은 식당 근처에 도착하여 별나라 도서관에서 보내자, 하고 시간 계획을 세웠다.

나는, 이현성! 너 무슨 바람이 불어 여자를 다 만나려 가는 거야, 하며 별일이네, 불여우한데 홀렸나, 하며 실실 웃었다.

나는 시민운동을 시작하고 바로 지독히 아픈 연애를 했다. 나와 같이 시민운동에 뛰어든 현정과 가난하고 생활이 나아질 미래의 비전이 없는 시민운동에 헌신하며 동병상련의 아픔을 나누다가, 서로 정이 들어 연인 관계가 되었다. 현정은 불알 두 쪽밖에 없는 나에게 헌신하여 나를 감격케 했다. 사글셋방 한 칸 얻을 돈 마련도 어려웠던 나는 현정에게 결혼하자는 말을 꺼낼 수가 없었다. 그녀도 내 처지를 알고 묵묵히 내 곁을 지켜줬다.

그렇게 2년을 보내다가 어느 날 그녀가 낌새도 없이 날아가 버렸다. 고정적으로 월급을 받는 대학 3년 선배와 둥지를 틀었다. 나는 선배와 그녀가 서로 접근하는 것을 전혀 눈치 채지 못했으며, 그녀는 전혀 내색도 않고 시치미를 떼다가 홀쩍 떠나버렸다.

나는 절망했었으나 어떻게 형국을 만회할 방법이 없었다.

그때부터 나는 여자를 불신하게 되었으며, 돈도 없었지만 여자를 못 믿고 그냥 혼자 살아왔다.

나는 페이스 북에서 사진만 본 여자를 만나러 가며, 50이 넘더니 뭐가 씌었나, 하며 내 심리상태를 이해하지 못해 고개를 살살 흔들며, 젊은 여자 만나서 뭐할 거야? 바쁜 일이 있어 오늘은 만날 수 없다는 메시지를 보내고 치울까, 하고 몇 번을 망설였다.

삼성역 두 정거장 전에 카톡 하는 소리가 들렸다. 나는 카톡을 열었다.

숙녀와 약속을 어긴 벌로 오늘 만남은 취소합니다. 내일 같은 시간에 뵈요.

나는 메시지를 보며 허, 소리를 냈다.

재미있는 여자네. 뭐 벌로 못 만난다고? 내가 안 만난다고 손해 볼 것 있어, 서로 밀당할 처지는 아닌데, 하며 오기가 뻗혀 긴 숨을 몰아쉬고 답장을 보냈다.

낼은 약속 있어 안 되고 모레 같은 시간에 봅시다.

내가 삼성역에서 내려 맥도날드로 가서 혼자 햄버거를 먹고 있을 때 그녀로부터 답장이 왔다.

좋아요. 그럼 약속을 어긴 벌로 점심 사세용

나는 허허 웃고 좋다는 답을 보냈다.

3.

나는 그린연대 사무실에서 좀 일찍 나서 나영을 만나러 갔다.

환경운동 단체인 그린연대는 대표와 사무국장 아래 여덟 명의 직원이 있다. 그린연대는 환경운동을 하며 정부에서 주는 쥐꼬리만 한 보조금과 불법 폭로가 두려워 마지못해 내는 후원금으로 겨우 조직을 움직이며 살아가다 보니 값싼 음식점 고객이 될 수뿐이 없다.

성경 말씀에 무엇을 먹을까 걱정하지 말라 했는데, 우리나라는 이제 보릿고개가 없어지고 잘 살게 되어 어디서 맛이 있는 음식을 먹을까, 찾는 시대로 바뀌었는데, 나는 아직도 그냥 무엇을 먹을까, 하는 수준의 세월을 보내면서 코엑스 파르나스몰에 있다는 음식점을 찾아갔다.

나는 삼성역에서 내려 5번 출구로 나가 파르나스몰이라는 안내판을 보고 문을 밀고 안으로 들어갔다. 바로 복도에 공예품을 진열한 가게가 보였으나 그 가게를 지나쳐서 복도로 들어서서 홈스라는 식당을 찾았다. 파르나스몰을 한 바퀴 다 돌았으나 홈스라는 간판을 단 가게가 보이지 않았다.

몰을 한 바퀴 돌고도 식당을 찾지 못한 나는 입구에 있는 가게 주인에게 물어서 겨우 식당을 찾아갔다. 식당에 한글 간판은 없고, HUMMUS라는 영문간판만 걸려 있다. 시간을 넉넉히 두고 왔었으나 식당을 찾느라 헤매는 바람에 약속시간을 지나 식당에 들어섰다.

페이스 북에서 사진을 이미 본 데다가 흰 티셔츠를 입고 나온 여자는 나영뿐이라 쉽게 그녀를 찾았다.

"지각하셨네요."

내가 그녀의 앞에 멋쩍게 웃으며 앉자 그녀가 툭 말을 던졌다. 나는 대꾸를 않고 그녀를 쳐다봤다. 얼굴이 오동통하게 생겼다. 빨간 입술과 약간 튀어나온 눈동자가 매력 포인트다. 선을 봤다면 합격 점수다.

"어떻게 가슴에 파리라고 새긴 티셔츠를 입으셨어요?"

나는 참 피부가 곱다고 생각하며 그녀의 하얀 윤기 나는 가슴에 달랑 걸린 진주 목걸이를 보며 물었다.

"아, 파리에 가고 싶어서 이런 티셔츠를 입었어요."

그녀가 상큼 웃으며 말했다. 웃는 모습이 눈에 부셨다.

"파리 한 번 가 볼만 하지요."

"아, 이스탄불도 가셨다고 하셨는데 파리도 가셨어요? 좋은 데 다 구경하셨네요."

"그런 셈인가. 일로 가서 별 구경은 못했어요. 그린피스 총회에 갔었어요."

"그린피스? 참 환경운동하신다고 하셨지?"

"네. 그린피스를 어떻게 아세요?"

"그린피스도 모르면 현대인이 아니지요."

그녀의 대답이 상큼하다.

그렇게 대화를 튼 두 중년의 남녀는 퍽 편하게 대화를 나누며 점심을 먹고 광장 건너편에 있는 맥도날드 점에 가서 아이스크림을 먹고 두 번째 만나는 약속을 하고 헤어졌다.

두 번째 데이트는 그녀의 차를 타고 교외로 나갔다. 그녀의 차는 1,000cc급 소형 차량이었으나 두 사람이 타고 다니기에 아무런 지장이 없었다.

차를 타고 가며 그녀는 그녀가 어떻게 이혼을 했는지 알려줬다.

그녀의 남편은 병원 원장이었단다. 젊은 간호사와 바람난 것을 그녀에게 들킨 남편은 상당액의 위자료를 제시하며 이혼을 요구했고, 그녀는 아들 양육문제로 고민하다가, 양육권까지 포기하고 5년 전에 이혼녀가 되었다. 그녀는 마음에 맞는 재혼 대상을 찾고 있다고 했다. 이 선생님은 퍽 인상도 좋고 하신데 아직 결혼을 하지 않은 독신이라니, 오십이 넘도록 결혼을 안한 것은 무슨 사연이 있겠지만 그거야 나와 상관없고 선생님의 인상이 좋아 다시 만나기로 했다고 했다.

두 번째 드라이브 데이트 말미에 그녀가 다 큰 성인끼리 그냥 이렇게 헤어지면 밋밋하고 궁합을 맞춰보면 어떠냐며 바로 러브호텔 주차장에 차를 세웠다.

현정과 헤어진 후 여자와 관계가 없었던 나는 이거 너무 빠른 거 아냐, 하며 망설여졌으나, 여자가 먼저 적극적으로 나오는데 남자가 밀릴 수는 없지, 하며 그녀의 유혹을 받아들였다.

관계를 마치고 그녀는 나를 빤히 쳐다보며 꼭 숫총각같이 서툴고 수줍어한다며 막 웃었다. 나는 한참 창피했다.

노 비서관이 말한 대로 노 비서관을 만난 날 오후 나는 환경공단 간부로부터 전화를 받았다. 그 간부가 내 사무실로 찾아와서 내 사진 석 장과 이력서를 가져갔다. 그는 환경공단 기획부장이라는 명함을 나에게 건넸다.

다음 날 오후 기획부장은 나를 부이사장님이라고 부르며 공모서류를 접수시켰다며 서류 사본을 퀵 서비스로 보냈으니 내일 아침이면 받아보실 수 있을 거라 했다.

　다음날 나는 기획부장이 작성한 내 공모서류를 보고 흡족했다. 공단 정관 정도만 알아서는 도저히 쓸 수 없는 깊이가 있었다. 공단의 현황과 미래의 비전을 잘 제시했다. 나는 공모서류를 보며 이 정도면 서류 심사는 문제없이 통과될 거라고 생각했다.

　10명이 공모했다고 했다. 서류 심사 통과자 5명 가운데 나도 들었다. 인터콘티넨탈 호텔 국화룸에서 면접이 있다는 연락이 왔다. 면접시간은 30분.

　심사위원 두 사람이 노골적으로 내가 대답하기 쉬운 질문을 던졌다. 나는 쉽게 면접을 마치고 3배수 1번으로 추천됐다는 결과를 공단 관리본부장으로부터 통보받았다. 환경부에서도 1순위로 청와대에 추천됐다고 알려왔다.

　10일 후, 원주공단에서 이사회가 있으니 이사회 후 피선 인사를 하시라는 관리본부장의 통보를 받고 나는 토지관리공단에 갔다. 이사회를 하는 동안 대기실에서 기다리다가 이사회의장에서 왁자지껄하는 소리가 들리고, 들어오셔서 이사님들에게 인사를 하라는 연락이 왔다. 나는 이사들 앞에서 재야에서 환경운동을 한 경험을 살려 토지 환경을 지키는 첨병이 되겠다는 인사를 하고 박수를 받았다.

　다음 날 오전 10시, 강당에서 내 취임식이 열렸다. 400명쯤 직원이 강당을 채웠다.

　나는 태극기에 대한 경례와 애국가를 부르며 기분이 묘했다. 우리 재야 모임에서는 태극기에 대한 경례와 애국가 제창은 없다. 애국가 대신 '임을 향한 행진곡'을 부른다. 고등학교 월례 조회 때 부르고 처음 애국가를 불렀으나, 그래도 가사를 잊지 않아 신기했다.

취임식이 끝나고 이사장 방에서 차를 마시며 경영간부들과 잠시 담소를 나누고 내 집무실로 안내를 받아 갔다. 집무실이 30평은 되는 것 같았다. 집무실 오른편 창으로 치악산이 보였다. 20대의 비서 아가씨가 상큼 웃으며 나를 반겼다. 내가 집무실에서 치악산을 올려다보며 서성이고 있을 때 노크소리가 나고 총무부장이 내 집무실에 들어서서 사택을 보러 가시자고 했다.

사택으로 가는 길에 부이사장님 월급을 송금할 은행 계좌를 알려주시라고 했다. 연봉은 1억 5천이며, 매월 4대 보험과 세금을 떼고 8백만 원 조금 넘는 돈이 입금될 거라고 했다. 나는 내 월급 액수를 듣고 가슴이 쿵했다.

나는 평생 한 달에 2백만 원 이상 봉급을 받아본 적이 없다. 어느 달은 100만원 남짓 받기도 했다. 환경운동을 하며 순수성을 버리고 환경 규정을 어긴 업자들 약점을 잡고 삥땅을 칠 수는 없어, 호구지책으로 결혼식 하객, 영화 촬영장에서 엑스트라, 방송국에 방청객으로 아르바이트를 하기도 했다. 그런데 매달 월급이 8백만 원이나 들어온단다.

내 임기는 2+1이다. 2년 임기는 보장되지만, 나머지 1년은 여간 운이 좋지 않으면 더할 수가 없을 거다. 이 생활이 끝나면 또 시민단체로 돌아가야 한다. 나는 그때를 대비하여 월급 중 3백만 원만 쓰고 5백만 원은 적금을 들기로 바로 결정했다. 2년이면 1억 원이 넘는 거금을 손에 쥐게 된다고 머리를 굴리는 사이 내 승용차, 제네시스가 대형 아파트 단지 주차장에 멈춰 섰다.

"부이사장님 사택이 이 아파트 105동 703홉니다."

총무부장이 앞장서서 엘리베이터로 가며 말했다.

총무부장이 현관문 열쇠 비밀번호 네 자리를 알려줬다. 내가 비밀번호를 누르고 앞장서서 사택에 들어섰다. 거실이 정말 넓다. 가죽 안락의자 앞쪽 벽에 커다란 티브이 세트가 보였다.

"45평입니다. 좁지 않으실지."

총무부장이 공손하게 말했다.

나는 속으로 나 지금 5평짜리 원룸에 사는데 45평 아파트가 좁다고, 하며 총무부장을 꾸짖고 싶었으나 꾹 참고, 아 정도면 혼자 사는 데 충분해, 하고 말하며 집을 둘러봤다. 거실 안쪽 방 두 개에는 각각 더블 침대가 놓여있고, 안방에는 흰색 옷장이 보였다. 나는 옷장을 열어보고 목욕탕을 열어보고, 거실로 나와 거실에 딸린 목욕탕도 열어봤다.

현관과 잇단 방에는 빈 책장이 빙 둘러있고 창가에 밖을 보게 놓인 책상에는 컴퓨터가 놓여있다. 거실에는 지능형 에어컨이 서있고, 부엌에는 냉장고와 식기세척기, 믹서, 토스터기, 전자레인지가 비치되어 있다. 베란다에는 세탁기가 보였다.

"혹 더 필요하신 가전제품이 있으면 구매해 드리겠습니다. 참 관리비는 노사합의에 따라 절반은 공단에서 부담합니다."

빈민가에 살다가 호화 아파트로 이사를 오게 된 나는 정신이 멍멍했다.

총무부장이 서울 집에서 옮기실 것이 있으면 집 열쇠 비밀번호를 알려주시면 그 물품을 저희들이 운반해 오겠습니다, 하고 말하여 나는 황급히 가져올 것 없어, 그런 거는 신경 쓰지 마, 했다.

금요일 오후 여섯시면 운전기사가 공단 현관에서 대기하다가 나를 태우고 서울 집으로 모셔다 준다.

둘째 주말 퇴근을 하고 서울 원룸으로 갔다. 나영이 어떻게 알았는지 내가 차에서 내려 원룸으로 들어가려 하자 빌딩 입구에서 나를 반갑게 맞이했다. 전혀 기대하지 않았던 그녀의 기다림에 나는 살짝 기분이 좋아졌다. 나는 그녀에게 내 5평짜리 원룸을 보여주기 싫어 저녁을 먹으러 나가자고 했다. 그녀는 자기 작은 차 대신 내 차를 운전해서 가자고 했다.

나는 자동차 운전면허가 없다. 그동안 먹고 살기 바빠 승용차를 살 생각은 꿈도 못 꿨으니 운전면허를 딸 필요가 없었다. 나는 전철과 버스로 돌아다녔다. 택시비가 아까워서 거의 택시는 타지 않았었다.

나는 내가 운전을 못하는 것을 나영에게 말할 수가 없어 잠시 망설이다가, 자기 내차 한 번 운전해 볼 거야, 하며 운전기사로부터 받은 자동차 키를 나영에게 넘겼다. 나영은 좋아요, 큰 차 한 번 몰아보자, 하며 깡충깡충 뛰면서 운전석으로 갔다.

그녀는 서종에 가서 쏘가리 매운탕을 먹자고 했다. 나는 서종이면 경춘고속도로로 가야 하는데, 쏘가리 매운탕이면 비싼 건데, 첫날부터 바가지 씌우나, 하며 조수석에서 안전벨트를 맸다.

그녀는 경춘고속도로를 달리며 차가 기가 막히게 잘 나간다며 내 허벅지를 툭툭 치면서 즐거워했다. 그녀가 허벅지를 칠 때마다 난 심장이 감전된 듯했다.

서종나들목을 빠져나가 5분쯤 가더니 그녀가 '해 뜨는 집' 상호가 붙은 음식점 주차장에 차를 세웠다. 그녀는 몇 번 그 집을 와 본 것 같았다.

소주를 곁들어 먹는 쏘가리 매운탕 맛이 별미였다. 그녀는 운전을 한다며 딱 소주 한 잔만 마셨다. 젊은 미녀를 앞에 놓고 소주를 마시며 나는 이렇게 사는 인생도 있구나, 하며 그 동안 사회 정의를 실현한다고 시민운동을 하며 궁핍하게 살아왔던 날들이 눈앞을 지나가 만감이 교차했다. 나는 법인 카드로 밥값을 계산했다.

내 원룸이 있는 오피스텔 건물 주차장에 차를 세우며, 그녀는 운전하느라 술을 못 마셨다며 집이 들어가서 한잔 하자며 나를 끌고 슈퍼로 가서 그녀의 카드로 포도주 한 병과 마른안주를 샀다. 나는 내 초라한 원룸을 보여주기 싫었으나, 피할 수 없을 것 같아 앞장서서 계단을 올라갔다. 오래된 5층 원룸에는 엘리베이터가 없다.

그녀는 내 방에 들어서며 낡고 좁은 방에 달랑 침대, 책상, 소형 냉장고만 있는 방안을 휘 둘러보고 놀라는 표정이었다.

내 방에는 포도주를 따는 도구가 없다. 나는 원룸 세 집을 들러 포도주 따는 도구를 빌려왔다.

그녀는 의자에 앉고 나는 침대에 걸쳐 앉아 조촐한 파티를 열었다.

파티를 마치고, 사랑을 나누고, 그녀는 침대에서 나는 바닥에서 잤다.

그날부터 우리는 주말부부로 생활했다.

5평짜리 원룸이 불편하여 나는 첫 월급을 받고 바로 10평짜리 월세 원룸으로 이사를 했다.

바로 이사를 한 것은 그녀와 생활도 불편했지만 주중에 45평 큰 아파트에서 혼자 날개를 치며 살다가 5평 원룸으로 기어 들어가면 정말 코딱지만 한 공간이 나를 억누르며 숨이 막혀서다.

금요일 저녁에는 그녀와 같이 음악당도 가고, 영화도 보았다. 뮤지컬이나 오페라는 내가 회사에서 여비서를 시켜 미리 예약했다. 토요일과 일요일 아침은 그녀가 챙겨줬고, 아침을 먹고 그녀가 찾아 놓은 명소로 가서 구경을 하고, 점심을 먹고 돌아다니다가 저녁까지 먹고 집으로 돌아왔다.

그녀는 평범하게 보일 때도 있었지만 대개 예쁘게 보였다. 그녀가 환하게 웃으면 백합꽃이 활짝 피어나 내 가슴을 철렁하게 했다. 그녀의 마술에 빠져 들어가며 나는 참 여자는 묘한 동물이라고 생각했다.

그녀와 주말부부 생활을 하다 보니 300만원 남겨놓은 생활비가 빠듯했다. 나는 300만원이면 혼자 넉넉히 살 수 있을 것으로 계산했었는데 의외의 복병을 만나 생활비를 충당하기 위해 적금을 깰 수는 없어 빚을 내야 할 형편까지 되었다. 그렇다고 나는 그 생활을 청산할 생각이 없었다. 여자와 살아보니 혼자 사는 것보다 퍽 편했다.

정부의 경영평가가 끝나고 우리 공단이 우등급을 받아 본봉의 80% 보너스가 지급되었다. 나는 일 년이 안 되어 내 연봉의 25%만 받았다. 목돈을 받은 나는 나영에게 옷을 한 벌 사주고, 목걸이와 귀걸이, 팔찌도 사줬다. 그녀는 어린애같이 좋아했다. 같이 사는 여자가 좋아하는 것을 보니 내 기분이 퍽 좋았다. 보너스 덕분에 빚은 내지 않아도 됐다.

나는 주말에 몰래 자동차 운전을 배우고 자동차 운전면허를 땄다. 원주에서 동네 운전을 하고, 구룡사도 가보고, 제천 의림지도 가보며 운전 실력을 늘렸다.

운동권에서 제도권으로 들어가서 보니 제도권의 운영이 허술하지 않았다.

　밖에서 형식적으로 보던 것보다 훨씬 더 짜임새 있게 환경관리를 하고 있었다. 주어진 한정된 예산을 효율적으로 쓰려고 여러 가지로 노력하는 것이 보였다. 나는 내가 별로 코치할 일이 없이 잘하고 있어, 몇십 년째 악악거리며 제도권을 비판했던 것에 좀 미안한 생각이 들었다.

　4.

　그렇게 세월이 흐르고 내가 제도권에 들어온 지 1년이 지났다. 이제 1년만 더 있으면 내가 태어나서 가장 풍족했던 생활이 끝난다. 내 임기가 2+1이니 잘하면 1년 더 연장 근무할 수가 있겠지만 내가 특별히 공단의 필수전문가도 아니고, 나를 이 자리에 추천했던 실장도 퇴임했다.

　부이사장이 하는 일은 이사장이 참석할 회의에 일이 있어 참석 못하면 대신 참석하고, 부서간 갈등이 있으면 양쪽 의견을 듣고 이사장까지 그 문제를 올려 보내지 않고 조정해 주면 된다. 골치 아픈 결정은 이사장이 하니 필요하면 조언만 하면 되고, 다행히 운동권 출신 장관과 잘 통하는 것이 알려져서 환경부 과장, 국장이 알아서 내가 말하면 잘 챙겨주어 관과의 관계의 가교 역할을 하며 조금은 월급 값을 하며 편하게 공단생활을 한다. 내 자리는 대우와 봉급에 비하면 퍽 좋은 자리다.

　청와대 노 비서관은 1년 연장은 청와대가 관여하지 않고 장관이 결정한다고 했다. 지금 장관은 나랑 시민운동을 같이 했던 친구라 그래도 희망이 있지만, 개각 1순위로 거론된다. 장관까지 퇴직하면 전혀 권력에 댈 줄이 없다. 일 년 지나면 물러나야하는데 벌써 안락한 생활에 습관이 들어서 새 생활에 다시 적응하려면 퍽 힘들 거다.

　이 자리를 물러나면 배운 도둑이 환경운동이라 내가 몸담았던 그린연대에 비집고 들어가야 하는데 대표는 그렇다 치고 이미 사무국장 자리도 후배가 차고 앉아있다. 돌아가면 고문 자리를 제의할 텐데, 고문이면 한 달에 100만원도 챙기기 어렵다. 지금과 비교하여 정말 쪼그라든 생활을 해야 한다. 그렇다고 다른 일을 할 재주도 없다. 내가 거의 일 년이나 주말부부를 하고도 미래에 대해 한 마디도 안 하자 나영이 나를 대하는 태도가 좀 실팍해진 느낌이다.

사람은 참 간사한 동물이다. 재야생활을 할 때는 버스를 타고 전철을 타는 것이 전혀 불편하지 않았었는데, 기사가 딸린 냉온방이 잘된 고급 승용차를 타고 쾌적하고 편안하게 움직이다 보니 버스니 전철보다는 자가용을 타는 것이 훨씬 몸에 익고 편했다.

시민단체 친구들과 만남도 차츰 소원해졌다.

매월 한 번씩 시민단체 회원이 산을 오른다. 나는 취임하고 첫 번째 산행 후에 기꺼이 식사대를 법인카드로 긁었다. 총무가 오늘 점심값은 이현성 토지환경공단 부이사장이 냈습니다, 하는 광고에 이어 터져 나온 박수에 가슴이 뛰고 얼굴에 열이 나고 기분이 뿌듯했다.

두 번째 달도 내가 밥값을 냈다. 세 번째 달에도 그들은 당연히 내가 밥값을 내는 것으로 치부하자, 속으로 이 녀석들 내가 봉인 줄 알아, 하는 욕지거리가 꿈틀하고, 기분이 뻘쭘했다.

월요일 법인카드로 결재한 영수증을 여비서에게 주자, 여비서가 매달 산 근처에서 받은 영수증을 정산하면 감사원 감사에 걸릴 수 있다고 총무부 실무자가 투덜거린다고, 얼굴을 붉히며 영수증을 받아갔다.

나는 여비서의 말을 듣고, 토요일에 산 근처 식당에서 무슨 공단 업무와 관계있는 회합을 했냐고 물으면 어렵겠네, 하고 가슴이 뜨끔했다.

나는 친척 아들 결혼을 핑계대고 다음 달 등산모임에 빠졌다.

20여 년을 제도권이 환경 관리를 잘못하여 국토를 망친다는 주제로 투쟁을 했었는데 막상 제도권에 들어와서 운동권의 주장을 반박하는 자료를 작성하고, 운동권의 약점을 파고들며 더 효과적으로 공략하는 비법을 직원들에게 지도하다 보니 가끔 웃음이 나기도 했다. 또 제도권 입장에서 자료를 작성하다 보니 제도권이 옳은 경우가 많아 그동안 시민운동을 하며 국민들을 잘못 오도했다는 미안한 마음이 들기도 했다.

나는 뮤지컬을 보고 포도주를 사가지고 집에 들어와서 건배를 외치고 유리잔의 청아한 소리를 들으며 기분을 내며 마주 보고 앉은 나영에게 말했다.

"내가 이제 일 년도 안 지나 부이사장 자리를 내놔야 하는데 자기 나랑 서울 근교에서 치킨집 할까?"

그녀는 바로 내 말을 못 알아듣는 것 같았다. 일 분쯤 지나 눈을 상큼이 치켜뜨고 대들듯 말했다.

"치킨집이요?"

"응 다시 환경단체 돌아가기는 군번이 좀 고참이 됐고, 먹고 살아야 하니…."

나는 그녀의 눈을 빤히 쳐다보며 말했다.

그녀는 내 말에 아무 대답도 않고 포도주 잔을 비웠다.

다음 주말 그녀는 친척 동생 결혼식이 있어 시골에 간다며 주말부부 생활을 접었다. 여자와 생활이 익숙해진 나는 주말에 서울에 올라와서 혼자 생활하며 불편하고 쓸쓸함을 맛보며 공단산악회를 따라서 등산이나 갈걸, 하며 그녀가 없는 서울에 온 것을 후회했다.

치킨집 말을 꺼낸 후 그녀는 주말에 행사가 많아져서 나와 주말을 보내는 시간이 줄어들었다. 그녀가 주말에 일이 있다고 미리 알려주면 나는 원주에 남아서 산악회를 따라서 등산을 하거나, 낚시회를 따라서 낚시를 하러가서 회원들로부터 부이사장 대우를 톡톡히 받았다. 그럴 때는 회원들의 박수를 받으며 법인카드로 밥을 사줬다.

박병성이 원주 내 사무실로 찾아왔다. 그는 나랑 같이 시민운동을 하다가, 한 2년 현장을 뛰더니 시민운동을 때려치우고 국영기업에 입사시험을 보고 국영기업에 들어가서 지금 부장을 하고 있다. 그는 시민운동을 그만두고도 가끔 나를 찾아와서 소주나 막걸리를 샀었다. 그는 몇 년 전 상처했다.

"이 원주까지 웬일이야?"

나의 사무실을 찾은 그에게 차를 대접하며 다정하게 물었다.

"부이사장님께 부탁할 일이 있어서 왔습니다."

"무슨 일?"

"제가 재혼을 하게 됐는데, 결혼식은 않고 그냥 살까도 했으나 그래도 친척들에게는 신부를 소개해야 하는 거 같아 조촐하게 한 백 명 친척 하객만 모시고 결혼식을 올리기로 신부와 합의를 봤어요."

"어 축하하네. 언제 어디서 결혼식을 하나? 내가 축하하러 가도 괜찮지?"

"그럼요, 당연하지요. 그래서 선배님이 주례를 좀 서주시면."

"주례를? 나 별로 내놓을 간판도 없고 아직 총각이라 주례는 안 서는데."

나는 완강한 목소리로 말했다.

"그래서 제가 이렇게 원주까지 왔습니다. 제가 존경하는 선배님이 주례를 서주시면 영광이겠습니다."

"허, 이거."

"감사합니다. 감사합니다."

박병성이 자리에서 일어서서 허리를 구십 도로 꺾어 인사를 했다.

내가 거절을 하자 그가 결사적으로 매달렸다. 나는 더 이상 거절하기가 그래서 언제 어디서 결혼하느냐고 물었다.

"9월 22일 토요일 12시, 무역센터 52층 퀸룸에서 합니다. 전망도 좋고 한 백 명이 앉을 수 있습니다. 중국 음식으로 점심 식사를 예약했습니다. 청첩장 찍으면 가져 오겠습니다."

"응 삼성역에서 내리면 되네. 아니, 내가 시간 맞춰 갈 테니 번거롭게 가

저 올 것 없어."

"그래도 신부될 사람과 함께 인사를 오겠습니다."

"이 원주까지 올 것 없네. 우리 편히 살자고."

나는 서울 10평짜리 초라한 원룸에서 박병성의 신부를 대면하기 싫었다.

"그래도 되겠습니까?"

"그래. 신랑 신부 학력 직장 등을 소개해야 돼?"

"재혼이고 가족들만 모이니 필요 없습니다."

"그래? 그럼 덕담만 하면 되겠구먼."

"네, 감사합니다."

"그럼 그날 결혼식장에서 보지."

나는 다이어리에다 메모를 하며 선선한 목소리로 말했다.

박병성은 좀 더 떠들다가 갔다.

나는 시간에 맞춰 예식장에 갔다.

나영이 친구들과 몰디브로 여행을 간다며 이번 주도 다음 주도 만날 수 없다고 문자를 보내 결혼식 주례만 안 하면 서울에 오지 않고 주말을 원주에서 보냈을 거다.

신랑이 52층 엘리베이터를 나서는 나에게 다가와서 꾸뻑 인사를 하고 바로 사회자를 소개해 줬다. 나는 접수대에 가서 축의금을 접수하고 사회자와 같이 식당 안으로 들어가서 주례석으로 보이는 자리로 가서, 예식 순서지를 앞에 놓고 사회자와 주례의 역할을 조정했다. 순서지에 적힌 신부의 이름이 김나영이다.

나는 순간 참 묘한 인연이네. 어떻게 신부 이름이 나랑 일 년 넘게 주말부부를 한 여인과 같지, 하며 속으로 웃었다.

나는 마련된 주례석에 앉아 총각이 공연히 주례를 서겠다고 했다고 깊게 후회하며 박병성과 재혼하는 하필 나와 주말부부를 한 그녀와 이름이 같은 김나영이라는 여자는 어떤 여자일까, 상상하며 시간을 보냈다.

내가 우두커니 앉아서 식당에 속속 도착하여 끼리끼리 손을 잡고 서로 반기는 하객을 보고 있을 때 시간이 되어 사회자가 예식을 시작하겠으니 하객님들은 자리에 앉아 주시라는 광고를 했다. 100석 쯤 앉을 수 있는 식당이 거의 찼다.

촛불 점화를 하는 신부 어머니의 얼굴이 낯에 익다. 나는 저 여자를 어디서 봤지, 하며 신랑 신부의 입장을 기다렸다.

사회자의 진행 멘트에 맞추어 신랑이 어색한 미소를 지으며 입장했다. 나는 주례석에 서서 성혼선언문에 쓰인 김나영이라는 이름을 유심히 보며 참 묘한 인연이다, 했다. 아버지의 손을 잡고 신부가 등장했다. 신부가 가까이 다가오자 나는 눈에 익은 그녀의 모습에 놀라며 주례석으로 다가오는 신부를 뚫어지게 쳐다봤다.

김나영!

나랑 일 년 넘게 주말부부 생활을 했던 여자다!

나는 전신이 떨리고 정신이 혼미하여 쓰러지지 않으려고 탁자를 움켜쥐고 눈을 꼭 감았다.

나는 자리를 피해 도망칠 수도 없고, 나랑 일 년이나 산 여인에게 후배를 신랑으로 맞이하겠느냐는 약속을 물을 수도 없을 것 같아 그냥 그 자리에서 푹 꺼져 사라졌으면 했다.

쇠귀에 경읽기

테크노토피아

1.

　박경태는 대만이 국민투표로 탈원전정책을 부결시켰다는 기사를 보며, 대만 총통이 묘한 신념으로 밀어붙인 정책이 결국 국민의 심판을 받았네, 하며 우리나라는 언제 문 대통령이 '판도라' 라는 사실과 맞지 않는 영화를 보고 감상에 젖어 결정한 탈원전정책이 바뀔까, 했다.

　"여보, 저 에어컨 5분의 4는 이제 우리 거다."

　박경태가 부엌에서 설거지를 마치고 거실로 나오는 아내에게 말했다.

　"5분의 4가 우리 거라니?"

　아내가 무슨 소리를 하느냐는 표정으로 물었다.

　"5개월 월부로 산 거 이제 4번 카드값 갚았어."

　"에이, 무슨 말이라고. 애들 들으면 썰렁하다고 한다. 당신 오늘 점심 먹으러 나간다고 했지? 어디로 가?"

　"분당으로."

"나도 나갈 건데 분당이면 멀리 간다."

"분당 사는 친구가 매번 서울로 오기 멀다고 투덜거려 이번에는 우리들이 분당으로 가기로 했어."

"잘 했네. 공평하잖아. 경기도 사는 것만도 그런데 매번 서울까지 밥 먹으러 나오려면. 그래도 올 여름 무척 더웠는데 저 에어컨 참 잘 써먹었다. 새로 샀더니 성능도 좋고 전기세도 덜 나오고."

"그렇지, 에너지 절약형을 만들려고 애를 쓰니. 금년 겨울에는 전기가 안 모자랐으면 한다."

"전기가 왜 모자라?"

"겨울 되면 난방용으로 전기를 많이 쓰잖아. 여름 냉방보다 더 써."

"그건 정부가 알아서 다 해줄 텐데 무슨 걱정."

"지난 여름에도 정부가 예측했던 것보다 600만 kw나 더 수요가 걸려 아슬아슬하게 넘겼거든. 겨울에 난방수요가 더 커지면 전기가 모자랄 수도 있지."

"걱정도 팔자다. 당신 한전 퇴직한 지 언젠데 아직도 걱정이야. 그런 것은 정부가 다 알아서 해줄 거니 걱정 말고 나 무릎 아픈데 이 쓰레기나 좀 버리고 와."

아내가 쓰레기봉투를 건네며 말했다.

박경태는 두 말 않고 쓰레기봉투를 받아 들고 현관으로 갔다.

박경태는 전철 2호선 강남역에서 신분당선으로 갈아탔다. 그는 시인 이수연과 소설가 석호철을 만나러 간다.

시인 이수연은 일산에 살며, 교육대학을 나오고 국어 선생을 하다가 퇴직했다. 신문사 신춘문예로 등단한 지 30년이 넘는 원로 시인이다.

소설가 석호철은 분당에 살며 법대를 나와 다섯 번 고시를 떨어지고 방향을 돌려 증권감독원에 근무하다가 퇴직했다. 퇴직하는 해에 소설가로 등단한 신인 작가다.

박경태는 공대를 나와 한국전력에 다니다가 정년퇴직하고 수필가로 등단한 지 5년 됐다. 문학 심포지엄에 참석했다가 우연히 한 자리에 앉아 식사를 한 네 사람은 그 후 의기투합하여 한 달에 한 번씩 만나고 있다. 모임의 또 한 멤버인 시인 조정애는 서유럽 여행을 떠나 오늘 모임에는 빠졌다.

모임장소는 일산, 서울, 분당, 서울로 돌아가면서 한다. 각 지역 거주자가 식사값을 낸다.

박경태는 정자역에서 내려 항상 만나는 '옛고을' 식당으로 갔다. 옛고을 식당은 파전에 막걸리 궁합이 제격이다.

박경태가 식당에 들어서니 벌써 두 사람이 와서 대화를 나누고 있다. 박경태가 자리에 앉자마자 파전과 막걸리가 나왔다. 먼저 온 사람이 주문을 한 모양이다. 세 작가는 막걸리를 잔에 가득 따라 건배를 하고 첫잔을 죽 들이키며 목을 축였다.

"오늘 신문 보니 민노총 새끼들이 자기회사 노조 담당 임원을 가둬놓고 행패를 부렸던데, 녀석들은 법을 어떻게 아는 거요?"

박경태가 법을 전공한 석호철을 건너다보며 큰 소리로 말했다.

"법? 법이 뭔데 힘이 먼저지."

석호철이 받았다.

"법을 전공한 분이 그런 소리를 하면 어떻게 해요?"

이수연이 반격했다.

"법은 힘이 받쳐줘야 힘을 발휘하는 건데 이 정부 출범 일등공신이 민노총인데 어떻게 구속하고 제재하나? 조선시대에 공신들이 왕권 위에 군림한 것이 한두 번이었나?"

석호철이 달관한 듯한 목소리로 말했다.

"그때는 봉건사회였고 지금은 민주 법치국가인데 어떻게 법 위에 군림하는 세력이 있을 수가 있어요?"

박경태가 반박했다.

"민주 법치국가? 대학교 1학년 때 헌법 교수가 나라의 기본법인 헌법은 바다 위에 떠다니는 큰 배와 같다고 하셨어. 바다가 잠잠하면 헌법 질서가 유지되고 순항하지만, 바다에 풍랑이 일면 배가 흔들거리고 헌법 질서도 흔들거린다고. 예를 들어 쿠데타가 일어나 힘의 논리가 득세하면 탈헌법적으로 계엄령을 선포하고, 국회를 해산하고, 정당을 해산해도 누가 헌법 어겼다고 시비하나? 그래서 헌법은 바다가 잠잠할 때 최고의 권위를 가지는 기본법이지 바다에 풍랑이 거세지면 그 효력이 흔들거리지. 그래서 힘을 가진 자는 법 위에 있는 거야. 우리나라에는 언제부터 육법 위에 떼법이 있었는데, 떼법이 통한 적이 한두 번이 아니었잖아? 그건 떼법을 부리는 자들이 법보다 더 힘이 세서이지."

석 작가가 비장한 표정으로 말을 이어갔다.

"석 작가 말 들으니 그러네요. 나는 공돌이라 그냥 법이 최고인지 알았는데 힘이 최고라. 그러고 보니 국제관계에서도 국제법이니 하는 것보다 힘이 우선인데. 힘센 나라가 하는 일은 정의고, 진리고. 그 대표적인 예가 핵비확산조약이야. 핵무기를 가진 미국, 러시아, 영국, 프랑스, 중국은 핵무기를 더 만들든, 성능을 개선하든 아무런 제약이 없어. 그 나라가 미사일 개발한다고 시비하는 거 봤어. 그런데 그 외의 나라가 핵무기를 만들려고 하면 난리야. 인도, 파키스탄은 핵무기를 개발한 지 40년이 지나서야 핵보유국으로 인정받았지. 그것도 패권국 미국이 중국 포위를 위해 동맹국으로 필요가 생겨서지. 이스라엘은 핵무기가 있는 걸 다 알고 있는데 세계 최강 미국이 봐줘서 전혀 문제가 안 되고. 이스라엘과 대치중인 중동국가가 핵무기 개발하려는 눈치만 보여도 막 조지잖아. 북한이 핵무기를 개발하니 미국이 나서서 핵비확산조약 위반이라고 막 조지고. 경제제재를 하고 폭격하겠다고 위협하고. 그 바람에 우리나라는 좋지만. 남북한 재래식 무기는 우리가 우세하지만 한 번에 몇 십만, 몇 백만을 죽일 수 있는 핵무기를 가지면 전력 비대칭이 심화되지. 그래서 우리는 어떻게든 미국의 힘을 빌려서라도 북한을 비핵화시켜야 하는데."

박경태가 말을 마치고 막걸리를 죽 들이켰다.

"그럼 우리나라도 핵무기를 만들면 되잖아요? 원자력기술이 세계 최고라면서요?"

이 시인이 눈을 동그랗게 뜨고 박경태에게 물었다.

박경태는 그녀의 눈이 참 맑다고 생각하며 말을 이었다.

"우리나라도 핵비확산조약상 핵비보유국이라 핵무기 개발을 시도하면 바로 국제적인 제재가 들어와요. 그럼 우리나라 전력의 30%를 담당하는 원자력발전소용 핵연료 공급이 끊겨요. 그럼 원자력발전소를 못 돌리니 전력 대란이 오지요. 우리나라는 우라늄이 생산되지 않아 핵연료 100%를 수입하고 있거든요. 우리나라는 세계 최고의 원자력기술을 가지고 있지만, 지금 원자력에 크게 의존하여 핵무기 개발은 엄두를 못내요. 좀 전에 말씀드렸지만 인도는 40년을 기다려서 멍에를 벗었어요. 우리는 그렇게 버틸 여건이 못 돼요."

"무슨 말인지 접수. 그럼 우리가 핵무기를 못 만들면 비대칭 전력을 해소하려면 북한 비핵화 국제공조에 적극 협력해야겠네."

석 작가가 말했다.

"그런데 저는 문외한이지만 문 정부가 북한 비핵화에 소극적인 거 같던데…."

이 시인이 말했다.

"그것은 우리 민족끼리라는 국제 힘의 논리를 제대로 이해하지 못한 소치가 아닌가 생각돼요. 가끔 북한 핵무기가 남북통일이 되면 우리 것 아니냐고 하는 주장을 듣는데, 그럼 공산 통일로 가는 것을 용인하겠다는 건데. 북한 체제가 얼마나 폐쇄적이고 자유가 없고 인권도 없고 한 나란데, 그 체제로 가자는 건지. 또 제가 북한 가봤는데 시골은 정말 못살아요. 우리 1960년대같이 못 살아요. 통일 되면 그 사람들 먹여 살려야 하는데 그게 쉽겠어요? 독일이 통일될 때 동독 GDP가 5,000불이었어요. 지금 북한 GDP가 겨우 천불이에요."

박경태가 끌끌 혀를 찼다.

"그런 정치적인 이야기는 정치가들에게 맡기고 조 작가가 독일 가서 로렐라이 언덕 갔을까요?"

이 시인이 말했다.

"로렐라이 언덕? 가는 것보다 그냥 노래가사로 아름답게 상상의 날개만 펴는 게 나은데."

박경태가 말했다.

"무슨 말?"

이 시인이 물었다.

"가 보면 강가에 있는 평범한 언덕이에요. 보고 나면 꿈이 팍 깨져요."

"그런 곳이 한두 곳인가, 노래가사만 믿고 기대를 가지고 갔다가 기대가 무너진 곳이."

석 작가가 말했다.

"참! 대만에서 국민투표로 탈원전이 깨졌던데 박 작가님은 기운이 나겠어요."

이 시인이 화제를 돌렸다.

"네, 대만은 원자력발전소 6기를 돌렸었는데, 2016년 차이잉원 총통이 선거공약으로 탈원전을 내세웠었어요."

박경태가 말했다.

"대만이 겨우 여섯 기 돌려요? 우리나라는 스물 몇 개 돌린다고 들었는데."

"네, 우리나라는 스물다섯 기 돌리다가 고리 1호기를 폐로하여 스물 네 기 돌리고 있어요."

"그런데 겨우 여섯 기 돌리면서 탈원전한다고 했어요?"

석 작가가 말했다.

"네. 대만은 우리보다 경제 규모가 작잖아요? 원전을 우리나라와 같은 시기에 시작했는데 여섯 기만 돌리고 있어요."

박경태가 말했다.

"우리나라는 문 대통령이 판도라라는 영화 보고 감동 받아 탈원전정책 결정했다는 말도 있던데 대만에는 판도라라는 영화도 없었을 테데 왜 탈원전 결정했대요?"

석 작가가 박 작가를 보며 물었다.

"전세계적으로 그린피스 등 환경단체는 환경을 생각한다고 하면서 제가 알기로는 가장 환경친화적인 원전을 폐지하자고 주장하고 있어요. 아마 대만 총통도 시민단체 주장에 솔깃한 거겠지요."

"우리나라도 환경연합 등 환경단체가 있는데, 그들도 원전 반대하는 거 같던데요."

"네 그래요. 원전에서 나온 방사성물질이 위험하다고. 심지어 원전이 핵폭탄같이 폭발한다는 엉터리 선전도 해요."

"나도 원전이 폭발하면 위험하다고 들었어요. 판도라 영화는 안 봤는데 그 영화에서 지진으로 원전이 터졌다면서요?"

"원전이 터진 것이 아니고 원자력발전소를 보면 둥근 돔이 보이지요? 그 것을 격납용기라고 하는데 그것의 일부가 터진 것으로 나와요."

"그 격납용기 굉장히 튼튼하다고 들었는데, 어떻게 터져요?"

"격납용기는 두께가 1m가 넘는 콘크리트 방벽이에요. 그런데 원자로에 냉각수가 잘 안 들어가면 우라늄이 핵분열로 열이 계속 나와 원자로에 남은 물이 수소와 산소로 분해돼요. 수소는 가연성 기체라 수소가 모인 곳에 불통만 튀어도 폭발해요. 그 폭발력이 커서 격납용기 일부가 터질 수 있어요."

"격납용기 일부가 터지면 뭐가 문제 돼요?"

"격납용기는 원자로에서 생긴 방사성물질을 발전소 밖으로 방출되지 않게 막는 방호벽인데 그 일부가 터지면 요도, 세슘 등 기체 방사성물질이 발전소 밖 대기로 방출돼요. 그래서 격납용기 안에 수소가 발생하면 모이기 전에 바로 태우는 그런 시설을 해놨어요. 영화 판도라에서 나오는 발전소는 그런 시설이 없는 것으로 가정하고 영화를 만들었어요. 우리나라 발전소에는 수소를 태우는 시설이 다 있는데. 그래서 폭발할 수가 없어요."

"그럼, 스토리가 엉터리란 말이네요?"

"그 점 말고도 사실과 다른 가정이 여러 건 있어요. 발전소장이 40년 된 발전소가 위험한데 제대로 정비도 않고 돌린다고 대통령에게 탄원서를 보내는 장면이 나와요. 원자력발전소는 대개 일 년 반에 한 번 핵연료를 교체할 때 대대적으로 보수해요, 낡은 부품을 갈고. 그래서 원자력안전위원회에서 박사급 원자력 기술자가 400명 쯤 근무하는 원자력안전기술원의 지원을 받아 정비된 발전소의 안전성을 세밀하게 점검하고 다시 발전소를 돌리도록 허가를 해요. 그래서 정비가 안 된 발전소를 돌린다는 말은 거짓이에요. 또 발전소 격납용기 개방여부를 대통령이 결정하는 것같이 꾸몄고, 노회한 총리와 정치적 갈등이 있는 것으로 꾸몄는데, 발전소 운전에 관한 사항은 발전소를 기술적으로 제일 잘 아는 발전소장이 결정해요. 또 주인공의 아버지와 형님이 방사선 피해로 사망한 것으로 되어 있는데 우리나라 원전 40년 운전 중 한 번도 방사선 피해로 사망한 적이 없어요."

"그래요? 최근 경주에 꽤 센 지진이 발생했다고 언론에 보도되었는데 원전은 그런 지진에 걱정 없어요?"

이 시인이 물었다.

"네. 옛날에 지은 원전은 지진 강도 6.0까지 견디도록 건설되었고, 최근 짓는 발전소는 지진 강도 7.0까지 견디도록 내진 설계가 되어 있어요. 그렇게 설계한 것은 신라시대부터 우리나라 지진 정보를 다 종합하여 결정한 거요."

"그래요? 그럼 판도라 영화에서는 얼마나 센 지진이 온 것으로 되어 있어요?"

"6.1입니다. 그래서 횟집 간판이 떨어지고 발전소 급수 파이프가 균열되는 것으로 되어 있어요. 그런데 실제 6.1 규모의 지진이 일어나면 횟집은 무너지고 그 영화에서 나오는 석유화학단지는 다 불바다가 되어야 해요. 그런데 영화에서는 원전에서는 난리가 났는데, 원전 앞바다는 잠잠하고 화학

단지는 불야성을 이룬 채 문제 없이 가동되고 있어요.”

“그래요? 저는 지진강도 6.1이 얼마나 센지는 잘 모르겠고, 원전에 있는 1m 두께의 격납용기가 터지면 그 근방 공장은 다 쑥대밭이 되겠던데….”

“거기다가 원전은 지진 등 이유로 원자로에 물을 공급하는 파이프가 탁 잘라지는 최악의 경우를 가정해서 설계했어요. 그 때도 안전하게 수습되도록. 파이프가 잘라지면 바로 비상냉각수 계통이 작동되어 냉각수가 원자로에 공급돼요. 그런데 그 영화에서는 파이프 균열이 일어나서 냉각수 공급이 일부 새는 현상이 일어났는데, 비상냉각수 계통 작동 같은 조치는 안 일어나고 파이프를 용접한다고 난리에요.”

“그래요? 제가 영화를 한 번 보고 의문점을 여쭈어볼게요. 참 저도 원전이 폭발한다는 말을 들었는데 정말 폭발 않는 거요? 박 작가가 우리한테는 거짓말 않겠지요.”

“기술적으로 폭발할 수가 없어요. 좀 어려운 말인데 우라늄은 무게가 235와 238인 두 동위원소가 있어요. 자연에는 무게가 238인 동위원소가 99.3% 있고, 235는 0.7%만 있어요. 그런데 핵분열을 잘 일으키는 동위원소는 우라늄 235입니다. 그래서 원전에 쓰는 연료는 농축이라는 과정을 거쳐 우라늄 235 농도를 4내지 5%까지 높여서 써요. 원자탄을 만들려면 우라늄 235 농도를 90% 이상 농축을 하고요. 그래서 핵연료는 농축도가 높지 않아 폭발을 할 수가 없어요.”

“뭔지는 잘 모르겠고 그래서 북한에 농축시설이 있다고 하는구나. 농축시설에서 순도가 높은 우라늄을 만들어 핵폭탄을 만들지요?”

이 시인이 고개를 끄덕이며 술잔을 박 작가에게 권했다.

“네. 핵무기를 만들려면 농축 우라늄이나 플루토늄이 있어야 하는데 북한은 두 가지 핵물질을 확보할 수 있는 시설이 다 있어요.”

“플루토늄이라고 하셨지요. 그건 또 뭐예요?”

이 시인이 물었다.

“아, 플루토늄은 자연에는 없는데 원자로에서 핵연료가 타면 우라늄 238

이 핵분열을 않고 중성자를 잡아먹고 무게가 더 무거운 플루토늄이 생겨요. 그놈도 우라늄 235같이 핵분열을 잘 해요. 그래서 타고난 연료를 재처리하여 사용후 연료 중에 들어있는 플루토늄만 회수하여 핵무기를 만들어요."

"그래서 북한이 재처리시설이 있다고 하는구나. 박 작가님 덕분에 많이 배웠어요. 자 한잔 죽 듭시다."

석 작가가 잔을 들며 말했다.

세 문인은 4년 임기가 끝나 내년 1월 실시되는 한국문인협회 이사장 선거 후보로 나온 문인들에 대하여 문단 원로인 이 시인이 평을 해줬다. 두 신진 작가는 열심히 이 시인의 말을 들었다.

2.

네 명의 문인이 인사동 오죽헌─에트랑제 식당에서 만났다. 서유럽을 다녀온 조정애 시인의 귀국환영 파티를 겸했다.

오죽헌은 한옥 세 채가 ㄷ자 모양으로 배치된 전형적인 한정식 식당이었으나, 최근 디지털시대의 흐름에 맞춰 한 채는 예전같이 한식당으로 운영하고, 한 채는 젊은이들의 취향에 맞게 매일 메뉴를 바꿔 월요일 휴무, 화요일 이태리, 수요일 멕시코, 목요일 인도, 금요일 태국, 토요일은 스테이크 위주의 서양 음식, 일요일은 일식 음식점으로 개조했다.

또 한 채는 카페로 꾸며 국산차와 여러 나라 전통차를 판다. 벽면은 미술 전시관으로 활용하고, 둘러앉아 수다를 떨 수 있는 다탁이 있고, 혼족을 위해 온라인 시설을 갖춰 컴퓨터와 벗하며 차를 즐길 수 있도록 꾸며 놨다. 식당을 개조하고 식당이름 끝에 에트랑제를 덧붙였다.

한식당에 자리한 네 문인은 정식 4인분을 주문했다.

"조 시인의 무사 귀국을 축하하며 한잔 죽 듭시다."

모임의 연장자인 박경태가 건배를 제의했다. 네 사람은 막걸리 잔을 부딪치며 '위하여!'를 외쳤다.

"조 시인 어디 어디 다녀오셨어요?"

이 시인이 물었다.

"아, 서유럽 4개국, 프랑스, 스위스, 이탈리아, 독일을 다녀왔어요. 가는 곳마다 우리나라 관광객이 많아 한글 안내판이 있어 기분이 좋았어요. 공항이나 거리에 삼성, LG 선전 간판이 서있어 뿌듯했고."

"그럼 파리, 로마, 베를린 가셨을 거고, 스위스는 어디 가셨어요?"

"독일은 베를린 안 가고 하이델베르크를 갔었어요. 그래서 대학도 들르고 철학자의 길도 걷고 했지요."

"그럼 황태자의 첫사랑에 나오는 맥주집도 갔겠네요?"

"네, 가서 드링크 드링크 하는 노래 들으며 생맥주 한 컵 마셨지요."

"그래서 좋은 시 건졌어요?"

"그냥 맥주만 즐겼어요. 귀국 비행기 타러 버스로 프랑크푸르트로 달려와서 일박하고, 터키탕 구경도 했지요."

"좋은 여행하셨네. 남편 분과 같이?"

"네, 남편 교직 은퇴기념으로 갔었어요."

"부럽다. 나같이 혼자 사는 사람은 갈 남자가 있어야지?"

이 시인이 푸 한숨을 내쉬었다.

"제가 파트너 해 드릴까요?"

석 작가가 말했다.

"부인은 어떻게 하시고?"

"부인? 문인들이 문학기행 간다고 하면 돼요."

"두 분 연애하면 우리 모임이 깨지니 그냥 친구로만 지냅시다."

박경태가 말했다.

"샘나세요?"

조 시인이 미소를 던지며 말했다.

"샘나기는. 이렇게 남자 둘 여자 둘이 친구로 만나는데 한 쌍이 연인이 되면 어색해질 것 같아서요."

"박 작가님은 뭐 그렇게 구식이요? 국영기업이라는 틀에 짜인 직장생활을 해서인가?"

석 작가가 잔을 부딪쳐 오며 말했다.

"구식? 그런가?"

박경태가 막걸리를 죽 들이키며 허허 웃었다.

"참 제가 프랑크푸르트 호텔에서 티브이를 켜니 풍차도 나오고 태양광 집열판도 나오고 DIE SOLARENERGIE 또 WINDSTARKE 등 자막이 나오던데 제가 독일어는 못하지만 고등학교 때 제2외국어로 독일어를 배웠어요. 그래서 그 뜻이 바람, 태양 하는 정도는 짐작하지요. 열띤 토론을 하던데 무슨 말인지 못 알아들었고, 박 작가님 전기회사 다녔으니 독일도 우리나라 같이 태양광, 풍력 열심히 추진해요?"

조 시인이 진지하게 물었다.

"독일은 우리보다 훨씬 먼저 탈원전정책을 채택하고 재생에너지 개발에 뛰어들었어요."

"그래요? 그럼 우리 선배네요."

"보통 선배 정도가 아니고 대선배예요. 1980년대부터 녹색당은 탈원전정책을 당 핵심정책으로 채택했지요. 2000년 사민당이 녹색당과 연정을 구성하며 녹색당의 탈원전정책을 수용하는 조건부로 했어요. 그래서 2년 후인 2002년 재생에너지법을 마련했지요."

"재생에너지법? 그 골자는?"

법을 전공했던 석 작가가 흥미를 보였다.

"태양열, 풍력 등 재생에너지 개발을 촉진하여 재생에너지 발전소를 건설하면 정부가 20년 동안 적정요금을 보장하는 법률이지요. 미처 송전시설이 건설되지 않아도 재생에너지 발전시설만 건설하면 생산되는 전기를 그냥 버려도 요금은 지불합니다. 그래서 너도 나도 태양광발전소를 지붕이나 빈 공간에 건설하여 지금 약 180만 발전업자가 생겼어요. 지금은 아주 큰 이익집단이 되어 선거에 영향을 미쳐 제도를 바꾸고 싶어도 못 바꿔요."

"180만이요? 그럼 풍력은?"

"풍력은 한기 건설비가 4, 50억 원 드니 개인이 건설하기는 어렵고, 주로 북부지역과 북해 해상에 건설했어요. 북부에서 생산한 풍력전기를 전기수요가 많은 남부까지 송전해야 하는데, 송전선 건설이 주민 반대로 어려워 어려움을 겪고 있지요. 어쨌든 재생에너지 총 발전소 용량이 1억 kw가 넘어요."

"독일도 송전선 건설을 반대하는구나. 1억 kw면 우리나라 총 발전용량과 비슷하잖아요?"

이 시인이 물었다.

"이 선생님은 어떻게 그런 것을 다 아세요?"

박경태가 물었다.

"신문에서 본 것 같아요. 우리나라 발전용량이 1억 kw넘었다고. 해방되고 북한이 단전했을 때 겨우 37만 kw였는데 거의 300배 늘었다고 크게 보도됐었어요."

"이 시인님 대단하시다. 그런 숫자도 다 외우시고. 그래요. 독일은 화력 원자력 등 재래식 발전소 용량도 1억 kw가 넘어요. 독일 전기수요는 최고 8천만 kw 수준인데 재래식 발전소를 없앨 수가 없어요."

"왜요? 뭐 하러 수요의 두 배나 넘는 발전소를 가지고 있어요?"

"태양이 뜨는 것과 바람이 부는 것은 사람 마음대로 못해요. 밤이나 구름이 끼면 태양광발전소는 쉬고, 바람이 안 불면 풍력발전소는 쉬어요. 독일의 경우 최악의 날에 재생에너지 발전소가 1%, 백만 kw 안 되게 돈 날이 있었어요. 그런 날이라고 전기는 안 쓸 수 없고, 재래식 발전소를 돌려야지요. 아님 주변 국가에서 사오던지. 그래서 재래식 발전소를 못 없애요."

"그럼 이중 투자인데 자본의 비효율적 낭비네."

석 작가가 말했다.

"그렇지요. 그래서 재생발전소가 잘 돌 때는 전기가 남아돌아 싼값에 이웃나라에 팔고, 전기가 모자랄 때는 이웃나라 특히 프랑스에서 원자력 전기를 사오지요."

"그럼 우리나라도 이중, 두 배로 전원시설을 가져야겠네요. 원전 화력 등 재래식 발전소와 태양광 풍력 등 재생에너지 발전소를. 더구나 우리나라는 이웃나라에서 사올 곳도 없잖아요. 중국에서 사오겠어요. 전기가 태부족한 북한에서 사오겠어요?"

"러시아나 중국에서 사오는 것을 검토했다는 신문 보도를 봤는데 미친 짓이지요. 북한을 통해 송전해야 하는데 북한이 스위치를 끊으면 꼼짝 못하지요. 또 독일은 재생에너지를 장려하며 사주는 값을 이익이 충분히 나도록 보장했어요. 그래서 결국 비싼 전기가 됐지요. 독일이 유럽에서 제일 비싼 전기를 쓰고 있어요. 향후 5년 동안 전기료로만 1조 유로를 더 지불할 거라는 주장도 있어요. 그래서 메르켈 총리 때 지원금을 좀 손보려고 했는데 일본 후쿠시마 원전 사고가 나는 바람에 그만 무산됐지요."

"우리나라도 재생에너지에 보조금을 주는 걸로 아는데, 전기료가 올라가야 하는데 지금 정부는 전기료 안 올리겠다고 하던데…"

석 작가가 시니컬한 목소리로 말했다.

"1, 2년은 한전 적자를 감수하고 버티겠지만, 이번 정부 중기에는 안 올릴 수가 없을 거요. 한전이 우리나라에서 제일 큰 국영기업인데 적자가 계속되면 국가 신인도 평가에 영향을 줍니다."

"우리는 그런 거 모르고 있잖아요. 정부는 전혀 사실을 안 알려주고. 국민이 모른다고 막 속이는 거네. 이거 열 받는데 주모 막걸리 한 병 더 가져 와요. 재생에너지가 친환경적이라고 선전하는데 태양광 지은 산자락 다 무너지고, 호수를 태양광으로 덮으면 호수에 녹조가 발생하고 물고기 다 죽을 텐데. 개뿔 무슨 친환경이야. 박 작가 자주 원전해야 한다고 주장하여 나는 벌로 들었었는데 그게 아니네. 자 술 한 잔 받으쇼."

석 작가가 박경태에게 술잔을 권했다.

"말을 하다 말았는데, 독일 사정을 한두 가지만 더 말할까요? 태양광을 적극적으로 개발하면서 독일의 태양광 패널 만드는 공장이 여럿 있었으나, 저가 중국산에 밀려 그 공장들이 다 문을 닫았어요."

"우리나라도 태양광 패널 제작사가 중국에 밀려 문을 닫는다는 신문 기사를 본 적 있어요."

이 시인이 말했다.

"독일은 태양광을 본격적으로 시작한 지 20년이 됐어요. 이제 수명이 다 된 패널을 폐기해야 하는데 패널을 그냥 땅에 묻을 수가 없어요. 패널에 납, 카드뮴 등 중금속이 들어있어 분리하고 폐기해야 해요. 그런데 공장이 다 죽어버렸으니 어디서 폐기해요? 그것을 폐기하자고 중국으로 싣고 가요?"

"아 그거 정말 문제네, 우리나라도 20년 후 어디다 폐기하지. 방사성폐기물 처분장 잡는데 그렇게 어려웠는데 태양광 패널은 어디다 버린다?"

석 작가가 심각한 표정으로 말했다.

"독일은 당장 그 문제 해결이 시급하지만 우리나라는 아직 좀 시간 여유는 있으나 정부는 폐기하는 기준도 아직 정하지 않고 있어요. 그냥 짓는 데만 온통 집중하고 있지요. 또 풍차는 길이가 100m나 되는 플라스틱인데, 백여 년 전에 플라스틱이 처음 상용화 됐을 때 석기, 청동기, 철기시대 이후 플라스틱기가 온다고 흥분했었는데, 지금 플라스틱 공해문제로 골치를 앓고 있잖아요. 풍력발전 풍차 폐기도 문제예요."

"그놈 폐기물 처분이 문제네요. 인간이 즐기고 난 찌꺼기 처리. 육욕을 불사르고 나면 건강과 돈이 날아가고. 원자력을 즐기면 방사성폐기물이 나오고, 태양광을 즐기니 또 패널 처분이 문제고. 풍력은 풍차 처리가 문제고. 그런 문제 없는 에너지는 없어요?"

조 시인이 묵을 한 조각 젓가락으로 집어 들며 물었다.

"미투가 뭐에요? 즐겼으면 뒤처리를 잘 해야 했는데, 그것을 잘못해서 문제가 터졌잖아요. 돈으로 메우던지 입을 못 열게 혜택을 줬으면 폭로가 없었을 텐데."

이 시인이 말했다.

"폭로가 없다고 사건이 안 일어난 것은 아니지요?"

조 시인이 말했다.

"폭로가 없으면 사건이 일어났는지 알 수 없잖아요."

이 시인이 말했다.

"저야 미투에 걸릴 군번으로 못 살아서 잘 모르겠고, 우리 인간은 너무 문명에 길들여져 있어요. 전기 없이 살 수 없고, 어떤 방법으로든 전기를 생산하고 수송해도 자연을 파괴하고. 우리는 쉽게 이동하는 수단에 익숙해 있어요. 자동차 없는 세상, 비행기 없는 원거리 여행, 배 없는 대량 수송은 생각할 수가 없어요. 어떤 교통수단도 다 자연을 파괴해요. 그렇다고 다시 자연과 더불어 사는 원시로 돌아갈 수는 없고. 그래서 어떤 수단이 가장 자연을 덜 파괴하는 방법인가가 문제인데, 재생에너지를 이용하는 것이 일견 가장 친환경적으로 보이지만 속을 들여다보면 그렇지 않아요."

박경태가 열변을 토했다.

"박 작가님, 원자력이 제일 그래도 친환경적이라는 말 하시고 싶은 거죠? 방사선이 그렇게 무섭다는데."

"방사선은 자연에 존재하는 것으로 무섭다고 할 수도 있고, 아니라고 할 수도 있어요. 방사선은 보이지도 않고, 냄새도 없고, 만질 수도 없어요. 그러나 많이 쪼이면 우리 세포가 죽어 생명을 잃을 수가 있지요. 그래서 원전에서는 방사선이 자연에 누출되지 않도록 아주 신경을 쓰고 있어요."

"공연히 태양광이니 풍력이니 이야기하다가 우리 조 시인님 유럽 다녀온 이야기 못 들었네요. 인상 깊었던 곳은?"

이 시인이 화제를 돌렸다.

"다 예전에 가봤던 곳이라 그렇게 인상이 깊은 곳은 없었고, 자연보다는 사람이 훨씬 소중하다는 것을 알았어요. 알프스산, 로마 원형경기장, 바티칸성당, 에펠탑. 처음 봤을 때는 정말 감동이었는데 이번에 다시 보니 그냥 뻔하다는 느낌이었어요. 그런데 사람은 만날수록 항상 새롭고 정답고 신비한 매력이 있어요."

조 시인이 눈을 가늘게 뜨고 세 문인을 돌아보며 말했다.

"저도 그 말에 동감이에요. 국내나 국외 여행지를 두 번째 가면 신비한 것이 없는데 사람은 만날수록 정이 가고 애틋한 감정이 일어요."

"그래서 우리가 결혼하면 50년 60년을 같이 한 집에서 사는 거잖아요."

석 작가가 심각한 표정으로 말했다.

"그런 의미에서 우리 건배합시다. 건배사는 해당화!"

박경태가 술잔을 들었다.

"해당화가 뭐요?"

"해가 갈수록 당신은 더욱 화사하고 아름답습니다."

네 사람은 '해당화'를 외치며 술잔을 기울였다.

3.

박경태는 조 시인을 만나러 집을 나섰다. 조 시인이 한전에 다녔던 박경태에게 태양광 사업에 대하여 자문하겠다고 했다. 신문에 보도된 것 외에 태양광 사업에 대하여 아는 것이 없는 박경태는 한전에 다니면 전기에 관한 것을 다 아는 줄 아는 모양이네, 하고 중얼거리며, 그래도 전기회사에 다녔다고 묻는데, 하며 인터넷을 뒤져 태양광 사업을 검색했다.

박경태는 태양광 사업 절차가 복잡한 것에 고개를 저으며 정부가 재생에너지 사업을 적극 추진한다며 뭐 이렇게 규제가 많아, 하며 투덜댔다.

어제 낮 기온이 섭씨 9도였는데 오늘은 영하 5도다. 하루 사이에 온도가 14도나 떨어졌다. 박경태는 이 넓은 공간의 온도를 14도나 떨어트리려면 전세계 발전소에서 생산되는 모든 전기를 다 써서 냉방을 해도 어림없다고 추산하며, 정말 자연은 위대하고 큰데 인간들이 자기들 평안을 위해 자연을 막 갉아먹는다고 생각하며 머플러를 단단히 고쳐 매고, 모자를 눌러 쓰고, 두 손을 포켓에 쑤셔 넣고 전철역으로 걸어갔다.

박경태는 인간이 자연을 파괴하는 정도가 마치 거인의 발을 개미가 물어뜯는 수준인데 몇 백 년을 그렇게 물어뜯다 보니 거인의 발에 상처가 나서 거인이 신음하고 있는 것과 비슷하게 자연이 신음하고 있다고 생각하며, 우리 몸에 밴 문명의 이기를 사용하려면 에너지가 필요한데, 자연을 파괴하지 않고 에너지를 얻는 방법은 없을까, 과학이 발달하면 그런 새로운 에너지원을 찾아내지 않을까, 생각했다.

조정애 시인이 먼저 와서 전통 찻집에 기다리고 있었다.

"아, 추위에 나와 주셔서 감사합니다."

조정애가 박경태를 반갑게 맞이하며 말했다.

"이 집 쌍화차 괜찮은데 어떠세요?"

조정애가 자리에 앉는 박경태에게 물었다. 박경태는 좋다고 했다. 조정애가 쌍화차 두 잔을 주문했다.

"제가 대학 나왔다고 시골 계시는 외삼촌이 야산이 한 5천 평 있는데 요새 태양광 사업 바람이 한참 부는데 태양광 발전사업하면 어떻겠냐고 전화가 와서, 나는 시나 쓰는 시인이라 모른다고 하려다가 그래도 어렵게 전화하셨는데 마침 한전에 계셨던 박 작가님 생각이 나서 아는 분에게 물어보고 전화 드리겠다고 했어요."

조정애 어렵게 말을 꺼냈다.

"저 퇴직한 지도 오래 됐고, 제가 재직할 때는 태양광 사업이 그렇게 활발하지도 않아 잘 모릅니다만 그래도 조 시인님이 말씀하시어 인터넷을 좀 찾아봤어요."

"이거 우리 박 작가님 힘들게 했네요. 제가 술 한 잔 사야겠다."

"술은 안 사셔도 되고, 태양광 시공업자한테 그 야산이 태양광 사업자에 타당한지 확인부터 하시라고 하시지요. 타당해야 다음 단계로 넘어갈 수가 있어요."

"땅이 있고 햇빛만 있으면 되지 뭐 타당성을 따져요?"

"요사이 태양광발전소 지은 야산이 산사태가 나고 하여 환경파괴가 심하여 언론에 자주 보도되고 하여 환경영향평가가 까다로운 거 같아요. 타당성이 있다고 하면 8단계 인허가 절차를 거쳐야 하는데 개인이 직접 하기는 어렵고 시공업자에게 맡기는 것이 좋을 것 같아요."

"인허가 절차가 8단계나 된다고요? 정부가 재생에너지 장려한다면서 뭐 그렇게 까다로워요?"

"네. 지자체나 산업통상자원부에 사업허가 신청을 하고, 세무서에 사업자 등록을 하고, 지자체나 산업통상자원부에 개발허가 및 환경영향 신청을 하고, 공사계약 인가 및 신고를 하여야 하고, 공사가 다 되면 사용 전 검사를 받아야 하고, 사업 개시신고를 하고, 한전 해당지사와 전력 수급계약을 해야 해요."

"저 너무 복잡해서 다 못 외우겠어요."

"그래서 제가 태양광 사업자와 협의하라고 말씀드린 겁니다."

"우리 외삼촌이 태양광 사업하려는 것이 돈도 안 되는 야산 가지고 있어봐야 세금만 내는데 돈이 될까 해서 하시는 것 같은데 얼마나 돈이 될 것 같아요?"

조정애가 진지하게 물었다.

"정확하게 말씀드릴 수는 없고, 한전이 사주는 가격은 한전이 사드린 전기 중 가장 비싼 가격에다가 정부가 보조금을 붙여서 주는 방식입니다."

"한전이 사드린 전기 값이라는 것이 뭐요? 한전이 전기 만드는 회산데 왜 어디서 사요?"

"한전은 발전자회사나 민간회사에서 만든 전기를 전력거래소를 통해 사요. 전기를 만드는 회사는 한전 자화사로 여섯 개 발전화사가 있고, 포철 등 민간 발전회사가 있어요. 전력거래소는 제일 싸게 팔겠다는 발전회사 전기부터 사드려요. 예를 들면 지금 전기가 100이 필요하면 제일 싼 한수원에서 30을 사고, 다음 싼 석탄을 때는 발전소에서 40을 사고, 나머지는 비싼 LNG

발전소에서 사요. 2017년 그렇게 사들인 제일 비싼 가격이 kwh당 127원이었어요. 그 가격을 계통한계가격, 영어로 SMP라 해요. 태양광발전소는 SMP 127원에다 정부가 주는 보조금, 재생에너지 보증에다 가중치를 곱한, 영어로 REC 곱하기 가중치를 곱한 값을 쳐주는데, 지금 두 가지를 합쳐서 200원이 넘게 받을 수가 있어요. 정부에서 야산에서 태양광발전소를 규제하기 위하여 지붕에서 발전하는 태양광발전소는 가중치를 1.5배로 높게, 야산에서 발전하는 태양광은 0.7배로 더 싸게 쳐줘요."

"뭐 그렇게 복잡해요. 우리 같은 사람은 어떻게 알아먹겠어요? 그리고 싸게 파는 한수원에서 다 사지, 왜 비싼 석탄 LNG까지 사는 거요?"

"좀 복잡하지요. 한수원이 가진 원자력발전소를 다 돌려도 우리나라 수요의 30%밖에 전력을 생산 못해요. 그래서 30% 이상 사들일 수가 없어요. 지난해 4/4분기부터 금년 1, 2분기 한전 적자가 1조원 쯤 났는데, 그때는 원자력발전소를 50% 밖에 못 돌렸어요. 그리고 원자력이 발전 못한 몫 15를 한전이 받는 전기료보다 비싼 LNG발전소에서 사서 공급하다 보니 한전이 적자가 났어요. 3/4분기에는 원자력발전소 가동률이 75%로 올라서 한전이 흑자로 돌아섰지요."

"무슨 말인지 잘 모르겠는데 원전을 제대로 못 돌려 한전이 적자가 났다는 말이지요? 우리는 그런 거 몰랐는데, 신문에서도 보도 않고, 탈원전 영향이 그렇게 크네요? 1조면 얼마나 큰돈인데."

"큰돈이지요. 그거 다 정부가 탈원전이라는 이상한 정책 덕분에 버린 돈이지요."

"그럼 그 돈은 누가 물어요?"

"국민이 전기요금으로 내야지요. 참 삼촌 야산이 5천 평쯤 된다고 했지요?"

"네."

"5천 평이면 약 1,500kw 용량의 태양광발전소를 지을 수 있는데 하루 평균 4시간 돌린다고 하고, 약 6천 kwh 전기를 발전하면 kwh 당 200원을 받으면 백 2만원 받겠네요. 한 달이면 한 4천만 원 수입이 되는데, 시골에서 월 4천만 원이면 괜찮지요."

"그렇겠네요. 외삼촌한테 태양광 사업자와 상의해 보라고 해야겠네요."

"그러세요. 태양광 설치하는 비용은 다 저리로 은행에서 빌려줘요. 그 야산이 적합하다는 판정을 받아야 할 텐데, 판정만 받으면 바로 땅값이 몇 배 뛰어요. 그 야산 근처에 인가가 있으면 주민동의 받기가 쉽지는 않겠지만."

"주민동의도 받아야 해요?"

"집 근처에 반짝이는 시커먼 태양광 패널을 설치하면 경관을 다 해치는데 좋겠어요? 제가 더 아는 것이 없어 더 자세히 설명 못 드려 죄송해요."

"그 정도면 충분해요. 외삼촌이 결정하기는 충분하지요. 그래도 한전 다니신 박 작가님이 계셔서 조카가 아는 체 좀 하게 생겼네요. 다음 모임은 일산인데, 이 시인님이 호수공원이 보이는 식당 잡는다고 했어요."

"호수공원에 태양광 패널 덮는다고 할지 모르겠다."

"예? 호수공원에다? 말도 안 돼요."

"지금 전국의 저수지에 태양광 패널 까는 거 몇 조원 들여서 하려고 추진하잖아요?"

"그런 거 신문에서 봤는데 저같이 시를 쓰는 사람이 보면 사이코로 느껴져요."

박경태는 조 시인의 말을 듣고 허허허 크게 웃었다.

"그런데 왜 그렇게 태양광을 하려고 해요?"

"지금 인류의 에너지 주공급원이 화석연료인데, 몇 십 년 내에 고갈될 것 같고, 환경에도 영향이 커서 그렇지 않은 에너지를 찾고 있는데, 태양은 앞으로 50억 년 동안은 빛날 거고, 또 거저고, 환경오염도 비교적 적어 개발을 서두르고 있지요. 지난 20년 동안 태양광발전 비용이 기하급수적으로 줄어들고 있어요. 우리나라도 태양광 초창기에는 kwh 당 600원이 넘었었는데 지금은 200원 선으로 떨어졌어요. 몇 년 내 화석연료와 가격 경쟁이 될 것으로 예상하고 있어요."

"그럼 태양광 반대만 하면 안 되겠네요?"

"반대할 것은 없고, 불행하게도 우리나라는 땅이 좁아 태양광 사업에 적합한 부지가 많지 않아요. 사막이 있는 것도 아니고, 광활한 황무지가 있는 것도 아니고, 지붕에 태양광을 하면 환경파괴가 비교적 적게 전기를 생산할 수가 있어요."

"탈원전 반대하시는 줄만 알았는데 태양광에도 크게 반대하시지 않네요."

"속도가 문제지요. 좀 전에 말씀드린 것과 같이 우리나라는 태양광 사업에 적합하지 않아 원전과 재생에너지 믹스를 지혜롭게 해야 해요. 그렇게 감상적으로 탈원전하지 말고."

"박 작가 말씀이 일리가 있는 거 같네요. 정부가 아마추어리즘에서 벗어나야 할 텐데, 여러 분야에서 아마추어같이 정책을 하니."

조 시인이 푸 한숨을 내쉬었다.

4.

네 문우가 점심시간에 망년회를 했다. 네 문우는 가락시장 수산물센터에서 겨울이 제철인 방어회를 뜨고 가락몰 3층, 상추 등 푸성귀 세트를 챙겨주는 식당을 골라 4인석에 둘러앉았다. 회에는 소주가 제격이라며 소주도 한 병 시켰다.

박경태가 건배사로 '해당화'를 외쳤다. 세 문우도 따라서 외쳤다.

이 시인이 오늘도 해당화요, 하며 환하게 웃었다. 네 문우는 두툼하게 썬 방어회를 입에 가득 넣고 오물거리며 달콤하고 싱싱한 맛에 작은 행복을 느꼈다.

"이 시인님은 발발이 죽은 애통함에서 좀 벗어났어요?"

석 작가가 물었다.

이 시인은 혼자 살며 식구로 애완견을 키웠었다.

'나이 들어 죽는 것은 어쩔 수 없지만 한 10년 같이 살다 보니 무척 정이 들었었어요. 말년에는 병치레로 힘이 들었지만…. 이제 동물은 안 기르기로 하고 그린메이트로 바꿨어요."

"그린메이트?"

박경태가 물었다.

"네 선인장과 실내 공기정화용으로 알란드시아와 틸란드리아를 키우고 있어요."

"아, 식물을 키운다는 뜻이네요?"

박경태가 말했다.

"네. 그래서 선인장에게 저와 같은 항렬인 수미, 수향, 수희 그렇게 이름을 지어줬어요. 집에 들어가면 애완식물이 나를 기다리고, 내 손길을 알아보고, 하여 인간의 본능인 돌봄을 충족시키는 파란 존재가 집에서 커가고 있어 아주 행복해요."

이 시인이 눈을 거스름이 뜨고 무엇인가 그리워하는 눈빛으로 말했다.

박경태는 이 시인의 소확행을 부러운 눈빛으로 쳐다보며, 화분에 물 한 번 안 준다고 구박하는 아내를 떠올리며 이 시인의 눈이 참 착하게 생겼다고 느꼈다.

"그린메이트, 지구 용량 초과의 해가 지나가는데 아주 좋은 필환경 생활 태도네요."

조 시인이 말했다.

"지구 용량 초과의 해가 뭐요?"

석 작가가 물었다.

"그거, 지구가 인류를 수용할 수 있는 용량인데, 문명생활로 배출하는 탄소를 숲이나 바다가 흡수할 수 있는 용량. 우리가 쓸 수 있는 물, 식량 등의 한계. 현재 지상에 사는 인류가 지금 정도의 생활을 유지하려면 지구의 1.65배 용량이 필요하대요. 우리나라는 인구밀도가 높고 잘 사는 편이라 현

인구를 지탱하려면 지금 땅덩어리의 8.5배나 필요하고."

조 시인이 심각한 표정으로 말했다.

"그럼 벌써 지구가 지탱할 수 있는 한계를 넘었네요?"

이 시인이 눈을 크게 뜨고 말했다.

"네, 그래서 친환경은 옛 구호고 필환경이라는 새로운 조어가 나왔어요."

"필환경? 꼭 환경에 영향을 주지 말라는 말 같네. 그래서 재생에너지 사용을 강하게 추진하나요? 박 작가님."

조 시인이 말했다.

"뭐 그렇다고 할 수 있지요. 그런데 재생에너지가 더 친환경적은 아니에요."

아직 작가라고 불리는 게 어색한 박경태가 말을 이어갔다.

"태양열이나 풍력은 다 거저고 탄산가스 등 지구환경에 영향을 주는 물질을 거의 배출하지는 않지만. 풍력은 우선 소음이 심하고 수십만 마리의 새들이 풍차에 부딪쳐 죽어요. 넓은 부지도 필요하고. 발전소 수명이 끝난 후에 풍차 날개 처리도 많은 돈이 들고. 지구로 오는 태양열은 밀도가 적어 태양광을 모으려면 넓은 부지가 필요하고, 태양광 전기는 직류로 생산해요. 우리 전력 시스템은 교류를 쓰도록 되어 있는데 태양광발전소에서 직류를 발전하니 직류를 교류로 바꾸는 컨버터가 있어야 해요. 그때 전자파가 많이 발생해요. 또 태양광 패널의 처리가 어렵고. 무엇보다 문제는 태양광이나 풍력은 우리 마음대로 조종할 수가 없어요. 우리가 전기가 필요하다고 바람을 불게 할 수도 없고, 밤을 낮으로 바꿀 수도 없어요. 그래서 전력계통을 안전하게 운영할 수가 없어요. 재생에너지 카테고리에 수력이 들어가는데, 수력은 발전소 건설 가능지점이 아주 제한되고, 댐을 막으면 그 주변 기후와 생태계에 큰 영향을 줘요. 그렇다고 화석연료를 때는 발전소나 원자력은 환경에 영향이 없다는 말이 아니에요. 화력은 온실가스인 탄산가스를 배출하고, 질화물, 황화물 등 환경에 치명적인 영향을 주는 가스가 나와요. 석탄을 때고 나오는 재, 회처리도 문제고 미세먼지 초미세먼지도 나오고. 원자력은 방사성물질이 발생하는 것이 문제이고 방사선물질 관리기간이 긴 게 문제지요. 다행히 관리할 수 있는 기술은 개발되어 있어요. 제가 보기에는 그래도 원자력이 제일 환경에 영향을 덜 주는 것 같아요."

"박 작가님이 한전에 다니셨으니 박 작가님 말이 맞을 텐데, 왜 문 정부는 원전을 싫어할까?"

"참 오늘 한시 반부터 국회도서관에서 최연해 의원 주관으로 신한울 3, 4호기 건설 촉진 발대식이 있어요. 제가 조금 있다가 가서 탈원전 반대하며 수고하는 후배들을 격려할까 해요."

"아, 최 의원이요. 철도공사 사장할 때 노동조합 파업 잘 대처한, 나도 따라가서 원자력 하는 친구들 뭐라고 하는지 좀 들어봐야겠는데요."

석 작가가 말했다.

"석 작가님 가실래요? 혼자 가려면 심심했었는데 같이 갑시다."

"그런데 작년에 신고리 5, 6호기 짓던 것 그만 둘 것인가 공론화도 하고 했었는데 신한울도 짓다가 그만 뒀어요?"

조 시인이 물었다.

"그만 둔 것은 아니고, 정부가 짓는다고 해서 예비설계에 들어가고, 제작에 오래 걸리는 기기는 제작에 들어갔는데 문 정부가 안 짓겠다고 방침을 바꿔서 약 6천 억 매몰비용이 발생했어요."

"그러면 두산중공업 사장이 일거리 없고 적자가 난다고 그만 둔다고 신문에 났던데 그것도 연관 있어요?"

이 시인이 물었다.

"네, 그렇습니다. 정부에서 신한울 3, 4호기를 비롯하여 후속 원전을 짓지 않기로 하여, 두산중공업의 일감이 많이 없어졌어요. 그래서 오늘 오후 국회에서 신한울 3, 4호기 건설 재개를 위한 서명운동본부 발대식을 한다고 하여 제가 이 모임 하다가 갈까 합니다. 석 작가님 가신다니 같이 갑시다."

박경태가 말했다.

"좋습니다. 한시 반부터 하면 지금 가면 좀 늦겠네요."

"저 이 시인님하고 조 시인님에게 미안한데, 한시 반부터 모임이라는데 우리 먼저 일어나면…."

석 작가가 서둘렀다. 이 시인과 조 시인이 좋다고 했다.

박경태와 석 작가는 자리에서 일어서서 3호선을 타고 종로3가역까지 가서 5호선으로 갈아탔다. 운이 좋아 두 사람은 나란히 자리에 앉았다.

"제가 원자력 모임에 난생 처음 가보는데 마침 시간도 있고, 원자력 관련 궁금한 거 몇 가지 물어봐도 되겠어요?"

석 작가가 조심스럽게 말을 꺼냈다.

"그러십시오. 제가 현직을 떠난 지 한참 됐지만 아는 대로 말씀드릴게요."

박경태가 조심스럽게 말했다.

"원전 수명 연장이 어떻고 하던데 원자력발전소도 사람같이 수명이 있어요?"

"아, 그거. 발전소를 몇 년 돌리라고 정부에서 허가를 해 준 기간이에요. 예를 들면 고리 1, 2호기, 월성 1호기는 30년, 그 후 고리 3, 4호기, 영광 1, 2호기 등은 40년 신고리, 신월성, 신한울 등은 60년."

"옛날 지은 발전소하고 지금 지은 발전소는 허가 연도가 배가 차가 나는데 무슨 이유로?"

"원자력발전소는 1954년에 처음 상용화 되었어요. 그리고 1960년대부터 본격적으로 원전을 짓기 시작했어요. 원전 초창기에는 원전의 핵심인 강철로 만든 원자로가 몇 년을 견딜 수 있는지 정확히 잘 몰랐어요. 원자로 속에는 400도가 넘는 뜨거운 물이 흐르고, 그 압력이 100 기압이나 돼요. 그런 조건만이면 재래식 화력발전소 전례가 있어 짐작할 수 있었는데 원자로 내에서 핵연료가 타면서 방사선이 막 나와서 원자로 벽에 부딪쳐요. 그런 환경에서 금속인 원자로가 경화되어 얼마나 버틸지 몰랐어요. 그래서 우선 안전하다고 판단되는 30년만 돌리라고 정부가 허가를 해줬어요. 그리고 원자로에 금속 시편을 넣고 매번 정기 보수 때마다 꺼내서 얼마나 경화됐는지 측정해요. 꺼내서 측정해 보니까 경화 진전 속도가 아주 느려요. 그래서

1980년대 준공한 발전소는 40년, 최근 건설하는 원전은 60년 허가를 해 주고 있어요."

"그러니 원전 초기 단계에는 잘 몰라서 짧게 허가해 줬다는 말이네요. 그럼 수명 연장은?"

"발전소 중 허가년도가 다 된 발전소는 대대적인 보수를 하여 안전성을 높인 후 운전연한 연장 신청을 하면 정부에서 철저히 안전성을 확인한 후 10년씩 더 운전하라고 허가를 연장해 줘요. 그래서 고리 1호기, 월성 1호기는 10년 더 연장을 받았지요. 최근 미국에서는 허가년도가 지난 발전소들 거의 다를 운영허가 연장을 해줬고, 60년을 돌려도 문제가 없어 80년까지 연장해 주는 것을 검토하기 시작했어요."

"새로 지으면 되지 왜 귀찮게 연장해요?"

"발전소를 새로 지으려면 4조 5천억 원이 드는데 지어 돌리던 발전소는 이미 감가상각이 끝났고, 몇 천억만 들여 일부 낡은 부품만 갈아 끼우면 새 발전소같이 안전하게 돌릴 수가 있어 그게 훨씬 경제적이지요. 그래서 외국에서는 다 원전운전 허가년도를 늘려주고 있어요. 우리나라 월성 1호기는 7천억을 들여 거의 새발전소같이 고쳐 10년 운전허가 연장을 받았는데, 그 기간이 2022년까지인데 문 정권이 안전하지 않고 경제적이지 않다는 이유를 붙여서 허가기간이 4년이나 남았는데 앞당겨 죽여 버렸어요. 그냥 큰 돈을 버린 거죠."

"그런데 왜 원자력하는 사람들은 가만히 있어요?"

"집회도 하고, 언론에 칼럼도 쓰고, 하며 부당성을 지적해도 마이동풍, 귀를 닫고 아예 들을 생각을 안 해요. 집회는 해도 언론에 보도가 안 되니 일반 국민들은 저항하는지 알 수 없고."

"답답하시겠네. 박 작가가 말 안 했으면 국회에서 이런 모임 있는 것도 몰랐지요."

석 작가가 이맛살을 찌푸리며 말했다.

"지금 언론이 제 소리를 못내요. 그러니 떠들어봐야 힘만 들어요."

"그렇겠다. 반핵하는 쪽에서 방사성폐기물 처분비를 포함하면 원자력이 제일 비싸다고 하던데 정말 그래요? 그리고 겨우 몇 년 전부터 처분비를 모으고 있다고 하던데."

"그것도 잘못된 정보예요. 방사성폐기물 처분비는 1983년부터 적립하고 있어요. 지금 연료비보다 더 많은 금액을 적립하고 있어요. 지금 24개 원전용 핵연료비가 일 년에 약 1조원 드는데 그보다 많은 금액을 적립하고 있어요."

"그래요? 핵연료비가 일 년에 1조원이나 들어요?"

"원전으로 발전 안 하고 석탄을 때면 일 년에 약 5조원, LNG를 때면 14조원 들고."

"와! 그렇게 많이 들어요? 그럼 얼마나 전기료를 받아야 해요?"

"원자력은 kwh당 발전원가가 약 40원, 한전에 판매 단가는 약 60원, 석탄은 약 70원, LNG는 약 120원."

"그럼 원전 돌리는 한수원이 40원 짜리를 60원에 팔아먹으면 되게 많이 남기네요."

"한수원 투자비가 포철의 2배가 넘어요. 그런데 포철은 일 년 매출액이 30조가 넘고 이익이 3, 4조는 돼요. 그런데 한수원은 일 년 매출액이 겨우 10조, 이익이 1조 남짓해요. 국영기업이니 그렇게 이익 안 나는 사업에 그런 막대한 투자를 하는 거지요."

"그렇구나. 저는 한수원이 그렇게 큰 회사인지 몰랐어요. 그런데 제가 아는 천주교 신자가 있는데 신부님 중에 원전을 죄악시하는 분들이 많다고 하던데 왜 그래요?"

"그거 창조론과 관련된 근본적인 문제입니다."

"원전 이야기하는데 왜 갑자기 창조론이 나와요?"

"원자력발전은 자연에 있는 우라늄을 인공적으로 파괴하여 열을 얻어 발전을 하는 방식입니다. 일부 천주교 신부는 우라늄은 하나님이 만들었는데 건방지게 사람이 하나님의 창조물을 파괴한다고 하나님께 불경을 저질렀다는 겁니다."

"그럼 석탄을 때던지 기름을 때면 처음 형태가 없어지는데 그건 괜찮대요?"

"그건 화학반응이라 탄소, 산소, 질소 등 원소는 그대로 유지되잖아요."

"그런가? 참 어렵다."

"그래서 한 번 신부님께 138억 년 전 빅뱅이 일어나서 천지가 생겨났고, 빅뱅 후 약 30만 년 후 수소가 생기고, 4억 년 후 별들이 생기고, 별 내부에서 수소가 핵융합을 하여 무거운 원소인 헬륨, 철, 납, 우라늄 등이 생겼다고 설명했지요. 그렇게 말했다가 쫓겨났습니다. 하나님의 창조를 부정하는 불경스런 놈하고는 더 이상 말을 섞지 않겠다며."

"그런 지론이라. 그거 이론적으로는 타협이 안 되겠는데요. 제가 딱 보니 원전을 반대하는 신부님의 주장은 무소불위하신 하나님에 대한 도전으로 용서 못하겠다는 거고, 이 정부가 탈원전을 주장하는 것은 법 위에 군림하는 일종의 혁명적 발상이라 쉽게 해결될 일이 아닌데. 이거 벌써 여의도역에 도착했네요, 내립시다."

석 작가가 전철에서 내릴 준비를 하였다.

국회 정문에서 신분증을 보자고 하지 않아 그냥 통과했다.

"옛날에는 신분증을 확인하고 출입시켰는데 많이 좋아졌네요."

박경태가 말했다.

"그랬지요. 오늘 집회를 한다는 도서관도 몇 번 와봤었는데."

석 작가가 말했다.

"저도 출판기념회 축의금 내러 몇 번 왔었어요."

"출판기념회는 국회의원들이 합법적으로 정치자금 뇌물 받는 방법이지요."

석 작가가 말했다.

"그런가요? 저는 공돌이라 그런 생각은 못했었는데."

잔디밭과 도로에 하얀 눈이 덮여 있다.

지하 국회도서관 대강당은 청중으로 가득했다. 두시 반, 집회가 한참 진행 중이다. 앞면에 〈탈원전 반대 및 신한울 3, 4호기 건설재개를 위한 범국민서명운동본부 발대식〉이라는 플래카드가 걸려 있다.

팸플릿을 보니 자유한국당 비상대책위원장, 원내대표의 인사말이 있었고, 여러 국회의원이 공동투쟁위원장으로 이름이 올라있다. 원전지역 지역구 국회의원의 연설이 이어졌다.

울진군수가 연단에 섰다. 그는 신한울 3, 4호기 건설이 중단되어 울진 주민 인구가 3,000명이나 줄었다며 자기의 주장이 관철되지 않으면 할복하겠다고 비분강개한 목소리로 말했다. 울진에서 올라온 주민들이 박수를 치며 환호했다.

몇 사람 더 연사가 나와서 정부의 역주행 운전에 대하여 질타하고, 발대 취지문을 낭독하고, 서울대학교 교수가 탈원전 문제점을 강의하고 집회가 끝났다. 집회를 주최한 최연해 의원이 단상에 올라와 벌써 17,000명이 서명했다며 고무적이라며 천만 명 서명을 받고 문 정부의 말도 안 되는 탈원전 정책을 철회하게 하자고 소리쳤다.

집회를 마치고 나오며 석 작가가 박경태에게 말했다.

"박 작가 라켓볼 쳐봤어요?"

"네, 본사 지하에 라켓볼장이 있어 몇 번 쳐봤지요. 굉장히 힘들었어요. 공을 세게 치면 더 세게 튀어나와요."

"지금 원자력하시는 분이 탈원전 반대운동 하시는데 더 강하게 반발하면 산 권력이 더 철저히 침묵하는 것 같아요. 우이독경, 성공이 쉽지 않겠다는 인상을 받았어요. 애써 마련한 집회 보고 나서 이런 코멘트 드려 죄송합니다."

"우리도 그렇게 쉽게 현 정부가 정책을 바꾸리라 생각지 않아요. 그래도 투쟁해 봐야죠. 잘못된 정책을 바꾸라고."

박경태는 얼어붙은 하늘을 올려다보며 한숨을 내쉬었다.

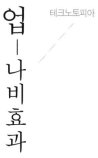

업
—
나
비
효
과

테크노토피아

1.

송용호 부장은 지난밤 거의 잠을 이루지 못했다. 다음 날 오전 9시 회장과 중역들을 모시고 지난 3개월 동안 검토해 온 월남 투자사업 발표회를 가진다. 본부장은 발표기회를 송 부장에게 넘기며, 송 부장도 이제 경영진으로 진급할 때가 됐으니, 이번 발표회를 기회로 회장님 눈도장을 꼭 찍으라고 당부했다.

송 부장은 회장에게 직접 보고할 기회를 넘겨준 본부장에게 감사하며 철저히 보고 준비를 했다.

송 부장은 발표할 내용을 숙지하고 있었으나 어떻게 발표를 하면 회장님께 더 깊은 인상을 주고 사업 추진 고(go) 신호를 받을 수 있을까 고심했다.

송 부장은 평소 자가용으로 출퇴근하였으나 자가용을 몰고 가다가 교통체증이라도 걸리면 잘못하여 시간에 맞춰 출근을 못 할 수도 있을 것 같아 전철을 타고 출근하기로 했다.

집에서 전철역까지 도보로 15분, 전철로 회사 근처까지 20정거장이니 40분, 전철에서 내려 회사까지 도보로 5분, 한 시간이 좀 못 걸린다. 최소 출근 시간 30분 전에는 회사에 도착하여야 하니 7시 30분에 집을 나서자.

송 부장이 정장을 하고 거실로 나오자 아내가 그를 붙잡았다.

"당신 오늘 회장 앞에서 중요한 발표를 한다며 그렇게 후줄근한 옷을 입고 칙칙한 넥타이를 매고 가면 어떻게 해. 내가 어제 밤에 양복을 다려놨으니 바꿔 입고 가."

"시간 없는데."

송 부장이 볼멘소리를 했다.

"바꿔 입는데 얼마 걸린다고?"

송 부장은 시계를 보며 아내의 강권을 받아들였다.

양복을 갈아입고 넥타이를 바꿔 찬 송 부장은 나, 다녀온다, 하고 현관을 나섰다.

송 부장은 빠른 걸음으로 지하철 계단을 내려가며 뭔가 허전한 것 같아 주머니를 만져봤다. 양복을 갈아입으며 지갑을 챙기지 않았다.

송 부장은 이거 돈이 한 푼도 없네, 하며 지갑을 가지러 집으로 돌아갈까 하다가, 다녀오는데 30분이나 걸리는데 집에 다녀오면 출근시간에 맞춰 회사에 갈 수가 없잖아, 하며 개찰구로 갔다.

송 부장은 전철역 개찰구 앞에 서서 혹시 아는 사람이 오나 하며 바쁘게 움직이는 승객들을 눈여겨봤다. 전철이 세 대가 지나가도록 기다렸으나, 아는 사람이 보이지 않았다. 송 부장은 부정승차는 범죄입니다, 라는 입간판을 보며 망설이다가 승무원이 있나 둘러보고, 에이, 하며 역 개찰구를 뛰어 넘어 쫓기듯 계단을 뛰어 내려갔다. 아무도 무임승차했다고 그를 붙잡지 않았다.

출근 시간 전철 안은 초만원이었다. 매일 자가용으로 출근했던 송 부장은 출근시간 때 지하철이 지옥철이라는 말을 그냥 지나가는 소리로 들었었다.

송 부장은 이렇게 만원인 전철 속에서 부정승차 단속은 불가능할 거라고 생각되어 마음이 놓였다. 아내가 애써 다려준 양복이 만원 전철 속에서 구겨질까 걱정하며 송 부장은 이리 밀리고 저리 밀리며 서민의 출근 전쟁을 실감했다.

회사 근처 전철역에 도착하여 시계를 보니 출근 시간이 20분은 남았다. 송 부장은 회사에 도착하면 커피 마실 시간이 안 되네, 물 한 잔 마시며 마음을 추스르고 회의실로 가면 되겠네, 하며, 개찰구를 훌쩍 뛰어 넘어 역구내로 들어섰다.

"손님. 그렇게 찍지도 않고 넘어오면 어떻게 해요?"

송 부장은 발걸음을 멈추고 소리 나는 쪽을 쳐다봤다. 정복을 입은 30대가 그를 향해 달려왔다.

"손님 부정승차하셨는데, 승차요금의 30배 범칙금을 내셔야 합니다."

정복이 송 부장 앞을 막아서며 말했다.

"알았어요. 30배 낼게요. 저 지금 바쁘니 좀 갑시다."

송 부장이 정복을 밀치며 말했다.

"신분증 주시지요. 범칙금 고지서 끊게."

"아, 지갑을 집에 놓고 와서 신분증이 없어요."

"지갑을 집에 놓고 오다니?"

"네 옷을 갈아입으면서 지갑을 못 챙겼어요. 죄송합니다. 지금 급히 회사에 들어가 봐야 하니 좀 보내주세요. 제가 점심시간에 와서 30배 벌금 낼게요."

송 부장이 사정했다.

"그럼 성함과 주소를 좀 불러줘요."

송 부장은 이름과 주소를 불러줬다.

"이름과 주소가 맞는지 확인해야 하니 부인 핸드폰 번호 알려주세요."

송 부장은 아내 핸드폰 전화번호를 알려줬다.

정복이 전화를 했으나 아내가 계속 전화를 받지 않는다.

송 부장은 초조했다. 이렇게 시간을 보내다가 자칫 출근시간에 대어 회사에 갈 수가 없다.

회의실에 벌써 임원들이 와서 9시에 입장할 회장을 기다리고 있을 거다. 그런데 발표자가 이렇게 역에서 꾸물거리고 있다니….

송 부장은 눈앞이 노랗고 정신이 아득해졌다.

"저 아내가 목욕탕에 있던지 한 것 같은데. 제 인격을 믿고 그만 보내주세요. 그럼 점심시간에 꼭 벌금 가져올게요."

송 부장이 손을 비비며 사정했다.

"인격이 있는 분이 부정 승차합니까? 신분증도 없는데 뭘 믿고 보내드려요? 아내 전화번호도 엉터리로 가르쳐줘 놓고."

정복이 강경하게 나왔다.

송 부장은 이놈의 여편네는 공연히 멀쩡한 옷을 갈아입으라고 하고는 전화도 안 받아, 하고 속이 부글부글 끓었으나 어찌할 도리가 없었다.

"제 회사로 전화해 보시지요."

송 부장이 회사 전화번호를 알려줬다.

정복이 전화를 걸었다.

"저 송용호라는 분 아세요?"

정복이 기획부장실입니다, 하는 여자 목소리를 듣고 물었다.

"네, 저희 부장님이신데요."

여비서의 목소리가 송 부장의 귀에까지 들렸다.

"그럼 부장님 안경 쓰셨어요?"

정복이 송 부장 신분을 확인하는 거 같았다.

"네, 안경 쓰셨는데 그건 왜 물어보세요?"

"알았어요. 송 부장님 신분 확인하려고."

정복이 멋쩍은 표정으로 말을 이으며 전화를 바꿔줬다.

"나야? 무슨 일?"

송 부장이 여비서에게 물었다.

"아직 부장님 출근 안 하셨다고 전무님 막 화 내셨어요. 얼른 오세요."

"오성기업 부장님이셨어요? 진작 그렇게 말씀하시지."

정복은 송 부장에게 범칙금 고지서에 이름과 주소를 쓰며 말했다.

"한 달 이내 내시면 됩니다. 바쁘신 거 같으니 그럼 가보세요."

정복이 고지서를 넘기며 말했다.

고지서를 받아 든 송 부장은 회사를 향하여 힘껏 뛰었다.

숨이 턱까지 찼다.

현관에서 송 부장을 기다리던 본부장이 정문을 밀고 들어서는 송 부장을 끌고 회의실로 달려갔다.

송 부장이 회의실에 들어선 순간 막 회의실을 나가는 회장의 뒤통수가 보였다. 누구도 제왕이신 회장을 회의실로 다시 불러들일 수가 없다. 정각 9시에 회의실에 도착한 회장은 발표 준비가 덜된 것을 보고 바로 발표장을 떠났다.

회사에서 절대적인 제왕, 회장에게 발표장에 발표자가 나타나지 않은 그런 사태는 도저히 용납할 수 없는 불경이다.

숨을 헐떡거리며 회의실에 들어선 송 부장은 회의장을 나서는 회장의 뒤통수를 보며 하늘이 노래졌다. 본부장의 얼굴도 누렇게 떴다. 본부장은 화도 내지 못했다.

태풍의 눈에 들어선 송 부장은 무슨 벼락이 떨어질까 전전긍긍하며 지옥 같은 하루를 보냈다.

퇴근하여 아내에게 그간 사정을 뇌까리며 아침 출근길에 양복을 갈아입으라고 한 아내를 막 욕하고 비난하고 싶었으나, 그는 그럴 힘도 없어 그냥 침묵했다.

송 부장은 이 무슨 업보, 하며 불경스런 일을 당한 회장의 처분을 단두대에 목을 내밀고 기다렸다.

2.

다음날 출근하자마자 여비서가 부장님 요양원 원장으로 발령 났어요, 하고 알려줬다. 그룹은 기업의 사회적 책임을 다하며 착한 일을 하고 있다고 대외에 홍보하는 차원에서 요양원을 건설하고 운영을 지원하고 있다. 요양원 원장 자리는 그룹에서 퇴직을 앞둔 간부나 쫓아내기는 그런 간부를 보내는 귀양살이 보직이다.

송 부장은 그룹에서 요양원을 운영하고 있다는 것은 알고 있었으나 구체적인 사항은 알지 못했었다. 알 필요도 없었다. 인사 명령지를 받아 본 송 부장은 문득 사표를 던질까, 하고 생각했으나, 바로 처자식을 먹여 살려야 한다는 가장으로서 의무가 그 마음을 눌렀다.

그는 회사 홈페이지를 열고 요양원을 찾았다. 요양원은 생거(生居) 진천에 있었다.

그가 막 홈페이지를 찾아서 보고 있을 때 핸드폰이 울렸다.

"요양원 총무과장 이영숩니다. 원장님 발령 명령 받았습니다. 언제 부임하시겠어요?"

이 총무과장이 나긋한 목소리로 물었다.

"여기저기 인사를 하고 내일 모레 갈게요."

"그럼 남서울터미널에서 시외버스를 타고 오시면 버스 정류장으로 마중 나가겠습니다. 요양원에서 차로 10분 거리에 있는 사택에 기거하시면 됩니다. 단독주택입니다. 사택에 간단한 취사도구는 다 있어요. 주무실 침대도 있고 옷가지만 챙겨 오시면 됩니다. 오실 때 버스 시간만 알려주십시오. 승용차가 있으니 차는 가져오실 필요 없습니다."

총무부장이 전화를 끊었다.

송 부장이 이임인사를 다니자 경쟁자였던 동료들은 회장 성격에 사표를 받지 않고 목숨을 붙여준 것을 다행으로 여기라며, 가서 수양 잘하고 있으라고 위로의 말을 했다. 그와 호흡을 맞추며 일을 했던 본부장은 이번 사업을 잘 추진하여 부사장 승진을 노렸으나 내년 주총에서는 이름이 불리지 않을 것 같다며, 자기 목이 내년까지 붙어 있으면 본사나 그가 맡을 부서로 불러올리겠다는 언질을 주어 송 부장을 감격케 했다.

송 부장은 옷과 책 몇 권이 든 가방을 챙겨서 들고 남서울 시외버스 터미널에서 진천행 버스를 탔다. 한 시간 반 걸린다고 했다. 아내는 아이들 뒷바라지를 하여야 한다며 혼자 가라고 했다.

오후 3시, 진천터미널에 버스가 도착하여 차를 내리니 40대 후반 잠바를 입은 남자가 송 부장의 가방을 받으며 총무과장이라고 인사를 했다. 이 과장은 요양원까지는 반시간 가량 걸린다며, 원장님 도착 시간에 맞춰 간부들을 원장님 방에 모이라고 하겠다고 했다. 송 원장은 현장도 파악할 겸 각자 방에서 인사를 받겠다며, 따로 모일 것 없다고 했다.

총무과장이 중형승용차를 운전하며 요양원 현황을 간단히 설명해 줬다.

"이 차는 원장님 전용찬데 기사는 없습니다. 요양원은 3층 3개동으로 3백명 수용능력인데, 오늘 현재 278명이 입원하고 있습니다."

송 원장은 총무과장의 설명을 들으며, 그렇게 끝자리 숫자까지 말할 거없는데, 하고 속으로 생각했다.

"촉탁 의사가 일주일에 이틀씩 세 분이 교대로 오시는데, 한 분은 서울 목동에서 병원을 하시다 은퇴한 77세의 이비인후과 의사, 한 분은 영등포에서 내과병원을 하시다가 은퇴하신 75세 내과 의사, 한 분은 수원에서 개업을 하셨던 73세의 가정의입니다. 요양원 환자들은 의사 세 분이 교대로 근무하시며 돌보니 사무 원장이신 송 원장님은 병원 운영은 신경 안 쓰셔도됩니다. 의사님들이 밤 10시까지 병원에 계시다가 원장님 사택 옆에 있는 사택에 와서 주무시고 다음날 출근하시든지 자택에 있는 서울로 올라가시든지 합니다. 간호사 15명이 3교대로 근무하며, 요양사가 50명쯤 있는데 대개 여직원이며 기혼자로 나이가 많으신 분들입니다. 요양사 노조가 있는데 민주노총 소속입니다."

"요양사 노조도 다 있어요? 그럼 파업하겠다고도 해요?"

송 원장이 노조가 있다는, 그것도 민주노총 소속이라는 말을 들으며 이맛살을 찌푸리며 말했다.

"분기에 한 번씩 노사간담회를 하는데 근무조건 개선을 요구하지만 들어줄 수 없는 형편을 잘 알아 크게 귀찮게는 않습니다."

"식당은?"

"식당에 취사원이 아홉 분이 있고, 주방장과 식단을 짜는 영양사가 따로 있습니다. 주방장은 50대 남자, 영양사는 40대 중반 여자로 둘 다 20년 쯤 요양원에서 근무했습니다."

"그럼 두 사람 다 왕고참이네. 일 년 예산이 한 100억 되던데."

"네, 회사에서 매월 4억 원 보조가 내려오고, 입소하신 분들은 1인실, 2인실, 4인실마다 요금이 다릅니다만 평균 100만 원 잡으시면 되고 정부에서 년 한 20억 원 보조가 나옵니다. 명절 때 자선단체로부터 지원이 있다고 하나 과일이나 떡 등 선물이며 금전 지원은 거의 없다고 보시면 됩니다."

송 부장은 한 달 10억도 안 되는 돈을 쓰네, 하며 한 달 겨우 10억 쓰는 곳에서 내가 무슨 일을 하지, 하며 후 한숨을 내쉬었다.

송 부장은 본사에서 수백억, 수천억하는 프로젝트를 주물렀었다. 그는 매년 수천억 원을 주무르는 자리에서 일을 하다가 이제 겨우 100억 원을 쓰는 부서로 귀양을 왔다. 송 부장은 가족만 없으면 당장 사표를 던지고 서울로 올라가고 싶었다.

산길로 접어들어 초가집이 2십여 채 있는 마을에 양옥 사택 두 채가 나란히 있다. 송 원장은 그의 사택이라는 양옥에 옷 가방을 던져놓고 다시 승용차를 탔다. 꼬불꼬불 산길을 돌아 마을에서 완전히 떨어진 외딴 곳에 산줄기로 둘러싸인 요새 같은 곳에 요양원이 있었다. 벽돌 담 위에 철조망이 죽쳐져 있다. 15년 전에 개원한 요양원 건물은 낡아보였다.

원장 방은 정문 바로 앞에 위치한 가동 2층 계단을 오르자마자 바로 옆에 있었다.

요양원 정문을 마주보게 자리한 원장 방에는 컴퓨터와 전화기가 올라 앉아있는 책상 하나, 군지와 연보 몇 권이 꽂혀 있는 책장과 접대용 낡은 소파가 놓여있었다. 소파 앞쪽 벽에 티브이가 걸려 있다. 원장 방을 힐끗 둘러본 송 원장은 1층 입구에 있는 병원으로 내려갔다.

흰 가운을 입은 노인이 일어서며 원장을 맞았다.

"새로 오신 원장님입니다. 김 원장님."

총무과장이 송 원장을 이비인후과 의사였던 김 원장에게 소개했다.

"김재성입니다. 잘 부탁합니다."

김 원장은 화색이 좋고 몸집이 든든해 보여 77세 나이보다 훨씬 젊어 보였다.

"저 송 원장님 술 잘하세요?"

김 원장이 악수한 손을 빼며 물었다.

"네, 좀 합니다."

송 원장은 이 노인이 첫인사로 술타령이야, 하고 생각하며 대답했다.

"아주 잘 됐네요. 이 시골에서 같이 술 한잔할 사람이 없어 심심했는데."

"연세가 높으시다고 들었는데 아직 술 하세요?"

"네. 술도 안 마시면 무슨 재미로 이 시골에서 삽니까?"

김 원장이 화통하게 말했다.

송 원장은, 그럼 일간 한 번 모시겠습니다, 하고 인사했다,

그때 얼굴이 뾰족한 간호사 복장을 한 여자가 병원에 들어서며, 수간호원 이춘자입니다, 하고 송 원장에게 꾸벅 인사했다. 수간호원의 인상은 현진건 작품, B사감과 러브레터에 나오는 사감과 같은 인상이었다.

시설과장이 복도를 걸어가는 송 원장에게 다가오며 인사를 하고 그를 수행했다. 송 원장은 가동부터 차례로 나동, 다동을 둘러보고, 오락실, 체력단련실 등 시설과 식당도 들렀다. 교회가 있었으나 목사님이 없어 교회 공간을 창고로 쓰고 있다.

식당에서 만난 영양사는 이런 산골 요양원에 근무하기에는 너무나 화사

하고 예쁜 용모다. 주방장은 사람 좋은 할아버지 같은 인상이다.

두 의사는 당번 날에만 출근하여 송 원장은 취임일에 만날 수가 없었다.

송 원장이 요양원을 둘러보고 그의 방으로 돌아왔다. 50대 중반의 요양사 노조위원장이 원장방 입구에서 신임 원장을 기다리다가, 송 원장에게 꾸벅 인사를 하며 본사에서 잘 나가시던 원장님이 오셔서 기대가 크다는 말을 던졌다.

송 원장은 대꾸를 않고 그냥 미소만 보냈다. 노조위원장은 인상이 퍽 순하게 보여 송 원장은 일단 마음이 놓였다. 총무과장이 자동차 열쇠를 송 원장에게 넘기며 필요하시면 부르시라고 하고 물러갔다.

총무과장이 내일 오전에 취임식을 하겠다고 하여 송 원장은 취임식은 생략하겠다고 했다.

요양원을 둘러보고 그의 방 책상에 앉은 송 원장은 창밖을 내다보며 이 요양원에서 그가 특별히 할 일이 뭐지 하며, 무엇을 하며 월급 값을 할까, 하며 한숨을 내쉬며 그날 양복만 갈아입지 않았어도 이런 시골에 귀양을 오지 않았을 텐데, 했다.

3.

송 원장은 앞산을 뒤덮은 붉게 불타는 단풍을 내다보며 벌써 부임한 지 넉 달이 지났네, 이곳에 있어도 세월은 가네, 하며 오염되지 않은 높은 파란 하늘을 올려다봤다.

송 원장은 그날 양복만 갈아입지 않으면 제때 회사에 갔을 거고, 지금 월남 프로젝트를 추진하느라 한창 바쁘게 뛰며 내년 초 주총에서 임원으로 진급하는 꿈을 꾸고 있을 텐데, 하며 인생살이가 다, 하며 진한 아쉬움을 달랬다.

송 원장이 요양원에서 원장으로서 할 일은 정말 많지 않았다. 다 저절로 굴러갔다.

그는 아침에 일어나면 한 시간쯤 신문을 읽고, 8시 반쯤 요양원에 출근하여 식당에서 아침을 먹는다. 다행히 영양사가 원장을 별도로 챙겨줘서 요양원 입소자보다는 영양가 있는 음식을 먹을 수가 있다. 더구나 영양사가 예쁘고 상냥하여 그녀의 미소를 보는 것도 이 산골에서 망외의 즐거움이다.

식당에서 커피까지 마시고 그의 방으로 올라가면 총무과장이 그를 따라 들어오며 그날 일과를 일러준다. 일과라야 정말 단순한 것이지만 9시가 되면 송 원장은 요양원 3개 동을 죽 들러본다. 총무과장과 시설과장이 수행한다. 특별히 지적할 것도 없고 지시할 것도 없지만 그래도 원장이 요양원을 챙긴다는 인상은 줄 수가 있다.

10시도 되기 전에 사무실에 돌아와서 그는 책을 펼쳐든다. 그가 책을 읽고 있는 사이 한두 건 결재를 들고 들어온다. 결재라고 해도 식재료를 산다든지, 의약품을 사는 정도이고, 새 입소자, 퇴소자 서류 정리를 위한 결재다. 가끔 시설보수의 건도 있으나 금액이 크지 않아 송 원장은 힐끗 서류를 보는 척하고 그냥 사인해 준다.

그는 두 시간쯤 책을 보고 눈이 피곤해지면 요양원 환자들의 산책을 위해 뒷동산에 닦아놓은 산책로를 걷고, 식당에서 점심을 먹고, 커피를 마시고, 사무실로 올라와서 컴퓨터를 켜고, SNS를 열고 뉴스와 시사평론을 본다.

두어 시간 SNS를 뒤지다가 바둑 티브이를 열고 인터넷 바둑을 두다가 퇴근시간이 되면 식당에서 저녁을 먹고 퇴근한다. 요양원 일로 대관 관계 업무도 거의 없어 읍내에 나갈 일이 드물다.

한 달에 한 번 진천군청 복지과장을 모시고 점심을 먹는 것이 제일 큰 행사다. 그냥 사택과 요양원을 오가는 것이 일과의 전부다. 퇴근하면 티브이 리모컨과 씨름을 하다가 잠자리에 든다. 정말 한가하고 편안하게 근무하고 본사에 방방 뛸 때와 같은 월급을 받는다.

요양원 입소자가 세상을 떠나 운구하는 것을 보며 다 저렇게 가는구나, 하며 인생을 관조한다. 가끔 새로 입소한 환자의 가족들이 잘 부탁한다고 인사를 오면 그들과 인사를 하다 보면 시간이 잘 간다. 그런 인사는 참 반갑다.

그는 그의 사무실에서 내다보이는 산줄기의 색깔이 바뀌는 것을 보며 사계절이 바뀌는 것을 알며, 그날 아침 양복만 바꿔 입지 않았으면 그의 인생이 이렇지는 않았을 텐데, 이렇게 귀양 오게 된 것이 팔자소관인가, 무슨 업 탓인가, 하며 바쁘게 뛰며 사는 인생과 이렇게 한가하게 사는 인생 중 어느 것이 더 잘 사는 인생인가, 생각한다. 진급할 꿈, 뻗어 나갈 꿈을 다 포기하고 그냥 살아가며 이런 인생도 한판의 인생이네, 하며 자신을 위로하며 세월을 죽인다.

송 원장의 생활에 변화가 왔다. 그의 대학 동기가 야당 후보로 진천군수 출마를 했다. 송 원장은 그의 처지로는 거금인 50만원을 후원금으로 내며 몇 번 선거사무소를 찾아가서 동창을 격려했다.

동창이 군수에 당선됐다. 동창은 송 원장을 기관장회의 멤버로 넣어줬다. 그래서 송 원장은 읍내를 정기적으로 나갈 일이 생겼다. 기관장들하고 어울리다 보니 돈이 필요했다. 요양원에서 원장 업무추진비가 너무 적어 그는 월급으로 그 비용 일부를 충당해야 했다. 서울 집에 송금할 돈에서 떼어내 써야 했다. 그렇다고 그런 모임까지 외면하며 산골에 칩거할 수는 없어 그는 돈에 쪼들렸다.

송 원장이 부임한 지 9개월이 지났다. 이제 송 원장이 요양원 돌아가는 사정을 거의 다 알게 됐다. 송 원장은 일 년 예산이 100억 원도 안 되는 원 살림살이를 아래 사람들에게 맡겨두는 편이었다.

아침 순시를 마치고 송 원장이 집무실에 들어서자, 총무과장이 송 원장의 눈치를 살피며 말을 꺼냈다.

"저 원장님. 영양사가 뺑땅을 치는 거 같은데…."

"삥땅을 치다니 무슨, 영양사가 사들이는 것도 없는데."

송 원장이 눈을 크게 뜨고 총무과장을 건너다봤다.

"구매는 않지만 식재료 검수는 영양사가 합니다. 품질이 한 등급 낮은 식품을 받고 제대로 값을 쳐주는 모양입니다."

매끼 식수인원 일인당 2,000원씩 식재료비 예산이 배정되었다. 총무과장의 말뜻은 품질이 떨어지는 식재료를 제 가격에 납품받고 업자로부터 리베이트를 받는다는 이야기다.

"영양사가 그런 야료를 부려요? 그렇게 안 보이던데. 무슨 증거 있어요?"

"확실한 증거는 없고 심증만 갑니다. 식품 납품업자와 영양사가 너무 밀착된 것 같아요."

"한 20년 이곳에서 영양사를 하다 보니 납품업자와 친하겠지. 증거가 없이 처벌할 수는 없고, 요양 환자들에게 예산보다 질 나쁜 음식 먹이는 것은 문제고, 소문 퍼지면 좋지 않으니, 비밀리에 조사해 보고 증거가 나오면 바로 보고해. 요양소 입소한 불쌍한 노인들 등쳐먹는 건데, 그게 사실이라면 인사 조치해야지."

송 원장이 이맛살을 찌푸리며 말했다.

총무과장은 알아보겠다고 하고 원장의 방을 나갔다.

송 원장은 기관장 회의를 마치고 사택으로 돌아왔다. 기관장 회의가 있는 날은 총무과장이 운전을 한다. 오늘 동창인 군수가 학교 다닐 때 송 원장이 천재였다고 잔뜩 비행기를 태우고 저녁 값은 송 원장이 낼 거라고 선언했다. 기관장 회의 때 저녁 밥값은 돌아가면서 냈으나 정기모임이 아닌 모임에서는 송 원장은 주로 얻어먹는 축이었다.

총무과장이 운전하는 승용차를 타고 사택으로 돌아오며 송 원장은 군수가 바람을 잡는 바람에 거의 백만 원이나 되는 밥값을 내고 속이 쓰렸다. 아내에게 송금할 돈이 확 줄어 아내에게 뭐라고 변명을 해야 할지 난감했다.

총무과장은 원장을 사택 앞 주차장에 내려놓고 안녕히 주무시라고 인사했다. 송 원장은 차를 몰고 갔다가 내일 8시 반까지 사택으로 오라고 했다. 총무과장은 감사하다며 차를 몰고 떠났다.

찬바람이 사정없이 몰아쳐서 가볍게 술이 취한 송 원장은 옷깃을 여미며 아 추어, 하며 사택 현관문을 따고 거실로 뛰어 들어갔다. 난방비를 아끼려 난방을 다 꺼 놓은 거실은 한대지방이었다. 송 원장은 추위에 이를 딱딱 마주치며 보일러 스위치를 넣으며, 이 무슨 청승, 했다. 송 원장은 옷도 벗지 못하고 거실이 데워질 때까지 소파에 쪼그리고 앉아 청승을 떨었다.

송 원장은 썰렁한 거실에 혼자 달랑 앉아 떨며 몸도 춥고 마음도 추웠다. 마음이 더 추웠다. 알코올 기운이 그를 더욱 춥게 했다. 그는 티브이도 켤 생각을 않고 회사에서 그렇게 잘 나가던 내가 어쩌다가 이렇게 불쌍한 처지가 됐지, 한탄하며 언제까지 이렇게 살아야 하지, 하고 신음했다.

거실의 추위가 조금씩 물러갔다. 소파에 쪼그리고 앉았던 송 원장은 찌푸렸던 어깨를 펴고 일어나서 방으로 들어갔다. 그는 잠옷으로 갈아입고 거실로 나와 소파에 앉아 습관적으로 티브이를 켜고 영화 채널을 돌렸다.

남녀가 부둥켜안고 격렬하게 섹스를 하는 장면이 떴다. 순간 술 취한 그는 강렬하게 섹스 유혹을 느꼈다. 그는 끙 하고 섹스 대상도 없는데 발기한 음경을 잡고 흔들며 이놈은 속도 없네, 하며 후 한숨을 내쉬었다.

그때 노크소리가 났다. 송 원장은 밤 10시가 다 되는데 누가 찾아왔지, 하며 누구세요, 하고 물었다.

"저에요. 영양사."

송 원장은 영양사? 영양사가 왜 이 시간에, 하며 빠끔히 현관문을 열고 내다봤다.

어 춥다, 하며 영양사가 열린 문을 밀며 현관에 들어섰다.

잠옷 바람의 송 원장은 당황하며 무슨 일이야, 하며 뒤로 물러났다.

"드릴 말씀이 있어서."

영양사가 신을 벗고 거실로 올라서며 말했다.

송 원장은 무슨 말, 나 옷 갈아입고 나올게, 하고 방으로 들어가서 바지와 윗옷을 걸치고 거실로 나왔다.

"원장님 기관장 회의에서 술 많이 하셨어요?"

영양사가 소파에 마주앉아 살살 웃으며 말했다. 송 원장은 웃는 젊은 여자가 꽤 매력적으로 보였다.

"좀 마셨지."

송 원장이 젊은 여자를 건너다보며 무의식적으로 답했다.

"군수님이 동창이시라고요? 참 좋은 친구 두셨네요."

영양사는 방문한 이유는 말하지 않고 말을 돌렸다.

"술이 좀 부족하신 것 같은데 제 차에 포도주 한 병 있어요. 가져올게요."

영양사는 송 원장의 대답도 듣지 않고 현관을 나갔다. 그녀는 스쳐가며 화장품 냄새를 거실에 남겼다. 화장품 냄새가 알코올로 가볍게 마비된 송 원장의 허파를 간질였다.

그녀가 포도주 한 병과 마른안주를 들고 돌아왔다. 그녀는 부엌에서 접시를 꺼내 마른안주를 담아 소파 앞 탁자에 놓고, 미리 그녀가 챙겨 온 포도주 따개로 포도주 병을 땄다. 송 원장의 사택에는 포도주 잔이 없다. 그녀는 유리잔에 포도주를 따르며 원장님 댁에 포도주 잔이 없는 것을 알았으면 챙겨올 걸 했다.

송 원장은 멍청히 그녀가 하는 양을 쳐다보다 식당에서 흰 가운을 입은 모습보다 정장을 하니 몸매가 더 풍성하고 얼굴도 예쁘네, 하며 그녀가 총무과장이 보고했던 부정 건을 무마하러 왔나, 하며 그녀를 쫓아내지 못하고 하는 양만 쳐다봤다.

그녀가 건배를 외쳐 송 원장은 얼떨결에 건배를 따라 했다.

상큼한 향기가 코를 자극하고, 텁텁하고 달콤한 맛이 혀를 간질였다.

기관장들과 마신 술과 포도주가 섞여 송 원장은 술에 더 취해갔다.

"원장님, 기관장회의 마치고 사택에 오시면 쓸쓸하실 것 같아 제가 용기를 내서 왔어요. 존경하는 원장님 외로우실 것 같다고 생각하니 제 마음이 짠했어요. 제가 찾아온 거 의외지요?"

그녀가 송 원장 옆 자리로 옮겨오며 애교를 부렸다. 송 원장은 엉덩이를 옆으로 옮겼다.

"원장님 촌스럽게."

그녀가 송 원장 옆에 탁 달라붙으며 콧소리를 냈다.

순간 송 원장의 관능이 불끈 솟아올랐다. 그녀가 살짝 송 원장의 손을 잡았다. 그녀의 손이 따뜻하고 부드러웠다. 여자에게 손을 잡힌 송 원장은 당황했다. 송 원장의 의지는 손을 빼라고 하였으나 몸이 말을 듣지 않았다.

그녀가 살짝 송 원장의 가슴에 머리를 기댔다. 여자의 머리칼에서 풍겨오는 상큼한 냄새가 송 원장을 자극했다. 송 원장은 자기도 모르게 그녀를 껴안았다.

다 큰 성인들은 서투르지 않게 몸을 섞었다. 몸을 열어준 그녀는 송 원장의 볼에 살짝 키스를 하고 침실을 나갔다.

다음날 아침, 송 원장은 밤에 술이 취해 범한 여직원을 보기가 면구스러울 것 같아 요양원 식당에 아침을 먹으러 가기가 뭐했으나, 원장이 뭐 그렇게 소심해, 하며 자신을 격려하며 식당에 갔다. 평소와 같이 영양사가 아침을 챙겨 왔다.

송 원장은 영양사 보기가 민망했으나 그녀는 지난 밤 사건을 전혀 내색 않고 평소와 똑같이 원장을 대했다.

송 원장은 그녀의 아무렇지도 않아 하는 태도를 보며 나랑 잔 것이 처음이 아니고 다른 원장에게도 육탄공세를 펼쳤겠구나, 하는 생각이 들었다. 송 원장은 총무과장이 영양사의 잘못을 보고하면 하룻밤 잔 대가로 덮어주라고 해야 하나, 생각하며 아침을 들었다. 그녀는 송 원장이 아침을 마치자 평소와 같이 커피를 타내왔다.

목요일 오후 영양사가 송 원장에게 문자 메시지를 보냈다. 매일 요양원 식당에서 식사하시는데 오늘 외식을 같이 하자고 했다. 자기가 식당일 마치고 7시까지 진천읍내로 나갈 테니 농협 옆 골목에서 만나자고 했다. 송 원장은 자석에 끌리는 쇠붙이같이 좋다는 답장을 보냈다.

송 원장은 그녀를 읍내에서 만난다는 생각에 가볍게 가슴이 뛰고 그녀와 섹스를 할 가능성에 입이 마르고 마음이 조급했다.

송 원장은 영양사가 지정한 장소에 가서 영양사의 차로 바꿔 탔다. 그녀는 능숙하게 운전을 하여 국도를 타고 진천을 벗어나서 음성 쪽으로 차를 몰았다. 그녀는 유원지의 레온사인이 요란한 한 식당에 차를 대고 앞장서서 식당 안에 들어가서 식당 주인으로 보이는 남자와 목례를 하고 독방을 찾아 들어갔다.

그녀는 그 식당이 처음이 아닌 것 같았다. 송 원장은 죄를 지는 사람같이 어색한 표정으로 그녀를 따라서 방으로 들어갔다.

"원장님 굉장히 긴장하고 계시는데 편히 앉으세요."

영양사가 살짝 웃으며 말했다. 빨간 입술을 살짝 열어 하얀 이빨을 보이며 웃는 모습이 퍽 고혹적이었다. 송 원장은 가볍게 한숨을 쉬며 자리에 앉았다.

그녀가 스테이크 코스 요리를 시키고 포도주도 한 병 시켰다. 송 원장은 식사대를 원장인 내가 내야 할 텐데, 눈치 없이 나한테 물어도 안 보고 너무 비싼 거 시킨다, 하고 속으로 불만이 일었으나, 원장 체면에 영양사한테 불만을 토로할 수가 없어 그냥 그녀가 주문하는 것을 보고만 있었다.

그녀는 운전을 해야 한다며 포도주를 딱 한 잔만 마셨다. 포도주 한 병을 거의 혼자 비운 송 원장은 취기가 올랐다. 영양사가 화장실 가는 척하고 밥값을 계산했다. 송 원장은 내가 밥값을 내야 하는데, 허풍을 한 번 부리고 잘 먹었다고 인사를 하고 그녀의 차에 올랐다.

그녀가 차를 러브호텔 주차장에 대고 송 원장이 차에서 내리지도 못하고 어물거리는 사이에 프론트에서 열쇠를 받아오며 내리시라고 했다.

송 원장은 돈 한 푼 안 들이고, 거저 비싼 저녁을 얻어먹고 젊은 여인을 안았다. 그녀는 송 원장과 섹스를 하며 진작 송 원장과 이렇게 어울려야 했다고 속삭이며 늦게 기회를 가진 것을 아쉬워하는 말을 하여 송 원장을 가볍게 감격시켰다.

그 후 일주일에 한 번씩 영양사가 송 원장을 요양원 밖에서 접대했다. 그녀는 주도면밀하여 항상 데이트 장소를 진천 구내를 벗어나서 음성이나 증평 쪽에 잡았다.

세 번째 몸을 열고 그녀는 총무과장이 더 이상 말이 없을 거라는 힌트를 주며 봉투를 송 원장에게 건네며, 기관장님들 만나려면 돈이 필요하실 텐데, 했다. 이미 그녀의 몸을 받은 송 원장은 그녀가 주는 봉투를 거절할 수가 없어 뇌물을 어색하게 받아 챙겼다. 집에 와서 봉투를 열어보니 2백만 원이 들어있었다.

총무과장은 반입하는 식자재 등급문제를 송 원장에게 더 이상 보고하지 않았으며 송 원장도 캐묻지 않았다. 송 원장은 매월 영양사가 바치는 뇌물로 기관장 회의 후 회식비를 내는 부담에서 벗어났으며, 젊은 여인의 여체를 안으며 외딴 곳에 귀양 와서 겪던 객고도 풀었다. 그는 주말 상경할 때 가족들을 위해 토산품도 사가는 여유까지 생겼다.

4.

본사에서 이리 뛰고 저리 뛰며 동동거리며 성과에 매달리며 진급에 목말라할 때나, 요양원에 부임해서 구름을 보고 사계절 산이 색깔을 갈아입는 것을 보고 세월이 가는 것을 느리게 느끼며 살아가도 시간은 흘러갔다.

본사에서 톡톡히 월급 값을 하며 열심히 일하며 받았던 돈이나, 요양원에서 월급 받는 것이 미안할 만큼 일을 하고 받는 돈이나 똑 같은 돈이라 처자식 먹여 살리고 자식새끼들 학자금 내는 데 똑같은 기능이 있었다.

더구나 요양원 환자들의 음식 값에서 삥땅을 쳐서 상납 받은 용돈으로 궁색하지 않게 살아가며, 정액이 쌓일 만하면 젊고 예쁜 여자가 찌꺼기를 처리해 줘서 본능도 불편 없이 해결됐다.

송 원장을 챙겨주겠다고 한 본부장도 다음해 주총에서 이름이 불리지 않아 회사를 떠나, 회장의 눈에 나서 밀려난 송 원장을 본사로 발탁해 줄 사람이 없다. 송 원장은 시골 유지들과 어울려 사는 법을 터득하며 진급이니 경쟁이니 하는 생존경쟁에서 벗어나서 정말 한가하게 세월을 보내며 정년을 기다렸다.

총무과장이 본사에서 감사를 온다고 송 원장에게 보고했다. 매월 4억 원씩 보내주는 보조금을 제대로 쓰나 3년에 한 번씩 정기적으로 확인차 감사를 온다고 했다. 그 보고를 받고 매월 영양사로부터 상납금을 받아온 송 원장은 가슴이 뜨끔했다.

차장과 직원 한 명이 감사를 왔다. 차장은 송 원장이 본사 재직시 안면이 있었으나 직원은 초면이다.

감사팀은 시설 보수, 종사자 관리 적정성을 보고 회계와 후원금 처리 적적성도 봤다. 의료비 사용내역도 보고, 식당 운영 현황도 들춰보고, 시설 운영 상황도 점검했다. 그들은 요양원 식사가 어떤지 알아본다며 점심과 저녁 식사를 요양원 식당에서 했다.

정기적으로 감사를 받아왔던 직원들은 알아서 잘 대처했다. 감사팀은 하루 종일 이곳 저곳, 이 서류 저 서류를 뒤지더니 요양원 식당에서 저녁을 송 원장과 함께 먹으며 문제점을 찾지 못했다며 근무 잘 하시라고 송 원장을 격려하고 타고 온 자가용을 타고 서울로 떠났다.

송 원장은 지역 토산물을 선물로 감사팀 승용차에 실어줬다. 그날 저녁 영양사는 본사 감사가 잘 끝났고, 군청 공무원은 매월 접대를 하며 친교를 맺어 이어가고 있으니 앞으로 3년은 누구의 간섭도 없을 거라며 송 원장을 위해 자축 파티를 열어줬다.

송 원장의 일상사가 큰 변화 없이 한가하고 평범하게 흘러갔다.

하루는 총무과장이 송 원장에게 식자재 공급업체 중 육류 공급업체가 자주 불량품을 지입하여 업자를 바꿔야 하겠다고 보고했다. 계약기간이 다 되어 바꿔도 문제없다고 첨언했다. 송 원장은 고개만 끄덕였다.

송 원장은 본사에서 몇 천억 원 단위의 사업을 주무르다가 요양원에서 일년 예산이 100억 원도 안 되는 업무를 하며 하는 일이 일 같지 않아, 모든 일을 부하들이 하는 대로 맡겨두고 그냥 쉽게 서류에 사인해 줬다. 더구나 월 납품금액이 5천만 원도 안 되는 식자재 공급업자를 바꾸는 것까지 원장이 관여하는 것은 너무 쪼잔한 것 같아 알아서 하라고 방관했다.

경찰서장으로부터 송 원장에게 전화가 왔다. 민원이 들어와서 조사하러 부하들을 보낼 테니 섭섭하게 생각 말라고 했다. 기관장회의에서 매달 만난 인연 때문에 미리 전화를 해 준 모양이다.

송 원장은 총무과장을 불러 민원 때문에 조사를 온다는데 무슨 일이 있냐고 물었다. 총무과장은 육류 공급자를 바꾼 일로 떨어진 공급자가 민원을 넣은 것 같은데 자기 선에서 잘 해결할 거니 원장님은 걱정 마시라고 했다.

송 원장은 관련서류를 좀 가져와보라고 했다. 진천읍내에 있는 정육점과 계약을 한다는 품의서 첨부로 계약서가 붙어있다. 계약상 전혀 하자가 없었다. 단지 수의계약을 한 것이 마음에 걸렸으나 5천만 원 이하 계약은 수의계약을 하도록 규정이 되어있다. 송 원장은 서류를 살펴보고 잘 대처하라고 지시했다.

경찰 두 사람이 와서 서류를 보고, 식당에 가서 식재료를 검수해 보고 문제점을 찾지 못했다고 송 원장에게 인사하고 물러갔다. 질 떨어진 식재료를 납품 받아 조리한 음식은 이미 먹어서 다 없어졌으니 등급을 낮춰 식재료를 받은 증거는 어디에도 찾을 수가 없었을 거다. 더구나 경찰이 올 거라고 미리 알려줘서 냉장고에 있는 식재료는 다 등급이 맞는, 아니면 더 품질이 좋은 식품으로 채워놨을 거다.

군청에 민원을 넣었으나 별 반응이 없자, 민원인이 감사원에 민원을 넣었다. 식재료 등급을 낮춰 납품을 받고 차액을 뇌물로 챙겼다고 민원에 적시했다. 영양사와 주방장이 짜고 부정을 저질렀다고 썼다. 윗선까지도 뇌물을 상납했을 거니 조사하라고 첨언했다.

감사원에서 감사관 두 사람이 직접 조사를 왔다. 감사관은 서류상 특별한 하자를 찾지 못하고, 식재료 등급을 낮춰 납품받았다는 증거도 찾을 수가 없어 허탕을 치고 상경할 수뿐이 없게 되었다.

감사로 잔뼈가 굵은 감사원 감사관은 여러 식품업체 대표들을 만나 뇌물을 바친 일이 있나 확인했으나, 식품을 납품하고 있는 업체 대표가 사실을 말할 리가 없었다. 감사관은 거래가 끊긴 식품업체 대표를 만나 확인했다.

납품이 끊긴 식품업체 두 사람이 등급을 낮춰 식재료를 공급하고 그 차액을 뇌물로 바쳤다는 진술을 했다. 감사원은 그 진술서를 첨부하여 사건조사를 경찰로 넘겼다.

노련한 수사관은 결국 식재료 반입 비리를 밝혀냈고, 뇌물 고리가 원장까지 연결된 것을 알아내고 검찰에 사건을 송치했다. 다행히 경찰이 영양사가 원장에게 몸을 상납하며 뇌물 고리에 끌어들인 사실은 밝혀내지 못했다.

송 원장은 요양원 식재료에 손을 대고 나이든 요양 환자들의 고혈을 갈취한 파렴치범으로 몰려 1심 재판에서 징역 2년을 선고받았다. 송 원장은 달게 형량을 감수하고 상고를 포기했다.

당연히 회사에서 파면되고 퇴직금마저 몰수됐다.

송 원장은 형무소 담장 안에 갇혀 하늘을 굴러가는 구름을 보며, 그날 아침 양복만 바꿔 입지 않았어도, 지금 이사가 되어 상무를 바라보며 펄펄 떨텐데, 하며 인생의 무상함을 되씹었다.

창업

1.

송용건은 국내 굴지의 대기업에 다니는 40대 후반의 큰아들, 영태가 이사에서 상무로 진급했다며 한 턱 모신다고 하여 자축연에 참석하려고 기쁜 마음으로 큰아들이 정한 코엑스 트레이드 타워 52층 식당으로 아내와 함께 가고 있다.

송용건은 60대 초반 임원으로 40년 넘게 다니던 회사를 퇴직하고 인생 말년의 소일거리로 그림 그리기를 배웠다. 수채화를 익히며 미술동호회 송죽회 멤버로 동호회 전시회에 몇 번 참가했다. 전시회에 들른 친구들이 그를 화백이라고 부르기 시작하여 그는 이제 송 전무 대신 송 화백으로 불린다.

큰아들이 택시를 타고 오라고 했으나 송 화백은 공짜로 타는 전철을 몇 정거장만 타면 바로 삼성역이 나오고, 삼성역에서 트레이드 타워는 바로 코앞이다. 그는 공연히 택시비 버릴 것 없다고 생각하고 전철로 가기로 한다.

"이 불황에 영태 녀석 대단해. 안 쫓겨나고 진급을 하다니…"

아내가 아파트 현관을 나서며 행복한 탄성을 질렀다.

"너무 일찍 진급하여 걱정이다. 개인회사 실적 없으면 바로 짤리는데."

송 화백이 걱정을 했다.

"당신 걱정도 팔자다. 아들 잘 나가는데 공연히 입방정 찧지 마."

아내가 핀잔을 주었다.

"이 상가는 언제 임대 들어오지?"

송 화백은 아내와 아파트 상가를 지나치며 일 년째 공실로 상가 유리창에 붙은 '임대' 딱지를 보며 말했다.

3층 상가 1층 노른자위 자리에 위치한 상가는 안경점이었다. 20여 년간 안경점을 운영했었는데 무슨 이유에서인지 1년 전에 문을 닫았다. 그 후 새로운 세입자가 나타나지 않아 유리창에 임대 딱지를 떼지 못하고 빈방으로 세월을 보내고 있다.

"이 가게도 임대 안 들어오는데."

사진관 하던 상가에서 한 가게 건너 있는 공실 상가를 보며 아내가 말했다. 그 가게는 제과점을 했었는데 프랜차이즈 제과점이 바로 일 년 전 옆자리에 들어오며 두 빵집이 경쟁을 벌리다가 기존 빵집이 프랜차이즈 빵집에 밀려서 문을 닫았다.

"불황은 불황인 모양이야. 상가 안에도 몇 칸 공실인데 새 세입자가 안 들어오는 걸 보면."

송 화백이 탄식조로 말했다.

"이런 불황에 진급을 했다고 저녁을 내다니 영태 녀석 내 아들이지만 대단해."

아내가 감탄조로 말했다.

상가 입구에 필라테스 1회 무료체험이라는 입간판이 서있다.

"허, 한 번에 십만 원 받던 필라테스를 무료체험을 하라네. 당신 가서 한 번 해 봐."

송 화백이 아내에게 말했다.

"이 나이에 무슨 필라테스. 저기 보니 월 20만원에 스크린 골프 지도와 실습한다는데 당신 가서 해. 요새 필드도 통 안 나가던데."

"월 20만원이면 하루 7천원이네. 얼마나 장사가 안 되면 저렇게 덤핑할까. 노인은 경로 우대로 오전에 만원까지 디스카운트한다는 말은 들었었는데."

송 화백이 하늘을 올려다보며 심란한 목소리로 말했다.

"정말 경기가 안 좋은 게 눈에 보이네."

송 화백과 아내는 경기가 나빠지면 서민들이 살기 어려워지는데, 하고 걱정을 나누며 전철역에 들어섰다.

송 화백과 아내는 삼성역에서 전철을 내려 코엑스 건물 안으로 들어가서 트레이드 타워로 올라가는 엘리베이터를 탔다. 고속승강기는 바로 그들을 52층에 올려다 줬다.

엘리베이터를 나서자 큰아들 영태 부부가 엘리베이터 입구에 서 있다가 부모님을 예약한 방으로 안내했다. 방에 들어서니 저만치 잠실 종합운동장이 내려다보이고, 한강이 꺼멓게 내려다보였다.

둘째아들과 딸, 손자들이 먼저 와서 부모를 기다리고 있었다. 송 화백은 자손들의 인사를 받는 잔잔한 행복을 누리고 아내와 상석에 앉고 아이들이 양편으로 나눠 앉았다.

"아버님 저녁은 중국음식으로 예약했어요. 술은 중국술 할까요?"

아버지 왼편에 창밖을 보고 앉은 큰아들이 말했다.

"중국음식에는 고량주가 제격이지, 여자들 마시게 맥주도 한두 병 주문해."

송 화백이 느긋하게 말했다.

큰아들이 고량주와 칭따오 맥주를 주문했다.

송 화백은 아들놈이 비싼 술을 주문하네, 얼마 만에 이 52층 식당에 와보는 거야, 하며 가볍게 센티해졌다. 현직에 있을 때는 가끔 외국 바이어를 이곳에 모셔 와서 서울 야경을 구경시키며 접대를 했었다.

한 모금 독주가 목구멍을 타고 죽 위장으로 내려가며 찐한 자극을 식도에 남기며 송 화백에게 살아있다는 쾌감을 느끼게 했다. 첫 잔을 비운 송 화백은 가볍게 울려오는 알코올의 반향에 행복해지며 테이블을 죽 둘러보고 그가 지상에 남겨놓을 씨앗, 후손들을 건너다보았다.

창을 마주보고 앉아있는 큰아들의 옆자리에 미인축에 드는 큰며느리가 앉아있다. 그 옆에 손자와 손녀가 앉아있다. 다음 좌석에 초등학교 선생인 딸이 앉아있고, 유치원생인 외손녀가 그 옆자리에 앉아 엄마와 뭐라고 소곤거리고 있다. 창을 등진 자리에 국영기업 과장인 둘째 경태와 둘째며느리가 앉아있다. 줄줄이 손자 셋이 앉아있고, 그 다음 자리에 외손자가 엄마를 마주보고 앉아있다.

송 화백은 한 사람 한 사람 그가 남긴 자손의 이름을 속으로 외우며, 그가 70평생 살며 역사에 남길 큰 업적이 없었는데 그래도 이렇게 튼실한 자식새끼를 남겨 놓고 가는구나, 하며 감회에 젖었다.

아내도 감개무량한지 자손들을 건너다보며 말이 없다.

송 화백은 큰 아들의 진급 턱을 얻어먹으며 자식들이 모두 별 탈 없이 최소 60이 넘도록 직장 잘 다니고 건강하게 잘 살기를 간절한 마음으로 빌었다.

2.

송용건 화백은 전철 2호선 교대역에서 1번 출구로 나갔다.

송 화백은 노후를 대비하여 교육대학 정문 길 건너에 있는 오피스텔 건물 5층에 사무실을 한 칸 마련해 놨었다. 그의 오피스텔에는 이젤 등 그림을 그릴 수 있는 간단한 도구가 준비가 되어 있다. 오피스텔은 친구들의 만남의 장소가 되어 퇴직한 친구들이 모여 바둑을 두고 고스톱도 친다. 뻥을 뜯은 돈으로 친구들이 같이 저녁을 하고 술 한잔을 나누며 과거를 씹는다.

송 화백은 보통 점심을 먹고 오피스텔로 간다.

전철을 내려 2차선 도로를 따라 약 800m 걸으면 오피스텔에 이른다. 처음 400m는 길 양옆에 상가가 있고, 그 다음은 길 한편은 고급 빌라이고, 맞은편은 대학교 교정이다.

오늘도 전철을 내린 송 화백은 천천히 2차선 도로를 따라가며 길 양옆에 있는 식당의 손님 숫자를 세며 식당이 잘 되나 점검한다. 그는 시장조사원도 아닌데, 그 길을 지나치며 식당의 영업 상태를 점검하는 것이 이제 습관이 되었다.

400m 거리 양편에 백여 개가 넘는 다양한 종류의 음식점이 줄을 서 있다. 커피점이 30곳도 넘는다. 커피만 파는 상점도 있고 케이크와 커피를 같이 파는 상점도 있다.

송 화백은 몇 년째 그 거리를 오가며 다음 폐업할 음식점을 대개 짐작한다. 손님이 너무 없어 파리를 날리는 음식점들은 반년을 버티지 못하고 문을 닫고 다른 주인이 새로운 음식점을 개장하려 인테리어를 시작한다.

송 화백은 손님이 없는 식당을 지나치며 저렇게 손님이 없어 임대료 벌기도 어렵겠네, 하며 쓸데없는 걱정을 하고, 꾸준히 손님이 드는 음식점을 지나치며 그래도 저 집은 장사가 잘 되네, 하며 안도한다.

그 많은 음식점 중 평균 한 달에 한 곳은 폐업을 한다.

송 화백은 스테이크 하우스가 망해 나간 상가에 새롭게 인테리어를 하는 것을 보며 저 가게에 무슨 음식점이 새로 들어설까, 궁금해 하며 인테리어를 하는 가게 안을 힐끔거리며 지나친다. 송 화백은 그 골목길에 스테이크 하우스가 들어설 때 대학생이 가장 큰 고객인 이 거리에 스테이크같이 비싼 음식점이 장사가 될까, 했었다.

개점을 하고 선전을 하며 세일하는 일주일 동안 손님이 넘쳐났었다. 그리고 음식 값을 제 값으로 받자 그 음식점은 끝이 났다. 정말 파리를 날렸다. 음식 값이 좀 센 편인 일식집도 몇 년 못 버티고 문을 닫았었다.

그 골목에서 가장 피터지게 경쟁하는 업종은 커피점이다.

송 화백은 스테이크 가게 다음 상점, 테이크아웃 커피점 앞에 세워놓은 입간판을 보며, 피터지는 출혈 경쟁이네, 하며 중얼거린다. 1,500원짜리 아메리카노와 곁들여 덤으로 도넛을 준다는 입간판이다.

커피 값을 내린 사연이 눈물겹다. 테이크아웃 커피점에서 한 가게 건너 주스 가게가 있었다. 주스 가게 주인이 여름 한철 반짝 계절을 타는 주스 가게를 접고, 커피점으로 업종을 바꾸며 아메리카노 커피 가격을 1,000원으로 내걸었다. 선수를 치며 먼저 출혈경쟁 선언을 한 거다.

망해 나간 스테이크 상가에 유명 브랜드의 커피점이 들어섰다. 실내에 앉아서 편하게 커피를 마실 수 있도록 내장을 했다. 시설이 훨씬 좋은데 아메리카노 한잔 1,500원. 바로 이웃한 테이크아웃 커피점이 아메리카노 가격을 900원으로 낮췄다.

송 화백은 세 커피점의 출혈 가격 경쟁을 보며, 최저임금이 다락같이 올라 인건비가 비쌀 텐데 저렇게 싼값에 팔아 인건비나 건질까, 하며 공연한 걱정을 한다.

궁물 떡볶이 가게가 있었다. 손님이 그리 많지 않았다. 그런데 바로 옆 가게 만두집이 망해 나가고 상가가 비자 그 자리에 삼청동 궁물 떡볶이 가게가 들어섰다. 나란히 붙은 두 동종 음식점이 쌍나발을 불었다. 제한된 떡볶이 손님이 두 가게로 나뉘었다.

먼저 문을 연 궁물 떡볶이 가게가 삼청동 궁물 떡볶이에 밀려 파리를 날리더니 몇 달 못 버티고 문을 닫고 무한 리필 삼겹살집으로 바뀌었다. 삼청동 궁물 떡볶이 가게도 반년을 더 못 버티고 국수집으로 바뀌었다.

송 화백은 한 음식점이 망하고 다른 음식점이 개장을 하는 것을 보며, 아직 한참 나이에 직장을 쫓겨나고 어쩔 수 없이 음식점을 열었을 텐데 경험도 없이 식당을 열었다가 장사가 안 되어 문을 닫으며 퇴직금을 다 날려 먹었겠네, 아님 부모가 대준 돈을 다 날렸나, 하고 동정하며 그래도 우리 아들딸들은 나한테 손 안 벌리고 살아가니 대견하다며 다행으로 여겼다.

송 화백은 줄서 있는 음식점들이 피터지게 경쟁을 하는 것을 보며, 또 어느 가게가 망해 나가떨어질까, 정말 먹고 살기 힘들다, 하고 한숨을 쉬며 우리 아들딸들은 저런 피말리는 전선에 내몰리지 않아야 할 텐데, 하는 기우를 지우지 못했다.

3.

송용건 화백은 큰아들 영태가 미중무역 갈등, 한일무역 갈등으로 회사 사정이 어렵다고 하는 말을, 국가간 갈등이 아들 회사에 무슨 큰 영향이 있겠어, 하며 귓등으로 흘려들었다.

큰아들이 연초 주총에서 전무로 진급하지 못하고, 상무로 재신임도 받지 못해 회사를 그만 두었다는, 쫓겨났다는 말을 아내에게 전해 듣고, 고등학교 다니는 손자들의 얼굴이 떠오르며, 손자들 뒷바라지할 돈이 걱정되었다.

송 화백은 큰아들 영태가 이제 겨우 오십을 넘겼는데, 100세를 바라보며 사는 시대에 아직 50년은 더 살아야 하는데, 그 녀석 무엇을 해서 먹고 살까, 걱정이 되었다.

인도 사람의 인생주기로 치면 학습기, 가주기를 지나고 임서기에 들어서는 나이지만, 지금은 수명이 늘어나서 옛 사람들같이 환갑을 지나면 인생의 종을 치는 것도 아니고 한참을 더 살아야 한다.

송 화백은 내가 크게 벌어놓은 돈이 없어 자식에게 먹고 살아갈 유산을 물려주고 갈 수도 없는데, 영태 녀석 내년이면 손자가 대학 들어가고, 곧 손녀도 대학 들어가고, 손자 손녀 결혼도 시켜야 하는데 어쩐다, 하며 한숨을 내쉬었다.

큰아들 영태는 25년간 아버지 그늘에서 살았었고, 다음 25년은 자립하여 결혼생활을 꾸려가며 집 한 채 마련한 것이 전 재산이다. 60세 넘어 국민연금을 받아봐야 공무원연금이나 사학연금같이 생활을 꾸려갈 금액이 못 될 거고, 어떻게 그 녀석이 나머지 생 50년을 살아갈까, 걱정이 되었다.

송용건 화백은 걱정만 할 뿐 실직자가 된 아들을 도와줄 방법이 떠오르지 않았다. 이제 그의 친구들도 다 은퇴하여 아들 재취업을 부탁할 친구도 없다. 그는 이제 이빨 빠진 호랑이 신세다.

주말에 큰아들 영태가 며느리와 함께 아버지의 집을 찾아왔다. 포도주도 한 병을 사들고 왔다.

송 화백은 영태가 아버지를 보고 멋쩍게 히쭉 웃는 모습이 너무 비굴하고 초라하게 보여 막 화가 났으나 내색하지 않았다. 2년 전 상무로 진급했다고 자축연까지 하며 의기양양했던 태도와는 너무나 대조적이다.

"아버님 죄송해요."

영태가 송 화백 앞에 앉으며 말했다.

"뭐가 죄송하냐? 니가 잘못한 것도 없는데…."

"그래도 나이 겨우 50에 실업자가 되어 아버지 앞에 서려니 부끄럽고 죄송해요, 고생하시면서 저 대학까지 가르쳐 주셨는데. 집 살 때 돈도 보태주시고."

"부끄러울 것 없고, 그래 어떻게 살 거냐. 식당이라도 열 거냐?"

"아직 안 정했어요. 퇴직하면 대부분 식당 열고 망하던데, 뭐할까 고민 중입니다. 밀레니얼 세대와 X세대, Z세대를 대상으로 카페를 열까, 아님 옷가게를 열까. 아이티시대에 맞는 신종사업을 열어 볼까도 궁리하고 있어요."

"그래? 내가 무엇을 하라고 권할 수가 없구나. 나도 평생 월급쟁이만 하여 사회물정에 어두우니. 아이템을 정하면 나한테 알려주라. 포도주 가져왔으니 잠시 고민을 내려놓고 나랑 한잔 하자."

송 화백은 식탁에 며느리와 마주앉아 조잘거리는 아내에게 안주 좀 내와, 하고 소리쳤다.

큰아들이 집에 다녀간 후 일주일째 소식이 없다. 송 화백은 아무런 연락이 없는 나이 50에 실업자가 된 큰아들 걱정이 머리를 짓눌러 어두운 나날을 보냈다. 이제 은퇴한 지 10년이 다 되어가는 그가 아들을 위해 해줄 수 있는 것이 생각나지 않았다.

집을 팔고 서울 변두리로 이사를 하고 집값 차액을 사업자금으로 대줄 수는 있겠지만 집을 팔면 양도소득세를 내고, 중개 수수료를 내고 이사를 가면 새로 산 집 취득세, 등록세 등 세금을 내야 한다. 차액의 많은 부분을 정부가 세금으로 훑어간다. 그러면 아들에게 대줄 자금이 확 줄어든다.

며느리와 통화를 한 아내가 아들이 미국에 갔다고 했다. 현직에 있을 때 알던 업자에게 그 회사에서 새로 개발한 화장품이 다기능이라 젊은 사람들 편리미엄을 만족할 수 있는 제품이라, 국내 독점판매 에이전트만 따면 현직 때 월급보다 더 수입을 올릴 수 있다며 미국행 비행기를 탔단다. 송 화백은 그 거라도 잘 됐으면, 하고 속으로 빌었다.

4.

퇴직한 후 한 달 만에 큰아들이 아버지를 찾아왔다.

송용건 화백은 우선 아들의 얼굴이 퇴직 후 바로 왔을 때보다 환해져 조금 마음이 놓였다.

"미국 갔었다고 들었는데 간 일은 잘 되고?"

송 화백은 아들이 신을 벗고 거실로 들어서서 소파에 앉자마자 물었다.

"제가 한발 늦었어요. 저랑 같은 날 퇴직한 동료가 퇴직하자마자 바로 다음날 미국으로 날아가서 에이전트 따갔어요, 저는 며칠 이거 할까 저거 할까 고민하다가 그만 시기를 놓쳤어요."

큰아들이 담담하게 말했다.

송 화백은 큰아들이 에이전트를 따지 못했다는 말을 들으며 가슴이 덜컥 내려앉았다.

"그럼 식당할 거냐?"

송 화백이 조급하게 물었다.

"아니요. 식당이나 커피숍은 전세대 사업이고 21세기 아이티시대에 맞는 사업을 할 겁니다."

송 화백은 IT시대에 맞는 사업, 하고 되뇌며 멍청하게 아들을 쳐다봤다.

"두 가지 사업 아이템을 생각해 봤어요."

"두 가지?"

"한 가지는 3D프린터 몇 대를 사서 고객이 주문하는 제품을 만들어 주고, 또 3D프린터를 몇 시간씩 쓰도록 빌려주고 그들이 자기가 원하는 제품을 만들게 하는 일종의 기계 대여입니다. DIY를 선호하는 밀레니얼세대와 Z세대 고객이 꽤 있을 것으로 생각됩니다. 그런데 밀레니얼세대와 Z세대는 슬세권 주택을 선호하는 세대라 가게를 젊은이들이 많이 다니는 곳에 임대해야 하는데, 50평 가게만 빌려도 월 임대료가 족히 3천은 가요. 여간 고객을 많이 확보해서는 임대료 뽑기도 어려워요. 그렇다고 변방에 가게를 얻으면 슬세족 고객을 끌 수가 없어요."

"그렇겠다. 그런데 슬세족이 뭐니?"

아버지가 쑥스런 표정으로 물었다.

"아, 아버님은 모르시는 단어겠네요. 어른들이 집을 고를 때 역세권, 학세권을 선호하잖아요. 요즘 젊은이들은 슬리퍼만 신고 갈 수 있는 거리에 생활에 필요한 시설이 다 있는 곳을 선호해요. 다시 말하면 집에서 10분 거리에 편의시설이 다 있는 그런 위치. 그래서 슬리퍼만 신고 갈 수 있는 거리라는 뜻으로 슬세족이라는 단어가 나왔어요. 그래서 3D프린터 임대사업은 접고 맞춤 뷰티 사업을 할까 해요."

"니가 미장원을 한다고?"

송 화백이 눈을 크게 뜨며 말했다.

"아버님이 생각하는 미장원 같은 미용 사업이 아니고 일대일 맞춤형 미용 사업입니다. 여자들이 화장품을 하나 사면 그 화장품이 바닥날 때까지 쓰지요. 좀 지루할 거예요. 그래서 봄, 가을 등 계절에 따라, 집에 있을 때, 여행을 갈 때 등 생활환경이 바뀔 때마다 적합한 미용 패턴을 추천해 주고, 피부 관리도 해 주는 사업을 구상중이에요. 21세기 초개인화 시대에 적합한 일대일 맞춤형 피부 관리를 해 주는 거지요."

송 화백은 아들의 말을 반쯤 이해하며 눈을 깜박였다.

"팬슈머 500명만 확보하면 월급쟁이할 때보다 훨씬 더 수입을 올릴 수가 있어요."

"500명 열혈고객을 확보한다는 말이지?"

"네, 그래서 우선 전용 미용사를 세 사람쯤 고용하고 한 60평쯤 되는 가게를 임대할까 해요."

"60평이면 임대료가 만만치 않을 텐데."

"그래서 1층은 안 되고 3층 쯤 얻을 거예요. 3층이면 1층에 비해 임대료가 반값도 안 돼요. 고객 한 사람씩 데이터를 작성하여 그 고객의 생활 주기에 맞는 서비스를 할 겁니다. 우선 영업내용 선전이 중요한데, 소셜미디어를 최대한 활용해야지요. 홈페이지는 물론 블로그도 만들고, 페이스북, 인스터그램, 유튜브를 활용해야지요. 고객들의 의견과 체험담을 듣는 방을 만들고, 시설도 초개인화 시대에 맞도록 미용을 받는 한 사람 한 사람의 공간을 격리합니다. 유리로 격벽을 만들어 공간이 답답하지 않도록 합니다. 각자 공간에서는 고객의 취향에 따라 음악을 듣든지, 요사이 붐이 일기 시작한 독서 대신 귀로 하는 청서 서비스를 합니다. 미용 서비스를 받는 동안 시낭송을 듣는다든지, 소설 낭독을 듣는다든지. 아님 지식을 쌓기를 원하는 고객을 휘해 유러하리의 사피엔스를 들려준다든지 우리나라에서 많이 팔렸던 '총균쇠'를 들려주는 거죠. 그럼 고객은 미용을 하면서 귀로 새로운 지식을 얻을 수 있는 일석이조의 효과가 있지요."

큰아들은 그의 말을 열심히 듣는 아버지를 쳐다보며 침을 꿀꺽 삼키고 말을 이어갔다.

"미용실에서 편하게 서비스를 받을 수 있도록 탈의실을 두고 편한 옷으로 갈아입고 슬리퍼를 신고 미용을 받을 수 있게 할 겁니다."

송 화백은 큰 아들의 말을 들으며 아들이 퍽 진지하게 열심히 사업구상을 한 거 같아 좋은 직장에서 쫓겨나고 생활을 위하여 고민하는 아들이 딱하게 생각되었다. 송 화백은 무엇인가 아들을 도와주고 싶었으나 그는 그럴 힘이 없어 자신이 무능하게 느껴지며 서글픈 생각이 들었다.

"그래서 우선 제 사업 취지를 이해하고 씨앗이 될 고객 몇 명을 끌어올 미용사를 구하는 일이 급선무이고, 퇴직금과 집을 담보로 빌릴 수 있는 약 20억 원, 제가 마련할 수 있는 사업자금이 사업을 시작하는 밑돈이 됩니다. 그래서 그 자본금으로 한 일년치 운영자금 남겨놓고 얻을 수 있는 가게를 알아봐야 하고, 홈 페이지나 블로그 등 SNS 관리를 위하여 컴퓨터를 다루는 기술 습득이 필요합니다. 외주를 주면 너무 돈이 많이 들어가요. 그래서 제가 한 반년쯤 컴퓨터 다루는 기술을 문화센터나 학원에서 배울 겁니다. 대학에서 한 학기 청강하는 것을 교수님과 상의하여 허락을 받았어요. 그 반년 동안 벌어놓은 돈을 쓰며 미래를 준비할 겁니다. 아버님 생각에는 제 아이디어가 어떠세요?"

"나 같은 구세대에게는 사업계획이 새롭기도 하고 허황하기도 하다."

"그래서 사업이 잘 선전되면 오팔세대도 고객으로 모실 수가 있습니다."

"오팔세대?"

"50대 60대 세대로 58년 개띠 전후의 베이비 붐 세대입니다."

"오히려 젊은 세대보다 오팔세대가 더 주력 고객이 되겠는데."

송 화백이 말했다.

"그래서 오팔세대가 편하게 미용실에 올 수 있도록 차량 서비스를 검토하고 있어요. 택시 값의 절반만 받고 집에서 모셔오고 가고 싶다는 곳까지 모셔다 드리고, 그런데 타자도 불법이라는 현실에 그게 불법은 아닌지 변호사 친구에게 법률 검토를 의뢰해 놨어요."

"가주기를 지나 결실기 준비로 고생이 크구나."

송 화백이 아들을 위로했다.

송 화백은 아내와 며느리의 통화를 귀동냥하며 큰아들의 동향을 짐작할 수가 있었다.

큰아들은 일주일에 두 번 대학에 청강을 가고, 문화센터 컴퓨터반에 등록하여 IT기술을 익히고, 나머지 시간에는 가게를 열 상점을 찾아다니며 바쁘게 지낸다고 했다.

며느리가 아들의 사업계획을 듣고 공감하며 같이 일할 미용사 세 사람도 구해 놨다는 것을 알게 됐다.

송 화백은 아들의 사업계획이 좀 신선한 것도 같고, 좀 허황된 것도 같아 성공할지 자신이 없었다.

큰아들이 가게 이름을 짓는데 아버님 좋은 아이디어가 있으시면 알려주라고 했다. 송 화백은 우리말이나 한문으로 아름다움을 키우는 상호명을 지으면 지금 세대에 맞지 않을 것 같고, 화장품이나 유행하면 파리를 연상하니 불어로 이름을 지어보라고 말해 줬다.

송 화백은 아들이 미용업을 한다고 하자, 티브이에서 화장품 선전을 들으며 선전 내용을 음미하는 습관이 새로 생겼다.

송 화백은 아들이 개업식을 한다고 하여 아내와 함께 개업식에 가기 위해 잠실 새내역에서 전철을 내려 상가로 들어섰다.

송 화백은 회사에서 쫓겨나다시피 퇴직한 아들 개업식에 축하 화분이 하나도 없이 초라할까 걱정이 되어 꽃집에 양란 화분을 보내라고 연락했었다.

송 화백이 엘리베이터 3층에서 내리며 입구부터 죽 늘어선 축하 화분을 보고 기분이 살짝 좋아지며, 대기업 상무까지 한 아들을 너무 여리게 보고 화분을 보낸 것이 살짝 미안해졌다. 실내는 축하객으로 붐볐다.

큰아들 내외가 '에뜨레 뷰우 토피아'라는 긴 간판이 붙은 미용실(?) 문 앞에 서서 축하객을 맞고 있었다. 송 화백과 아내가 다가가자, 축하객을 맞던 큰아들이, 아버님 경태, 신영이도 와 있어요, 하고 환하게 웃으며 반겼다.

송 화백은 작은아들과 딸이 형 개업식에 축하하러 왔다는 말에 아들딸들의 우애가 신통하여 아내를 보고 웃으며 녀석들이 왔대, 하고 말했다. 아내도 미소로 응답했다.

미용실에서 4차선 도로와 길 건너 시장 입구 상가가 보였다. 플라타너스 가로수가 훌쩍 자라 창문을 가리며 운치를 돋아줬다.

미용실은 두 파트로 나눠 창가쪽에 유리 격벽으로 구획을 지은 미용실이 있고, 입구사무실에 컴퓨터와 전화기가 놓인 책상이 있고 바로 옆에 캐비닛이 서있다. 고객의 개인 정보를 입력하며 고객관리에 필요한 데이터를 관리하는 사무실이다.

상가 반쪽 아파트쪽 공간에 고급 소파가 두 줄로 마주보고 놓여 있다. 응접실이다. 응접실 서가에는 월간잡지를 비롯하여 음악, 미술, 무용, 패션 잡지가 꽂혀 있다. 반짝거리는 커피 뽑는 새 기계가 보였다. 그 옆 공간은 탈의실이다. 마주 보는 응접 의자 가운데 놓인 탁자 위에 오늘 개업 고사를 지낼 돼지 머리가 놓여 있다.

미용 의자는 다섯 세트가 줄지어 있다. 유리 격벽으로 옆자리와 격리된 공간에 놓인 의자는 노부모께 효자 노릇하며 사주는 고급 안락의자다. 앞뒤로 젖혀지고 안마 기능도 있다. 분리된 공간은 방음이 되어 옆 공간에서 하는 대화가 들리지 않는다. 의자 손잡이에 분홍색 패널이 붙어 있다.

패널에는 음악, 시, 소설, 교양 강좌 등 버튼이 위에서 아래로 죽 배열되어 있다. 송 화백은 의자에 앉아 의자를 앞뒤로 젖혀도 보고 안마도 받아보며 나도 집에 이런 의자 하나 사야겠다고 생각했다.

송 화백은 패널에서 음악 버튼을 눌렀다. 화면에 팝송, 가곡, 오페라, 뮤지컬, 관현악이라는 안내문이 떴다. 송 화백은 시를 눌렀다. 우리나라, 동서양의 유명한 시인의 이름과 시 제목이 떴다.

송 화백은 향수를 눌렀다. 테너와 소프라노가 합창하는 배경음악에 맞춰 여자 낭송가가 낭랑한 목소리로 향수를 낭송했다. 송 화백은 눈을 깜박이며 낭송하는 소리에 맞춰, 가곡 향수를 따라서 흥얼거리며, 참 좋은 세상이네, 하며 감탄했다. 어떻게 전깃줄을 타고 이런 좋은 음악이 흘러나올까, 하고 신비하게 느껴졌다.

시낭송을 듣고, 송 화백은 교양강좌 버튼을 눌렀다. 교양서적, 사피엔스, 총균쇠, 이기적인 유전자 등 책제목이 죽 떴다. 영화배우 이병헌이 낭독했단다. 송 화백은 이병헌은 배우 해서 돈 잘 벌고 먹고 살 만한데 이런 것 녹음까지 해서 돈 버나, 그렇게 번 돈 언제 다 쓰나, 하고 창밖을 내다보고 있을 때, 아버지 여기 계셨어요, 하고 딸 신영이 남편과 같이 나타났다.

"의자가 참 편하다."

송 화백이 딸과 사위를 보며 말했다.

"아빠 칠순 선물로 하나 사드릴게요."

딸이 남편을 쳐다보며 말했다. 사위가 활짝 웃으며 고개를 끄덕였다.

"당신 엎드려 절 받네."

아내가 활짝 웃으며 말했다.

고사를 지낸다고 하여 송 화백은 아내와 함께 돼지머리를 진설한 곳으로 갔다.

큰아들이 고천문을 낭독하고 돼지머리에 큰절을 하고 아버님부터 절하시라고 했다. 송 화백은 돼지머리에 절을 하며 초현대식 시설에 돼지머리에 절을 하며 꼭 코미디를 하는 것같이 느껴졌다. 돼지머리에 절을 하고 송 화백은 쩍 입을 벌린 돼지 입에 5만 원짜리 지폐를 물려주며 아들 장사가 잘 되기를 간절히 빌었다.

송 화백은 고사를 마치고 고사떡 한 조각을 먹고, 돼지머리 고기를 안주하여 막걸리를 한잔 마시고, 저녁을 들고 가라는 아들의 권유를, 나이든 사람이 있으면 분위기 해친다며 뿌리치고 미용원을 나섰다.

전철을 타고 집에 가며 송 화백은 아내에게, 큰돈 들여 거창하게 인테리어를 하고 가게를 꾸몄던데 장사가 잘 될지 모르겠네, 하고 걱정을 늘어놓았다. 집에 와서도 송 화백은 아들 장사 걱정에 잠이 오지 않았다.

송 화백은 아들이 벌린 사업의 손익계산을 거듭하며 걱정을 놓지 못했다. '최소경비가 상가 임대료 월 800만원, 미용사 세 사람 인건비 900만원, 상가관리비와 재료비 500만원, 도합 2,200만원이다. 세금은 얼마 낼까? 매달 2,200만 원 이상 매상이 올라야 아들 몫이 떨어질 거다. 한 사람 미용 값을 10만원 치면 220명 미용 값이 최소 경비로 들어간다. 한 달 25일 일한다니 매일 열 명 분은 기초 경비이고, 10명 이상 손님이 와야 남는다. 나나 마누라가 손님을 데려다줄 수도 없고⋯.'

송 화백은 그래도 하루 스무 명은 손님이 들겠지, 하고 계산하다가, 열 명도 안 들면 어떻게 하나, 하는 걱정이 머리를 지끈 눌렀다.

송 화백은 아들 장사가 잘 되나 알아보러 아들 가게를 기웃거릴 수도 없어 아내에게 장사가 잘 되나 며느리한테 물어보라고 매일 졸랐다.

큰아들은 찌라시를 찍어 상가 근처 아파트 호호마다 돌리고, 홈페이지는 물론 SNS매체, 페이스북, 인스타그램 등으로 선전을 한다고 했다.

아들은 첫 달에 300만원 적자가 났다고 했다.

둘째 달부터는 왔던 손님들의 입소문을 타고 손님이 늘어 적자를 면했다고 했다. 큰아들은 팬슈머 500명만 확보하면 회사 다닐 때보다 수입이 좋을 거라며 사업에 자신을 표했었다.

큰아들은 화장품 회사와도 판매점 비슷한 거래를 한다고 자랑했다.

장사 시작한 지 반년 만에 큰아들이 아버지를 찾아와서 이제 팬슈머가 500명이 넘었다고 하며 사업에 자신을 늘어놓고, 딸이 칠순 선물로 사준 안락의자에 청서를 할 수 있는 시설을 설치해 주겠다고 했다.

한시름 놓은 송 화백은 딸이 사준 안락의자에 앉아 안마를 받으며, 아들이 설치해준 청서장치를 이용하여 시 낭송을 듣고, 노래도 듣고, 교양 강좌도 들으며 창밖의 광경을 내다보며 느긋하게 시간을 보내며 노후를 즐겼다.

아들은 아주 장사가 잘 된다며 2호점을 내겠다고 반포, 대치동, 삼성동 등 잘 나가는 동네에 가게를 물색하는 것을 보고, 송 화백은 사업 확장했다가 망한 여러 회사들이 떠올라 불안했다.

남편의 불안해 하는 말을 들으며, 아내는 영태가 애냐며, 나이가 드니 걱정이 많다며, 아들이 다 알아서 할 거니 우리 노인들은 구경이나 하고 떡이나 먹자며 핀잔을 줬다.

큰아들이 2호점을 물색하는 중 큰아들 사업에 강력한 경쟁자가 나타났다. 큰아들의 아이디어를 도용하여 한 화장품 회사에서 아미고 뷰티 카페 체인을 설립했다. 서울 도심 교통이 편리한 대형빌딩에 큰아들의 아이디어를 도용한 아들 가게보다 다 편리하고 화려한 카페를 열고 미디어를 이용하여 대대적인 선전을 하며 마케팅 영역을 확대해 갔다. 마치 컬리가 새벽 시장을 개척하자 대형 유통업체가 뛰어들어 피터지게 시장쟁탈전을 벌리는 형국과 같았다.

송 화백은 영세한 자본의 큰아들이 경쟁에서 밀리지 않을까 걱정되었다. 송 화백은 상도덕도 없이 남의 아이디어를 도용하는 대형업체의 폭거에 분통만 터트리며 큰아들이 제발 망하지 않고 살아남기만을 기도했다.

대리인생

1.

김태호는 사촌형 김태호로부터 저녁을 사겠다는 전화를 받았다.

김태호와 사촌형 김태호는 한글 이름은 같다. 泰^{태}자는 항렬이라 같고, 이름 끝자, 호자는 한자가 다르다. 김태호는 浩^{호}자를 쓰고, 사촌형은 鎬^{호}자를 쓴다.

사촌형이 김태호보다 5개월 생일이 빠르나, 사촌형이 초등학교를 1년 먼저 들어갔다. 사촌형은 지방 K대에서 생물학을 전공했고, 김태호는 서울 명문대인 S대 공대 전기과를 나왔다.

대학을 졸업한 김태호는 직원 300명 쯤 되는 중견기업에 입사하여 거의 1년이 되어간다. 사촌형 김태호는 작은 아버지가 하던 가게를 물려받아 청계천에서 공구 상가를 운영한다.

김태호는 사촌형이 자주 같이 술을 마시던 삼겹살집이 아닌 비싼 일식집에서 저녁을 사겠다고 하자 무슨 일, 하며 고개를 갸웃하며 시간에 맞춰 청진동 소재 일식집을 찾아갔다.

사촌형이 먼저 와서 김태호를 독방에서 기다렸다.

김태호는 이 비싼 일식집에서 왜 독방을 잡고 그를 기다리는지 사촌형의 의도를 몰라 어리둥절하며 방으로 들어가서 사촌형을 마주보고 앉았다.

"시간 맞춰 왔네, 회사는 다닐 만하고."

사촌형이 다정하게 물었다.

"막 커가는 회사라 일이 많아요. 형은 장사 잘 되고?"

"요새 불황이라 영 매상이 안 오른다. 장사를 그만둘까 생각중이다."

"장사 그만두면 뭐 하게?"

"그래서 오늘 너를 만나자고 했다. 내 말 잘 듣고 무조건 예스해 주라."

그때 여자 종업원이 빠끔히 문을 열고 주문하시라고 했다.

사촌형이 모둠회와 국산 양주를 시켰다.

김태호는 형이 무슨 부탁을 하러 이렇게 비싼 양주까지 쏘나, 하며 형을 쳐다봤다.

"너 언제 장가 갈 거니?"

사촌형이 화제를 확 돌렸다.

"장가? 아직 계획 없는데 신붓감도 없고."

"자식 연애도 안 하나? 신붓감이 없기는. 너 일류대학 나왔겠다, 직장 있겠다, 여자들이 줄을 설 텐데."

"고시 합격한 것도 아닌데 공돌이 보고 누가 줄을 서. 형수님은 잘 계시고?"

"요새 입덧이 한참이다. 마누라 비위 맞추느라 영 힘 든다."

"그래도 곧 아버지 되니 좋겠네."

"책임만 더 무거워지지."

사촌형은 정치가 놈들이 정치를 잘못해서 경기가 죽어 장사가 안 된다고 투덜댔다.

김태호는 묵묵히 형의 푸념을 들었다. 독한 양주 술잔을 주고받으면서 사촌형은 계속 투덜거렸다. 둘이 양주 한 병을 비웠다. 두 사람은 막 취하기 시작했다.

"술도 얼추 됐고, 너 내 부탁 하나만 들어주라."

사촌형이 식탁너머로 손을 뻗어 김태호의 손을 잡으며 간곡히 말했다.

"무슨?"

김태호가 속으로 돈을 빌려 달라는 거면 나 돈 없는데, 하고 생각하며 형이 기분 나쁘지 않게 거절할 말을 골랐다.

"너 공부 잘하니 어려운 일 아니다. 내 대신 시험 좀 쳐주라."

"대신 시험을 치라니. 무슨 시험?"

"너랑 나랑 생김새도 비슷하고 이름도 같고, 생년도 같고 하니 다른 사람이 잘 구별 못할 거다. 그래서 내 대신 시험 쳐도 구별 못할 거다."

김태호는 사촌형이 무슨 말을 하는지 이해하지 못하고 멍청히 형의 입만 쳐다봤다.

"다음 달 한국전력 입사시험이 있는데 내 실력으로는 합격 못할 거고, 너는 공부 잘하니 시험 치면 덜컥 붙을 거다. 내 대신 시험 좀 쳐주라."

김태호는 형이 무슨 소리 하는 거야, 누구 신세 망칠 일 있어, 하며 화가 팍 났으나 내색하지 않고 멀건이 말도 안 되는 부탁을 하는 형을 건너다보며 목소리를 낮춰 말했다.

"한국전력 입사시험을 대신 쳐주라고? 형은 생물학 전공인데 무슨 분야 치라고?"

"한전은 국영기업이라 전공 안 따지더라. 그냥 니 전공 전기과로 시험 치면… 시험 과목이 전기 전공하고, 영어, 논문, 상식이던데, 너야 전공은 거저먹을 거고, 영어 잘 하니 그것도 문제없고, 논문은 그냥 쓰면 되고, 상식은 시험 보려면 한 달 남았으니 상식 책 하나 사서 보면 되고. 니가 보면 문제없이 합격할 거다. 나 석 달만 있으면 아버지 되는데 안 되는 장사에 매달리며 고생 않고 안정된 직장에서 월급 받으며 편히 살고 싶다. 제발 부탁이다. 태어날 니 조카를 생각해서라도 좋다 해라."

사촌형이 김태호의 손을 잡고 매달렸다.

김태호는 사촌형의 말도 안 되는 부탁에 술에 취한 이성이 팍 화가 났으나, 어릴 때부터 같이 지란 사촌형에게 안 된다고 딱 부러지게 거절을 못하고 어물거렸다.

동생의 반응이 시원치 않자 사촌형이 소주를 시켰다. 사촌형이 동생에게 소주를 권했다. 김태호는 소주를 입에 털어 넣고 술잔을 사촌형에게 돌렸다. 소주병이 비자 형이 또 한 병을 시켰다. 둘 다 팍 취했다.

형이 무릎을 꿇고 동생에게 사정했다. 술에 취한 김태호는 무릎을 꿇은 형을 보고 까짓것 대리로 쳐줘, 하고 도덕적 방호막이 약해졌다.

술에 떡이 된 사촌형제는 어깨동무를 하고 우의를 과시하며 술집을 나섰다.

이틀 후 사촌형이 김태호 회사까지 찾아와서, 니가 좋다고 하여 한전 입사원서 냈다고 하며 수험표를 건넸다. 사촌형 사진이 붙은 수험표를 내려다보며 김태호는 정신이 멍했다.

그러나 이제 대리로 시험 못 쳐주겠다고 하기는 늦은 것 같아 김태호는 끙, 하고 신음했다.

김태호는 입사 시험장인 고등학교 교정에 들어섰다. 수험생들이 줄지어 교문 안으로 들어서서 지정된 시험장을 찾아갔다.

김태호는 지정된 교실로 가서 그의 좌석을 찾아 앉고 수험표를 꺼내 책상 위에 놓고 그 위에 볼펜 두 자루를 올려놨다.

김태호는 이미 깨진 사기그릇을 붙일 수 없다고 판단하고, 사촌형이 건네는 수험표를 받아 책상 깊숙이 감추고, 울며 겨자 먹기로 수험준비를 했다. 전공과목을 다시 한 번 훑어보고, 영어 책도 꺼내 보고, 상식 책도 사서 보고, 신문 논설도 열심히 읽었다.

김태호는 수험장에서 혹시 아는 사람을 만날까 저어하며 수험장 교실로 들어서는 수험생들을 힐끔거렸다. 다행히 안면이 있는 수험생이 들어오지 않았다.

　김태호는 한숨을 들이쉬며, 설령 합격한다고 해도 생물을 전공한 사촌형이 어떻게 전기 전공자와 같이 근무를 할까, 살짝 걱정이 됐다.

　시험시간이 다가왔다. 김태호는 시험 감독관에게 가짜 신분이 발각되지 않을까 걱정이 되어 입술이 탔다. 사촌형은 시험 감독관이 혹시 신분증을 확인할지 모른다며 그의 주민등록증을 김태호에게 맡겼었다.

　누가 김태호의 등을 탁 치며 너도 한전 시험 보니, 하고 물어왔다. 간이 콩알만 하게 쪼그라든 김태호는 깜짝 놀라며 뒤를 돌아봤다. 대학교 동기 동창인 김창남이 놀란 눈으로 올려다보는 김태호를 내려다보며 웃는 얼굴로 반가워했다.

　"너 취직했었잖아?"

　김태호가 더듬거리며 말했다.

　"너 죄지은 사람처럼 왜 그렇게 놀라니? 나 개인회사 다녀보니 오너 가족 아니면 높은 자리 올라가기 틀렸고, 국영기업에서 편히 월급쟁이하려고 한전 시험 치기로 했다. 너도 개인회사 다니다가 시험 치는 것 보니 나랑 같은 모양이네."

　김창남이 동병상련의 동지를 만나 반가운 표정으로 말했다.

　"태호 너 공부 잘하는데 센 경쟁자 한 놈 늘었네."

　김창남이 말을 던지고 그의 자리를 찾아갔다.

　김태호는 순간 창남이랑 둘 다 합격하면 사촌형이 같이 다녀야 할 텐데, 하고 걱정이 되었다.

　시험지를 나눠준 시험 감독관은 접수원장에 있는 사진과 수험생 얼굴과 수험표 사진을 확인했다. 감독관은 김태호 앞에서 2초 쯤 머무르고 지나갔다. 간을 태우며 숨을 몰아쉬던 김태호는 시험 감독관이 그를 지나가자 휴, 한숨이 나왔다.

시험이 끝난 후, 김태호는 김창남이 같이 점심을 먹자고 하는 것을 약속이 있다고 뿌리치고 사촌형이 기다리는 중국 식당 별실로 갔다.

사촌형이 김태호를 반기며, 수고했다고 어깨를 두드려주며 청요리와 고량주를 주문했다.

"그래도 동생 잘 둬서 우리나라에서 제일 큰 국영기업 다녀보겠네."

형이 속삭이듯 목소리를 낮춰 말했다.

"아직 합격자 발표도 안 했는데."

김태호가 주민등록증을 사촌형에게 돌려주며 말했다.

"너 볼 것 없이 합격할 거다. 일등으로 합격은 안 해야 할 텐데."

김태호는 고량주를 씹으며, 동기생 한 놈이 같이 시험을 쳤다고 말하려다가 공연히 미리 말해 사촌형 고민하게 할 것 없다고 생각하고 합격자 발표가 나면 그때 말하기로 했다.

두 형제는 코가 삐뚤어지도록 고량주를 마시고 범죄를 공모한 공범자로 어깨동무를 하고 노래를 합창하며 형제간 우의를 과시하며 중국집을 나섰다.

2.

김태호는 한전 입사시험에 합격했다. 전기직군 합격자는 40명이었다. 김창남도 합격했다.

김태호는 합격자 명단을 보며 가슴이 철렁했다. 김창남도 합격했으니 사촌형 김태호가 가짜라는 것이 금방 들통 날 거다.

사촌형은 또 비싼 일식집에서 합격 축하파티를 해줬다. 이번에는 옆자리에 여자, 미스 김까지 앉혔다. 사촌형은 김태호가 원하면 오입까지 시켜주려는 기세다.

원자탄으로 시작한 술자리가 질펀하게 이어졌다.

"입사 때 제출할 서류 다음 주 금요일까지 제출해야 하고, 2주 후 일요일 오후 5시까지 쌍문동에 있는 연수원에 입소해야 해."

김태호가 술이 더 취하기 전에 사촌형에게 사무적인 이야기를 했다.

김태호는 미스 김을 방에서 내보내고, 사촌형에게 은밀히 전기과 동기 한 놈이 합격했다고 말했다.

"형이 그 친구 전혀 모르는데 어떻게 하지?"

"너랑 동기생이 합격했다고? 뭐 그런 방해꾼이 다 있어?"

사촌형이 큰소리로 말했다.

"방해꾼? 그 친구도 시험 쳐서 당당히 합격했어."

"그렇지. 내가 좀 과했나. 어떤 녀석이야?"

"이름은 김창남, 전라도 출신. 고향이 목포고, 광주에서 고등학교를 나왔어."

"그럼 광주일고나 광고 나왔겠네. 내 옆 가게 주인 광고 나왔는데 우리랑 나이가 비슷하니 서로 알겠네."

"그 친구 바둑도 잘 두고 당구도 잘 쳐. 바둑은 센 1급으로 나랑 과에서 1, 2등을 다퉜어. 그러니 그 친구가 바둑 두자고 하면 두면 안 돼. 형은 바둑실력이 약하잖아. 당구는 내가 못 치는 거 알고 있으니 그 친구 보는 앞에서 당구 치면 안 되고."

"뭐가 복잡하네."

"그 친구 술 실력은 대단한데 술만 취하면 이난영의 목포의 눈물을 불러."

"같이 술 안 먹어야지. 술이 취하면 뽀롱 날 수도 있겠다."

"그리고 형은 전기에 대하여 전혀 모르잖아. 전기 공학사가 전기 단위도 모르고 아주 기초 법칙도 모르면 안 되니 내가 전기공학 기초 책을 줄 테니 연수원 들어가기 전에 전기공학 공부를 좀 해."

"나더러 전기공학 공부하라고?"

"그럼 전기과 나온 사람이 치는 시험에 합격한 형이 전기 단위도 모르면 어떻게 하나, 와트나 킬로와트는 알겠지만 옴도 모르고 암페어도 모르면."

"그건 그러네. 세상 쉽지 않네."

"이렇게 술 마실 게 아니라 내가 책 줄 테니 기초 공부 좀 해."

"허허허, 생물 전공한 나더러 전기공학 공부하라고. 하기야 회사 다니면 전기분야에서 일하라고 할 텐데. 어떻게 한다? 우선 오늘은 술이나 마시자."

사촌형이 미스 김을 다시 들어오라고 신호를 보냈다.

3.

사촌형은 연수원 입소 전전날 김태호를 중국집으로 불러냈다. 둘은 독방에서 마주 보고 앉았다. 사촌형은 입사 서류, 재정보증서와 호적등본 등을 김태호에게 건넸다.

"이 서류를 형이 직접 충원과에 제출하면 되는데 왜 나를 주지?"

고량주와 탕수육 주문을 받고 종업원이 방을 나가자 김태호가 사촌형에게 물었다.

"목마르니 우선 술 한 잔하고 이야기하자. 너한테 할 말이 많다."

사촌형이 창밖을 내다보며 즉답을 피했다.

"형 전기공학 공부 좀 했어?"

"전기공학? 그거 골치 아프더라. 내가 제일 싫어하는 수학 공식도 나오고."

"수학 공식? 거기 나오는 수학 아주 간단한 건데."

"간단해? 너같이 공부 잘 하는 놈한테는 간단하지만 나같이 수학 싫어 생물과 전공한 사람에게는 골치 아프다."

김태호는 형의 대답에 더 할 말이 없어 멍청히 사촌형을 쳐다봤다.

요리와 술이 들어오자 사촌형은 독한 고량주 두 잔을 거푸 들이키며 동생에게도 잔을 비우라고 강요했다.

목구멍을 타고 위장으로 내려가는 독한 알코올이 찡하는 반향을 위장에서 울렸다.

"태호야. 내가 너한테 미안한 말을 해야겠다."

사촌형이 김태호를 빤히 쳐다보며 말했다. 김태호는 눈짓으로 무슨, 하며 사촌형을 쳐다봤다. 사촌형이 고량주를 한 잔을 또 죽 들이켰다.

"위장 버려. 안주 먹으며 마셔,"

김태호가 사촌형에게 말했다.

"나 대학 졸업하고 내 사업하면서 마음대로 살았는데 월급쟁이 못할 것 같다. 더구나 국영기업이면 규율이 엄할 텐데 어떻게 층층이 높은 놈들한테 굽실거리며 다니나? 전기과 나온 놈들과 같이 근무해야 하는데 자신 없다."

김태호는 사촌형의 넋두리를 들으며 어쩌자는 거지, 하며 정신이 떵했다.

"나 안 간다. 니가 내 대신 다녀라."

사촌형이 선언하듯 말했다.

"나더러 형 역할하며 다니라고?"

"내 역할 할 것이 아니라 너 전기과 나왔으니 딱 맞잖아. 그런 중소기업 다녀봐야 무슨 희망이 있냐? 그래도 우리나라에서 제일 큰 국영기업 다닌다고 해야 좋은 혼처 자리도 나오지."

사촌형이 술잔을 권하며 설득조로 말했다.

"형이 안 가겠다고? 다니고 안 다니고는 내가 결정할게. 이 술 비우고 그만 가자."

김태호가 말했다.

"힘들게 합격했는데 다녀. 개인기업보다는 그래도 국영기업이 훨씬 낫다."

사촌형이 간곡한 목소리로 말했다.

김태호는 사촌형의 말에 대답을 않고 술잔을 비우고 형에게 건넸다.

김태호는 사촌형이 강제로 건네준 입사서류 봉투를 들고 술이 취해 비틀거리며 집으로 가며 공연히 시험 치느라 고생만 했네, 하며 지금 다니던 회사를 계속 다녀야겠다고 마음잡았다.

김태호는 일요일 오후 다섯 시 쌍문동에 있는 한전 연수원에 입소하여 경비실에서 한글로 김태호라고 쓰인 명찰을 받아 가슴에 차고 배정된 숙소로 갔다. 같은 방에 배정된 김창남이 먼저 와서 그를 반겼다.

김태호는 형 대신 한전에 다니지 않겠다고 결심하고 다음날 그가 다니던 회사에 출근했다. 미국 유학을 갔던 사장 아들이 귀국하여 이사 자리를 꿰차고 김태호의 한참 윗자리로 입사했다.

김태호는 그보다 나이가 어린 친구를 그보다 몇 단계 높은 상사로 모시는 것이 너무 아니꼬웠다. 그는 국영기업체에 가면 이런 낙하산은 없겠지, 하며 마음이 흔들렸다.

김창남과 어울려 다니는 김태호를 연수원에 입소한 신입사원 누구도 대타로 입사한 가짜라고 눈치 채지 못했다.

그러나 김태호는 생년월일도 다르고, 대학 때 전공도 다른 사람으로 등록된 자신의 위장이 언제 탄로 날까, 걱정되어 매사가 조심스러웠다.

김태호는 일주일 동안 연수원에서 한전의 회사 비전을 포함하여 회사원으로 알아야할 규범들을 교육받으며, 한국전력공사가 퍽 매력적인 직장으로 다가왔다.

그가 입사 전에 한전 직원은 전봇대나 타는 직장으로 여겼었는데, 그가 생각했던 것보다 한전은 훨씬 크고 참 할 일이 많은 직장이었다. 우선 일 년 예산이 우리나라 국방 예산보다 한참 많다는 데 놀랐고, 그가 다니던 회사와는 한참 차원이 달랐다.

연수원 교육을 마친 전기과 전공 직원 40명 전원은 영월발전소 내에 있는 화력연수원으로 발령이 났다. 영월은 석탄광산이 있는 산골로만 알고 있었던 김태호는 영월로 발령이 나자 영월로 귀양을 가서 죽은 단종이 떠올라, 꼭 귀양 가는 기분이었다.

4.

일요일 오후, 청량리역에 한전 신입사원 삼십여 명이 오후 3시 태백선 기차를 타러 모였다. 그들은 삼삼오오 기차 칸에 나눠 타고 영월로 갔다.

월요일 아침 8시 20분, 신입사원들은 영월역 근처 여관에서 일박을 하고 쌍문동 연수원에서 안내해 준 덕포3거리로 회사 출근버스를 타러 떼를 지어 나갔다.

시간에 맞춰 버스가 기성사원 몇 명을 읍내에서 태우고 덕포3거리 도로변에 섰다. 신입사원들이 우르르 떼를 지어 버스에 올라탔다. 버스는 신입사원으로 가득 찼다.

버스가 동강 변에 있는 큰 건물 정문 앞에 서자, 버스 앞자리에 탔던 키가 큰 기성사원이 큰소리로 버스를 내리는 신입사원들에게 정문 앞에 모이라고 고함쳤다.

신입사원들이 정문 앞에 옹기종기 모여섰다.

"나는 교육계장 정근호다. 지금부터 나를 따라 교육장으로 간다."

키가 큰 정 계장이 신입사원 앞에 서서 큰 소리로 말하고, 앞장서서 휘적휘적 정문을 통과하여 정문 왼쪽에 있는 화력연수원이라는 간판이 붙은 건물로 신입사원을 안내했다. 교실에는 책상이 놓여있고 칠판이 걸려있다. 벽에는 발전소 계통도가 걸려있다.

정 계장이 교단에 서서 일장 훈시를 했다.

"여러분은 우리나라 최대 기업인 한전 신입사원이다. 영월화력은 우리나라 전력의 1/3을 생산하는 큰 발전소로 영월에서 제일 큰 기관이므로 읍민들이 여러분을 보는 눈이 남다르다. 항상 행동거지를 바르게 하기 바란다. 이곳에서 3개월 동안 훈련을 한다. 매주 토요일 3, 4교시에 시험을 친다. 이곳 연수 성적이 우수한 사원은 서울 사업소로 보직을 받는다. 열심히 공부하도록."

"회사와 대화 창구로 반장을 뽑는데 입사 성적이 제일 좋았던 김태호를 반장으로 뽑겠다. 이의 없지?"

아무도 이의를 말하지 않았다.

"반장께 잘 협조하도록. 반장은 교육생들의 애로사항을 듣고 나에게 전달하여 원활하게 교육이 이루어질 수 있도록 가교 역할을 하기 바란다."

엉겁결에 반장을 맡은 김태호는 어리벙벙했다.

정 계장은 앞으로 받을 교육 프로그램을 설명했다.

"5시에 교육이 끝나고 5시 10분에 퇴근버스를 운행한다. 여러분을 퇴근시키고 버스가 돌아와서 기성사원은 6시 10분에 퇴근시킨다. 오늘은 3시에 퇴근버스를 운행한다. 숙식할 하숙집을 구하는 시간을 주려는 거다. 여기 서무과에서 조사해 놓은 하숙집 명단이 있으니 반장은 교육생이 돌려보도록 해라."

정 계장이 하숙집 명단과 주소가 적힌 종이를 김태호에게 건넸다. 김태호는 명단을 앞자리부터 열람시켰다.

김태호는 김창남과 함께 우체국 뒷골목에 있는 주인이 군청 공무원인 집에 하숙을 정했다.

3개월 영월 교육기간이 끝났다. 교육이 끝날 무렵 3개월 수습 기간을 마친 신입사원들은 정식사원으로 발령을 받았다.

교육이 끝나는 날 김태호는 연수원장상을 받았다. 화력연수원 교육 수석을 한 포상으로 김태호는 서울에 소재한 서울화력으로 발령을 받았다. 감창남은 부산화력으로 발령을 받았다. 김태호의 입사 동기생들은 서울로 발령을 받은 감태호를 부러워했다.

교육계장이 각 발전소로 발령을 받아 떠나는 직원들에게 기록카드를 나눠주며 각 자 발령받은 발전소 서무과에 제출하라고 했다. 봉투 겉면에 인비라고 붉은 도장이 찍혀 있다. 신입사원들은 봉투에 든 기록카드를 꺼내 보며 내가 이번 과정에 겨우 20등을 했어, 하고 히히거렸다.

사촌형의 대역을 하는 김태호는 심장이 떨려서 기록카드를 꺼내 보지 못했다.

김태호는 서울 가는 기차 속에서 기록카드를 꺼내봤다.

사촌형의 생년월일, 사촌형의 학벌, 사촌형 가족, 작은아버지와 작은어머니가 부모란에 적혀 있다. 사촌형이 결혼한 기록이 없다. 김태호는 사촌형이 결혼 신고를 안했나, 했다. 기록카드 어디에도 김태호의 아이덴티티를 나타내는 기록은 없다.

입사 후 경력에 서울연수원 수료와 화력연수원 기초과정 수료 기록이 적혀 있다. 석차 1/40은 그가 화력연수원 연수생중 성적이 제일 좋았다는 기록이다.

김태호는 기록카드를 봉투에 집어넣으며 달리는 열차 차창 밖을 내다보며 이렇게 남의 인생 기록으로 계속 회사를 다녀도 되나, 하는 깊은 회의에 빠졌다. 그는 그만 대역을 때려치우고 다른 직장을 구하자는 양심의 소리와, 이왕 엎어진 물 이름도 같고, 외모도 비슷한데 누가 대역이라는 것을 알겠어. 한전 좋은 직장인데 그냥 다니지, 하는 이기심이 갈등하며 그의 신경을 긁으며 그를 완전히 피로하게 했다.

김태호가 서울화력으로 발령을 받은 것을 안 사촌형은 김태호를 불러 축하 파티를 해 주며 이왕 연수까지 받았으니 잘 다니라고 격려해 줬다.

김태호는 하루 내내 회사를 그만 둘 것인가, 그냥 모르는 척 다닐 것인가 고민하며 자신을 들볶다가 발전소에 부임신고를 했다.

김태호는 광화문까지 시내버스를 타고 가서 회사 출근버스로 갈아타고 부임 둘째 날 출근을 했다. 그가 기록카드를 제출한 서무과에 들르자 전기과 계기계로 발령이 났다며 계기계로 가보라며 계기계의 위치를 알려줬다.

김태호는 계기계를 찾아가서 먼저 상석에 앉은 계기계장에게 부임 인사를 했다.

"어 김태호 군. 내가 자네를 우리 부서로 끌어왔어. 아님 발전소 운전원으로 교대근무해야 할 텐데 신입사원이 바로 일근하는 것은 대단한 특혜야."

김태호가 계장에게 부임 인사를 하자 계장은 자기가 김태호를 자기 부서로 끌었다고 공치사부터 했다. 김태호는 부동자세로 서서 고개를 끄덕이며 고맙다는 표시를 하며 의자에 앉아있는 직속상관을 내려다봤다.

"자, 앉지."

계장이 그의 앞에 놓인 의자에 김태호를 앉으라고 했다. 김태호는 황공한 태도로 직속상관 앞 의자에 앉았다.

"내가 자네를 스카우트한 것은 자네가 생물학과를 나와서 전기과 놈들을 다 제치고 연수원에서 수석을 한 점을 기특하게 보아서야. 나도 물리과를 나와서 전기과 놈들 틈새에 치이며 고전하고 있거든. 어쨌든 생물학과 나온 친구가 쟁쟁한 전기과 출신을 다 제치고 수석을 하다니 그 노력이 대단해. 그래서 자네는 이 발전소에서 별자로 소문났어. 우리 계에는 대졸이 자네까지 네 명, 고졸이 두 명 있어. 주임은 고졸이야. 나이는 자네와 비슷한데 굉장히 열심이라 배울 것이 많을 거야. 대졸이라고 우쭐대지 말고 잘 배우도록. 우리 계는 서울화력의 신경을 다 책임지고 있으니 매뉴얼도 잘 익히고 발전소 피엔아이 다이어그램도 바로 익혀 좋은 정비 서비스를 해서 발전소가 잘 돌아갈 수 있도록 해."

훈시를 마친 계장이 자리에서 일어서며, 우리 계에 새로 전입한 김태호 씨야, 잘 지도해 줘, 하고 큰 소리로 말했다.

김태호가 허리를 구십 도로 굽혀 인사를 하자 각자 책상에 앉아있던 계원들이 고개를 끄덕이며 목례로 답례했다. 앞자리에 앉아있던 한 직원이 김태호에게 다가와 나 엄 주임이야, 하고 자기를 소개하고 김태호가 앉을 자리로 안내했다.

김태호는 자리에 앉으며 쓸데없이 연수원에서 열심히 노력하여 1등을 했다고 후회하며, 서울화력에 대학 동기는 없지만 전기과 선배가 있을 텐데, 공연히 명물로 소문나서 정체가 들통 나면, 하고 크게 걱정이 되었다.

김태호는 수습을 마치고 정식직원으로 첫 월급을 타고 보니 개인회사 다닐 때보다 봉급이 30%는 많았다.

김태호는 대학교 지도교수가 한전이라는 직장에 대하여 한 마디만 조언해 줬어도 개인회사에 안 가고 직장도 안정되고 봉급도 많고, 또 하는 일이 아주 보람 있어 보이는 한전 입사시험을 쳤을 텐데. 그럼 사촌형 대리시험을 치고, 대리 자격으로 회사를 다니며 마음 졸이지 않아도 될 텐데. 한전에 대하여 전혀 사전 정보를 주지 않은 교수들이 원망스러웠다.

정식으로 첫 월급을 받은 김태호는 그동안 몇 번 술을 얻어먹은 사촌형을 술집으로 불러내서 빚을 갚았다. 술이 취한 사촌형은 직장 잘 다니라고 김태호를 격려했다.

김태호가 계기계원들과 함께 구내식당에서 점심을 먹고 나왔다. 그보다 4, 5년은 연장자로 보이는 직원이 다가오며, 엄 주임 잘 있나, 하고 인사를 했다. 엄 주임이 꺼뻑 죽는 시늉을 하며, 소 계장님은, 하고 물었다.

"나 잘 있지. 그 계에 김태호라는 신입이 들어왔다는데 좀 만났으면 해서."

엄 주임이 김태호를 가리키며 이분인데요, 했다.

"나 김태호 씨랑 할 말이 있으니 먼저들 가요."

소 계장이 김태호에게 잠시 만나자는 손짓을 하며 말했다. 계원들은 소 계장에게 인사를 하고 그곳을 떠났다.

"김태호 씨, 김창남 군 알지요?"

소 계장이 물었다.

"네, 대학 동기입니다."

"창남이가 내 고등학교 대학교 더블 후배인데 우리 회사 들어왔다고 하여 부산화력에 전화했더니 자네가 이곳에 발령받았다는 말을 하며 좋은 놈이니 잘 봐주라고 해서 내가 이렇게 찾아왔지. 자네 부임했으면 선배들을 찾아서 인사를 해야지."

"어느 분이 선배인지 몰라 인사를 못했습니다. 죄송합니다."

"죄송할 것은 없고, 어쨌든 이렇게 후배를 만나니 반갑구먼."

소 계장이 다정한 목소리로 말했다.

김태호는 소 계장의 말을 들으며 가슴이 덜컥 내려앉았다.

"서울화력에 부소장, 기계과장, 운전과장이 다 동문 선배야. 계장급에 세 명 더 있고. 자네가 왔으니 이제 동문이 여덟 명이 됐네."

입사기록에 생물학 전공으로 되어 있는 김태호는 가슴이 떨려 전기과 선배의 말이 잘 들리지 않았다.

"이번 금요일 저녁에 동문 모임이 있으니 그 때 나와 인사하지. 모두 반가워 할 거야."

소 계장이 김태호의 어깨를 툭 치며 말했다.

"이번 금요일 집에 행사가 있어요. 할아버지 제사라 참석이 어려운데요."

순간 김태호는 자신도 모르게 모임에 참석하지 못할 핑계를 주워댔다,

"그래 그럼 어렵겠구먼, 다음 모임은 두 달 후에 있으니 그 때 만나는 것으로 하고 우선 부소장님, 기계과장님, 운전과장님에게 인사를 해. 내가 이번 모임 때 인사간다고 말해 놓을게."

말을 마친 소 계장은 또 보자고 하고 휘적휘적 발전소 건물 쪽으로 걸어갔다.

소 계장이 멀어지는 광경을 보며 김태호는 하늘이 노랗게 흔들거렸다.

전기과 선배들과 어울리면 그가 생물학과가 아닌 전기과를 나왔다는 것이 바로 들통 날 거고…. 그러면 가짜라는 것이 탄로 날 텐데…. 김태호는 햇볕을 고스란히 받으며 발을 내디딜 힘이 없어 허둥거렸다.

김태호는 오후 내내 들통이 나면 회사에서 당연히 쫓겨나고 무슨 죄목인

지 모르지만, 감방에 갈 텐데, 하는 상상을 하며 어떻게 처신해야 할지 정신이 없었다.

'당장 회사를 때려치우고 다시 직장을 구해?'

이 취업난에 대학을 졸업한 지 일 년도 더 지났는데 어디서 직장을 구한다?

교수님을 찾아가서 취업 알선 요청이 왔나 확인하면 한전 들어간 놈이 또 무슨 직장을 구하려 하나, 하고 의아해 할 거다. 실업자로 연말까지 버티다가 취업철이 오면 새 직장을 찾아봐?

그래도 그만 두는 것이 감방 가는 것보다 낫겠지.

생각이 꼬리에 꼬리를 물며 김태호를 괴롭혔다.

김태호는 그에게 고민을 제공했고 비밀을 공유한 사촌형을 찾아가서 고량주를 나누며 해결책을 상의했다.

사촌형은 대수롭지 않게, 다른 사람들은 남의 일에 별 관심이 없으니 티내지 않고 조용히 회사 생활을 하면 문제없을 거라며 오히려 김태호의 소심함을 나무랐다.

월요일 오후 김태호는 엄 주임과 한 조가 되어 터빈 계통에 부착된 압력계를 수리하고 사무실로 돌아가며 엄 주임에게 서무과에 볼 일이 있다며 먼저 가시라고 하고 본관 건물로 갔다.

지난 금요일 회식 때 소 계장이 그의 부임을 동문 선배들에게 알렸을 거고, 인사를 가지 않으면 더 의심을 받을 것 같아 부소장실에 들렀다. 그의 이름을 적은 쪽지를 들고 부소장실에 들어갔다 나온 안경을 쓴 여비서가 들어가 보시라고 했다. 김태호는 의기소침하여 어깨를 움츠리고 방에 들어갔다.

"어서 와. 이렇게 인재 한 사람이 우리 회사에 들어와서 좋군. 열심히 근무해."

부소장이 그의 앞자리에 앉으라 하고, 비서에게 차를 가져오라고 시키며 말했다.

"네."

김태호가 공손히 말했다.

"신입사원은 교대근무 발령을 내야 하는데 계기계 박 계장이 달라고 하도 우겨서 일근 발령 냈으니 박 계장 잘 모셔."

부소장이 지나가는 말처럼 한가하게 말했다.

김태호가 네, 하고 대답하자. 부소장은 김태호가 결혼했는지 묻고 가족관계를 몇 가지를 묻고 그가 찻잔을 비우자 나가보라는 신호를 했다.

부소장은 김태호의 기록카드에 생물학과 전공으로 기재된 것을 안 본 모양이었다.

힘든 관문 하나를 넘긴 김태호는 운전과장에게 인사를 갔다. 안경을 쓴 준수하게 생긴 운전과장은 서서 인사만 받고 악수도 안 해 주고 자주 보자고 하며 나가보라는 신호를 보냈다.

선배가 뭐 이래, 하며 김태호는 기계과장을 찾아갔다. 기계과장은 키가 훤칠하게 컸다. 퍽 자상한 인상이었다. 과장은 김태호를 앉으라고 했다.

"김 군 잘 들어왔네. 이 회사 다니면 다닐수록 괜찮은 회사야. 민간기업에 가면 오너 가족 아니면 출세 못하지만 이 회사는 실력 있으면 소장까지는 할 수 있어. 기술자들은 별 빽 없어도 실력만 있으면 버틸 수가 있어. 열심히 해. 계기는 중요한 파트지만 우리 회사 주력은 발전이니 한 2년 쯤 계기 있다가 빠져나와 운전원 경력을 쌓아. 교대 근무가 힘들지만 발전소장 하려면 운전 경력이 있어야 유리하니. 내말 무슨 말인지 알아듣겠지?"

"네."

"그리고 충고할 것이 하나 있는데, 이 회사에 우리 공대보다 A공대 출신이 훨씬 많아. 그런데 높은 자리는 다 우리 동문이 잡고 있거든. 그래서 A공대 출신들 불만이 커. 그래서 절대 잘난 척하지 마. 그러다 척 맞아. 그래서 우리 동문 모임도 조심해서 하고 있어. 회사에서 멀리 떨어진 곳에서 만나고 있지. 내 말 잘 새기고. 그 친구들 우리 대학 봤다가 떨어지고 2차 갔는데 사회에 와서도 밀리니 기분이 그렇겠지. 우리 공대 나온 티내지 마. 이렇게 인사 다니는 것도 패거리 조성이라고 색안경으로 볼 수 있어. 어쨌든 이렇게 인사 와줘서 고맙고."

선배가 손을 내밀었다. 김태호는 선배의 손을 잡고 흔들고 그 방을 나오며 티내지 말라는 말에 오히려 잘 된 것 같아 마음이 약간 누그러졌다.

두 달에 한 번씩 열리는 동문 단합대회는 회사에서 먼 종로 중국집 별실에서 비밀리에 열려 김태호는 학력을 속인 것을 들킬 염려가 없을 것 같아 마음이 놓였다.

김태호는 사촌형이, 너 연말 보너스 많이 받았다며 술 한 잔 사라는 전화를 받고 사촌형이 정해준 무교동 낙지 집으로 갔다.

술이 몇 순배 돌고 술자리가 파할 무렵 사촌형이 당연한 듯 당당하게 말했다.

"너 내 덕분에 민간기업 다닐 때보다 월급이 많이 오르고 보너스도 두둑하게 받았으니. 나 지금 아주 급전이 필요하니 내일 퇴근할 때 백만 원만 가져다주라."

술이 취한 김태호는 사촌형이 지가 돈 맡겨놓은 거같이 막무가내기로 돈을 요구하자 팍 화가 났다.

"나 지금 돈 없어. 엄마한테 다 드렸는데."

김태호가 감정을 감추지 않고 말했다.

"큰어머니에게 다 가져다 드렸다고? 효자 났네. 큰어머니가 그 돈 다 썼을 리 없잖아. 잔소리 말고 내일 퇴근 때 백만 원 가져와. 아님 나도 너 골탕 먹일 방법 있어."

사촌형이 공갈을 쳤다.

"나 골탕 먹일 방법이라니, 내가 형 대신 시험치고 회사 다니고 있다고 고발이라도 할 거야?"

"그럼 못 할 줄 알았냐? 긴 이야기 필요 없고 내일 저녁에 내 가게에서 보

자. 집에 가면서 잘 생각해 봐. 그 좋은 직장 그만 두고 감방 갈 건지."

사촌형이 공갈을 치고 먼저 술 지리에서 일어서서 내일 보자며 손을 흔들고 술집을 횡 하고 나갔다.

5.

김태호가 구내식당에서 점심을 먹고 사무실로 돌아와서 쉬고 있을 때 회사 내에서만 통하는 사선 전화가 울렸다. 엄 주임이 전화를 받고 여자한테 전화가 왔다며 수화기를 김태호에게 넘겼다. 김태호는 여자 누구, 하고 중얼거리며 수화기를 받아들고 전화 바꿨습니다, 하고 말했다.

"저 부소장실에 있는 미스 고인데요. 저 모르시겠어요?"

여자가 단도직입적으로 물었다.

"일전에 한 번 뵙기는 했지만 무슨 일로?"

"매일 출퇴근버스 같이 타는데 한 번 봤다고요?"

여자가 도발적으로 말했다.

"아, 그게."

김태호가 어물거렸다

"제가 부탁할 일이 있어요. 오늘 퇴근버스 1호차 타시고 광화문에서 내리세요."

여자가 일방적으로 말을 던지고 대답도 하기 전에 전화를 끊었다.

김태호가 황당한 기분으로 수화기를 놓고 창밖을 내다보자. 총각인 엄 주임이 애인한테 전화 왔어요, 하고 물었다.

"아니, 부소장실 아가씬데 할 말이 있대요."

"아, 미스 고. 좀 당돌한 데가 있지만 괜찮은 여자요. 대졸인데 잘해 봐요."

공고 출신인 엄 주임이 그녀의 학별을 대며 말했다.

"잘해 보기는. 저 잘 몰라요."

김태호가 얼굴을 붉히며 변명을 했다. 엄 주임은 눈을 끔뻑했다.

　김태호는 광화문에서 회사 퇴근버스를 내렸다. 그는 평소에 퇴근버스를 내려 광화문에서 종로2가까지 걸어가서 전철을 타고 돈암동 미아리 고개에 있는 그의 집으로 간다. 신입사원이라 버스 맨 뒷자리에 탔던 김태호는 맨 마지막으로 퇴근버스를 내렸다. 미스 고가 먼저 버스를 내려 기다리고 있다가 다른 직원들의 눈을 피하며 따라오라는 신호를 보냈다.
　김태호는 두어 걸음 간격을 두고 미스 고의 엉덩이가 좌우로 흔들거리는 것을 보며 잘 빠졌네, 하며 그녀를 따라갔다.
　"다방에 가서 차 한 잔 하시지요."
　미스 고가 김태호가 다가가자 말했다.
　"다방이요? 지금 저녁 먹을 시간인데 커피를 마신다? 저 골목에 고등학교 친구가 맥주 집을 하는데 맥주 한 잔 어때요?"
　"맥주, 좋지요, 그리로 가요."
　미스 고가 반색을 했다.
　맥주 집에 들어서자 김태호의 고등학교 동창은 친구가 데려오는 여자를 빤히 쳐다보며 자리로 안내했다.
　통닭을 안주하여 두 잔째 맥주를 들며 미스 고가 본론을 꺼냈다.
　"이번 일요일에 친구들과 남이섬을 가는데 남자 친구를 데리고 가기로 했어요. 전 남자 친구가 없는데 그날 대역을 좀 해 줘요."
　여자가 김태호를 빤히 쳐다보며 말했다. 안경 속에서 그녀의 눈이 빛났다. 매력이 있다.
　"어떻게 제가?"
　"우리 발전소 총각 중에서 제가 뽑았어요. 거절 말고 가 줘요."
　여자가 눈빛은 간절하나 목소리는 당당했다.
　김태호는 여자의 청을 거절할 만큼 강심장이 아니다. 그는 그러겠다고 고개를 끄덕였다. 여자가 거의 손을 잡을 듯 좋아하며 감사하다며 자기가 맥주 값을 내겠다고 했다.

　김태호는 남이섬을 한 푼도 안 들이고 다녀왔다. 미스 고가 교통비, 도선비, 식대를 다 부담했다. 김태호는 그냥 몸만 빌려줬다. 청바지에 파란색 티셔츠를 입은 미스 고의 몸매는 날씬하고, 푸른 숲과 자연의 채광과 조화를 이룬 환한 얼굴이 그녀의 아름다움을 한층 돋보이게 했다. 김태호는 회사에서 봤던 것보다 훨씬 예쁜 미스 고에게 빠져 들어갔다.
　여자 친구 다섯 명이 모였다. 넷은 남자 친구를 데리고 왔고, 혼자 온 한 처녀는 공연히 미안해 했다. 다른 여자들과 남자 친구들은 사귀는 사이 같았다. 김태호는 미스 고와 관계가 남의 눈에 어색하게 느껴지지 않도록 배려했다. 남자 친구 세 사람은 은행원, 무역회사 직원, 세무서 공무원이었다.
　닭갈비를 안주하여 술을 마시고 점심으로 막국수를 먹었다. 점심을 마치고 일행은 잠시 어울려 이곳저곳 배경으로 사진을 찍었다. 그리고 자유 시간을 가졌다.
　김태호는 미스 고와 어깨를 나란히 하고 파란 강물을 넘어다보며 강변길을 따라 걸었다.
　"오늘 이렇게 와 주시고, 분위기 맞추느라 애쓰셨는데 고마워요."
　가볍게 술이 취한 미스 고가 강변 산책길에 강을 마주보게 설치한 의자에 앉으며 말했다.
　김태호가 그녀의 곁에 앉았다.
　"발전소 총각들 신상명세가 처녀들에게 다 알려진 건 모르시지요?"
　"신상명세서가 알려지다니요?"
　"아, 인사과 담당 여직원이 새로 총각이 오면 신상명세를 뽑아서 죽 처녀들에게 돌려요. 김태호 씨는 부모가 다 계시고, 위로 형이 한 분 아래로 여동생이 한 분. K대 생물학과를 나오셨고."
　김태호는 가슴이 뜨끔해서 고개를 돌려 사촌형의 신상을 죽 읊어대는 처녀를 멍청히 쳐다봤다. 그녀의 시선은 강물에 고정되어 있었다.

"우리 여직원들끼리 모여서 어떻게 생물학과 나온 분이 전기직군 입사시험에 합격했으며, 화력연수원에서 전공자들을 다 물리치고 수석을 했는지 수다를 떨었어요. 결론은 김태호 씨가 수재가 틀림없다는 결론이었지요."

미스 고가 고개를 돌려 김태호를 뻔히 쳐다보며 조잘거렸다. 김태호는 그녀의 시선을 피해 강물에 눈길을 돌렸다. 생각도 못했는데 의외로 발전소 처녀들이 자신의 가짜 대역을 알아낼 거 같아 김태호는 점심때 마신 술이 다 깨는 것 같았다.

"참 태호 씨 저 고등학교 때 생물 배웠는데, 대학 생물학과에서는 뭘 배워요?"

김태호는 의외의 질문에 숨이 턱 막혔다. 그도 생물학과 교과과정에 대하여는 전혀 아는 게 없다.

"그게…, 저 미트콘드리아나 리솜 아세요?"

"그거 세포의 한 부분이라 배운 거 같은데요,"

"들뢰즈의 천개의 공원은 아세요? 리솜을 철학적으로 풀어냈는데."

"그런 철학자도 있어요? 천개의 공원이면 그런 제목의 영화가 있었던 거 같은데."

"들뢰즈는 철학사가에다가 생성의 철학자로 19세기 유물론을 재조명한 20세기 가장 유명한 철학자 중의 한 사람이에요. 식물의 뿌리인 리솜을 인민의 상징으로 하여 철학사상을 풀어갔지요."

"생물학과에서 그런 철학도 가르쳐요?"

"탄수화물 되기는 식물 되기지요. 리솜은 지하경을 의미하며, 가지가 흙에 닿아서 뿌리를 만드는 지피식물을 표상합니다."

김태호는 최근 그가 읽었으나 무슨 뜻인지 이해하지 못했던 들뢰즈와 가테비 공저 '천개의 공원' 의 내용을 인용하며 위기를 넘기려 했다.

미스 고는 눈을 동그랗게 뜨고 헛소리 같은 말을 지껄이는 남자를 동물원의 원숭이를 쳐다보듯 쳐다봤다. 그 때 은행원과 여자 쌍이 벤치로 다가와서 그들의 대화는 끊겼다.

남이섬을 완전히 입만 가지고 다녀온 김태호는 미스 고에게 저녁을 대접했다.

구내식장에서 점심을 마치고 나와 사무실로 가며 엄 주임이 농을 던졌다.
"김태호 씨 부소장실 미스 고랑 사귀신다면서요?"
"누가 그래요?"
"같이 남이섬도 가고, 맥주도 마시고, 저녁도 하고 했다면서요?"
"그게 소문났어요?"
"그럼 발전소에서 쓸 만한 처녀와 쓸 만한 총각이 데이트한 것이 소문 안 날 것 같아요?"
"그게 밥 먹고 술은 마셨지만 사귀는 것은 아닌데."
"미스 고를 찜한 총각이 많아요. 굴러온 돌이 박힌 돌 빼냈다고 화내는 친구도 있고."
"그게 무슨 말이요?"
"미스 고 찜하고 공들였는데 새로 온 신입사원이 가로 챘다는 말이지요."
김태호는 허, 하고 탄성을 질렀다.
"김태호 씨 미리 알려드리는데, 결혼하려면 아주 까다로운 검증을 거쳐야 해요."
"무슨 검증?"
"미스 고 언니랑 우리 발전소 직원이 결혼했는데 미스 고 어머니가 중고등학교 학적부, 대학교 성적까지 다 확인하고 사는 마을에 가서 총각 품행에 대해 주변 사람들 말을 듣고, 부모님 뒤까지 다 파고 그리고 합격해서 결혼 승낙 받았대요."
김태호는 요사이 뭐 그런 사람이 다 있어요, 하며 허허 웃었다.

몇 번 만나보고 미스 고가 좋아지기 시작하여 연애의 첫 문에 들어선 김태호는 어 뜨거라, 했다. 미스 고의 어머니가 사촌형 동네에 가서 조사하면 한전 안 다니고 청계천에서 공구 장사한다고 할 텐데, 그럼 한전 다니는 김태호는 누군가 뒤를 팔 거고 대역이 바로 탄로 날 거다.

'미스 고와 만나는 것을 그만 둬야겠네.'

김태호는 막 미스 고가 좋아지는데 그만두려니 가슴이 아팠다. 대역만 아니면 떳떳하게 사귈 텐데 이 무슨 장난, 하며 자신의 처지를 한탄하며 오후 내내 실의에 빠졌다.

퇴근시간이 디 되어 사촌형으로부터 전화가 왔다.

사촌형이 잘 있니, 하고 인사해 왔다.

"잘 있어? 퇴근시간 다 됐는데 가계 들러 막걸리 한잔 사줄까?"

"야, 팔자 좋다. 퇴근시간도 다 있고. 나같이 사장부터 청소부까지 혼자 하는 놈은 퇴근시간이 어디 있냐? 너한테 급히 에스오에스 칠 일이 생겨 전화했다."

"에스 오 에스? 무슨?"

"내가 듣자니 너희 회사는 복지제도가 잘 되어 시중은행보다 높은 금리로 예금을 맡아주고, 쉽게 대출할 수 있는 제도가 있다며?"

"아, 신협. 회사 직원들이 운영하는 그런 시스템이 있지."

"그래 내가 급전이 필요해서 그러니 천만 원만 빌려서 내일 퇴근 때 가게로 가져와라."

"천만 원씩이나? 그렇게 쉽게 빌릴 수 있을까?"

"너 내 덕분에 좋은 회사 다니며 그것도 못해 주겠다고 발뺌하려고 하니? 너 의리 있잖아? 너만 믿는다. 내일 저녁 가게에서 보자."

"그게 될지 모르겠네."

김태호는 딱 거절하기가 미안하여 얼버무렸다.

"안 되기는 뭐가 안 돼. 내일 기다린다. 그것도 안 해 주면 내가 내 자리 찾아서 한전 다닐 거다."

사촌형이 전화를 탁 끊었다.

김태호는 확 열이 올랐다.

자기 때문에 좋은 회사 다닌다고? 뭐 돈 안 빌려주면 자기가 회사 다니겠다고? 의리? 천만 원이 누구 아이 이름이야? 내 반 년 치 월급인데. 지난 연말 보너스 나왔을 때도 무조건 반을 달라고 하더니 이젠 돈까지 막 달라네, 명령조로.

내가 얼마나 가슴 졸이며 회사 다니는데….

이렇게 남을 속이며 가슴 조이며 버는 돈에서 뻥땅을 치겠다고?

더러워서 더 못해 먹겠다. 하루 이틀도 아니고 남 속이는 것이 얼마나 힘드냐?

이런 생활 때려치우고 새 직장을 찾자!

김태호가 창밖에 흘러가는 구름을 보며 거취를 고민하고 있을 때 엄 주임이 퇴근하자고 했다.

김태호는 퇴근하자는 소리가 발전소를 그만 퇴사하라는 소리로 들렸다.

간병인

1.

10월 9일 한글날, 법정 공휴일.

아침 일찍 잠에서 깬 김병연은 정년퇴직하고 놀고 있는 처지에 공휴일이나 근무일의 차이는 없지만, 그래도 공휴일인데 오늘은 무엇을 할까, 한글박물관에 가서 한글날 특별전을 볼까, 하며 컴퓨터 앞에 앉아서 메일을 확인했다. 대학동기회 산악회 월례 산행 일정을 보고 있을 때 마루에서 쿵 하고 넘어지는 소리가 나고, 바로 아내의 비명소리가 들렸다. 김병연은 의자에서 벌떡 일어나서 거실로 뛰어나갔다.

아내가 화장실 입구에 쓰러져서 비명을 지르고 있다.

"넘어진 거야!"

김병연이 아내를 부축하여 일으키려 하며 말했다.

아내가 일어서지 못하고 아프다고 죽는 소리를 냈다.

김병연은 아내가 넘어지며 다리를 삐었나, 하며 오늘 공휴일인데 어느 병원에 가지, 하며 켜놓은 컴퓨터에서 공휴일에 여는 집근처 정형외과를 검색했다. 10분 거리에 연중무휴 365일 영업을 하는 정형외과가 있다.

김병연은 119에 전화하고 아내를 일으켜 소파에 앉히려고 하였으나 아내가 죽는 소리를 하며 널브러져 있다. 김병연은 아내가 의외로 무거워 그의 힘으로는 아내를 일으켜 소파에 앉힐 수 없어 속수무책으로 119를 기다렸다.

현관을 열어주자 119 구급대원 두 명이 거실로 들어서서 아내를 들쳐 업고 현관을 나가 구급차에 태우며 어느 병원으로 갈 것인가, 하고 구급차 환자 옆자리에 올라타는 김병연에게 물었다. 김병연은 인터넷에서 찾은 스타 샤이닝 정형외과 병원 이름을 댔다. 구급대원은 그 병원을 아는지 더 묻지 않고 바로 구급차를 출발시켰다.

병원에 도착한 구급대원은 환자수송용 이송침대에 아내를 눕히고 병원 응급실로 들어갔다. 접수창구의 직원이 보호자님 접수하시라고 했다. 김병연이 접수를 하자 바로 환자를 X레이 촬영실로 옮겨 갔다.

119 구조대원은 환자를 인계하고 떠나려 했다. 김병연이 요금은, 하고 구조대원에게 물었다. 구조대원이 환하게 웃으며 감사하다는 말 한 마디면 된다고 했다. 김병연이 멋쩍게 감사하다고 인사하자 구조대원은 쾌차하시라고 답례하고 병원 문을 나갔다.

X레이 촬영결과 대퇴부 골절이라고 내일 오전에 수술을 하겠다며, 입원수속을 하라고 했다. 그때 연락을 받은 큰딸이 허겁지겁 달려와서 아빠 여기서 수술 받게 할 거요? 큰 병원으로 옮겨요, 하고 강한 톤으로 아버지를 질책했다.

김병연은 여기서 X레이도 찍었는데, 하며 그냥 입원시키려고 했다. 그때 둘째딸이 병원에 도착했다. 둘째딸도 큰딸과 마찬가지로 큰 병원으로 옮기자고 했다. 동네병원에 자기들 엄마를 입원시키려는 아버지를 마치 병원비나 아끼려는 구두쇠로 치부하는 말투였다.

김병연은 그럼 큰 병원으로 옮기자, 하고 딸들의 의견에 동의했다.

큰딸이 접수창구로 가서 병원을 옮기겠다고 하자, 접수창구 직원은 아무런 표정 없이 알았다며 청구서를 내밀었다. 휴일 응급실이라 병원비가 예상보다 셌다. 김병연은 X레이까지 찍고 병원을 옮기는 것이 미안하여 아무 말 않고 병원비를 물었다. 딸들이 환자를 이송하는 구급차를 불렀다.

A대형병원 응급실로 구급차 운전수가 아내를 실은 침대차를 밀고 들어갔다. 입구에서 보호자는 접수하라고 한다. 김병연이 접수를 하자 환자수송용 침대를 응급실 안으로 들어가도록 문을 열어줬다. 구급차 운전수는 아내를 응급실 침대에 옮겨 놓고 속히 나으시라고 인사하고 요금을 받아챙기고 떠났다.

바로 간호사가 와서 CT를 찍을 거니 일체 음식물을 들지 말라고 했다. 30분쯤 지나 X레이와 CT를 찍는다며 침대를 밀고 갔다. 김병연은 침대를 따라가서 X레이촬영실과 CT촬영실 문밖에 서서 서성거렸다.

의사 명찰을 단 30대가 병상으로 와서 김병연에게 촬영결과 대퇴부 골절이라며 수술은 내일 할 수도 있고, 아님 주말을 지나 다음 월요일에 날짜가 잡힐지 모르겠다고 했다.

김병연은 다음 월요일이면 4일 후인데 너무 수술이 늦어지는 것 아냐, 하고 불만이 일었으나 투덜댈 수는 없었다. 아내가 소변이 마렵다고 하자 간호사가 기저귀를 사다가 채우라고 했다. 김병연은 병원 매점에 가서 기저귀를 샀다.

밤 9시가 되도록 응급실에서 아무런 조치가 없다. 김병연은 입원을 시키지 않고 왜 이렇게 아내를 응급실 침대에 10시간 넘게 눕혀 놓나, 속이 터졌으나 누구에게 호소할 길이 없어 답답했다.

9시가 넘어 가운을 입은 40대 남자가 다가와서 김병연에게 1인실 밖에 빈방이 없는데 입원시키겠요? 아님 다른 병원으로 옮기겠요, 하고 물었다. 김병연은 다른 병원으로 옮기겠요, 하며 묻는 말에 확 화가 났으나 화를 누르며, 1인실 입원비가 얼마요, 하고 물었다.

남자가 보험이 안 돼 하루 50만원합니다, 하고 말했다. 김병연은 일류호

텔보다 비싸네, 이 밤중에 어느 병원으로 가라는 말이야, 속으로 투덜대며 알았어요, 했다. 남자가 고개를 끄덕이고 사라졌다.

1인실이라도 입원하겠다고 했는데도 또 30분이 지나도 입원하라는 말이 없다. 김병연은 뭐 이런 병원이 다 있어, 이 무슨 횡포야, 하며 접수창구에 가서 화가 난 목소리로 항의했다.

접수창구 직원이 어물거리며 어디에 전화를 하더니, 방이 났네요. 2인실 배정이 됐어요, 하며 바로 환자를 모시는 직원이 올 거니 따라가라고 했다. 김병연은 2인실이 하루 20만원인데 50%는 보험에서 부담한다니, 1인실 가는 것과 비교 하루 40만원은 벌었네, 하며 환자를 데려갈 직원을 기다렸다.

간호복을 입은 남자가 바퀴가 달린 침대를 끌고 와서 응급실 침대에서 아내를 옮겨 싣고 침대를 밀고 앞장서서 병실로 갔다. 김병연은 아내를 따라 갔다.

아내에게 배정된 병실 9층 창밖으로 한강이 내려다보였다. 창가의 침대는 다른 환자가 차지하여 아내는 복도쪽 자리에 눕혀졌다. 병실 입구에 벌써 김병연의 아내 이름 심○연이 붙어있다.

같은 병실을 쓰는 환자 이름은 김○자였다. 머리가 하얗게 센 남자가 간병을 하고 있었다. 김병연은 그 남자에게 눈인사를 했으나 그 남자는 고개를 휙 돌린다.

간호사가 내일 오후 2시 수술을 한다고 알려주며 11시쯤 X레이 사진을 찍을 거라 했다. 김병연은 응급실에서 X레이랑 CT사진을 찍었는데 또 X레이를 찍어, 이 친구들 방사선을 막 퍼 쏘네, 하며 속으로 투덜댔다.

다음날 오전 수술을 하고 잘 됐나 본다며 또 X레이 사진을 찍었다.

다음 날도 하얀 머리 남자가 김○자 간병을 했다. 그 여자는 59세로 길을 가다가 돌에 걸려 넘어지며 발목이 골절되고 땅을 짚은 팔목이 골절됐단다.

다음날 아침, 김병연은 한 병실에서 간병하는 하얀 머리에게 먼저 잘 주무셨어요, 하고 인사를 건넸다. 하얀 머리는 마지못해 네, 하고 대답하고 또 고개를 돌렸다. 김병연은 하얀 머리 아내 김○자의 나이로 보면, 하얀 머리 가 그보다 열 살은 더 젊을 것 같은데 버릇없는 놈이네, 하며 더 이상 말을 섞지 않았다.

수술한 지 이틀 만에 아침에 병실에 회진 온 의사가 오늘 휠체어를 타보 시라고 했다. 김병연은 아내를 휠체어에 태우고 병원 복도를 왔다 갔다 했 다.

수술한 지 3일 후 또 X레이를 찍었다. 간호사가 창가의 환자가 내일 퇴원 하니 창가 침대로 옮기시라고 했다.

수술 4일 만에 물리치료실에 가서 워커를 밀고 걷는 연습을 하고, 내일 퇴원하라며, 퇴원하기 전 확인한다며 또 X레이를 찍었다. 김병연은 아무리 의료행위라고 하지만 너무 자주 X레이, 방사선을 쪼인다고 생각했다.

김○자 환자는 다음날 퇴원하지 못했다. 아내와 김○자의 이야기를 들으 니 팔목 수술부위를 좀 더 지켜보고 재수술 여부를 결정해야 한다며 3일간 더 입원해 있으라고 했단다. 여자들끼리는 대화가 되었으나 간병인 두 남 자는 거의 대화를 나누지 않았다.

수술한 지 4일 만에 걷지도 못하는 아내의 퇴원명령이 떨어졌다. 김병연 은 어이가 없었으나, 3차 의료기관에서는 그 정도 치료를 하고 퇴원시키는 것이 관례라고 하여 더 치료를 받을 동네 정형외과를 물색했다.

김병연은 11시에 환자를 이송할 구급차 배차를 요청했다. 퇴원수속이 빨 리 끝나 구급차가 오려면 한 시간도 더 남았다.

김병연은 구급차가 올 때까지 자투리 시간을 보내려고 9층 면회실에 가 서 창밖을 내다보다가 티브이를 보다가 했다.

하얀 머리가 면회실에 들어서며 아는 체를 했다.

"이렇게 퇴원하게 되어 축하드립니다. 저희는 아직 이틀 더 있어야 해요. 재수 없어 재수술하게 되면 언제 퇴원할지 몰라요."

"저희도 여기서 퇴원은 하지만 정형외과에 입원하여 더 치료 받아야 해요.”

김병연이 하얀 머리를 위로하는 심정으로 말했다.

“그래도 수술이 잘 되어 퇴원하시잖아요. 의사 놈들이 수가 올리려고 어떻게 X레이를 찍어대던지.”

“진단하려면 별수 없잖아요. 의사라고 살 속을 볼 재주가 없으니.”

“X레이로 암치료도 한다던데 자꾸 맞으면 안 좋잖아요?”

하얀 머리가 투덜댔다.

“그렇지요. 우리 일반인은 자연에서 나오는 방사선을 일 년에 약 2.4밀리 시버트 정도 맞으며 살고 있어요. 인공방사능은 1밀리 시버트가 넘지 않게 맞는 것이 법으로 정한 한계예요. 그런데 X레이 한 번 찍으면 약 3밀리 시버트 방사선을 맞아요. 우리가 자연에서 나오는 방사선을 일 년 동안 맞는 것만큼 맞지요.”

“시버트라고 하시는 말 무슨 말인지 모르겠고, X레이 찍으면 그렇게 많은 방사선을 맞아요?”

“시버트는 방사선 단위예요. 무게 단위 킬로그램이나, 길이 단위 센티미터같이 우리가 방사선을 맞았을 때 몸에 영향을 나타내는 단위예요. 최근 나온 X레이 기기는 방사선 쬐는 양을 대폭 줄이게 개발하였다고 들었어요.”

“인공 방사선이라 하시는데 그럼 자연에서 나오는 방사선도 다 있어요? 방사선은 원자력발전소에서나 나오는 무서운 거 아니요?”

하얀 머리가 달려들 듯 물었다.

“네. 우리는 방사선에 둘러싸여서 살고 있어요. 방사선은 에너지의 흐름인데 햇빛도 방사선이고 전등에서 나오는 불빛도 방사선이에요.”

“햇빛이 방사선이라고요? 방사선을 맞으면 머리가 빠지고 식욕이 떨어지고 한다던데, 저 평생 햇빛을 받고 살았는데 머리 빠지지 않았고 식욕이 없어지지도 않았어요.”

“우리 몸은 햇빛 정도 세기의 방사선은 면역이 되어 전혀 느끼지도 못하고 건강에 지장이 없어요."

"면역이 되었다?"

"네. 그런데 햇볕을 너무 많이 쬐면 피부가 타고 물집이 생기고 하지요?"

"아 그러네요. 여름에 썬텐 안 하고 해변에 몇 분만 있어도 피부가 쓰리고 아프던데, 그게 햇빛이 방사선이라 그런 거요? 그럼 라돈 침대로 시끄러웠는데 라돈도 방사선이요?"

"라돈은 방사선이 아니고 원소 이름이에요. 라돈은 저절로 깨지면서 방사선이 나오는 동위원소 이름이요."

"저절로 깨진다? 어떻게 깨져요? 누가 깨는 거요?"

"혼자 깨져요. 무거운 원소는 불안정하여 스스로 깨져서 가벼운 원소로 바뀌면서 방사선을 내요."

"그래요? 무슨 말인지 잘 모르겠고, 선생님은 어떻게 그런 것을 그렇게 다 아세요?"

"아, 저 원자력 해 먹고 살았어요. 땅속에 우라늄과 토륨 등 아주 무거운 원소가 있는데 아주 천천히 저절로 깨어져서 납으로 바뀌어요. 납으로 바뀌는 과정에 생겨난 원소가 라돈인데 라돈도 저절로 깨어지면서 방사선을 내요. 라돈 침대라고 하는데 침대 원료로 모나자이트를 썼는데 모나자이트는 토륨을 많이 함유하고 있어요. 그래서 토륨이 깨어지면서 생기는 원소인 라돈이 들어있었던 거죠."

"저 어렸을 때 목욕탕 앞에 라돈탕이라고 써놨었는데 그건 뭐요? 방사선 맞으라고 한 거네. 나쁜 놈들이네요."

"그게 아니고, 방사선을 자연에서 맞는 것보다 조금 더 맞으면 건강에 좋다는 학설도 있어요. 그래서 목욕탕에서 조금 더 맞는 거 건강에 전혀 문제 없어요."

"아까 X레이 한 번 찍으면 일 년치 방사선 맞는다고 했는데 원자력발전소에 근무하면 얼마나 많이 맞아요?"

"발전소 주변 지역 분들은 일 년에 약 1밀리 시버트 정도 더 맞아요."

"애개, 그럼 X레이 한 번 찍는 것보다 덜 맞네요. 그럼 우리 여편네가 지금 열 번쯤 X레이 찍었는데 원자력발전소 주변에 10년 산 것보다 더 맞았네요."

"의료용으로 X레이 찍는 정도는 건강에 전혀 지장 없으니 걱정 안 하셔도 돼요. 의사들이 다 알아서 하니."

"그럼 원자력발전소에서 나오는 방사선과 X레이 찍을 때 나오는 방사선이 같은 거요? 원자력발전소에서 나오는 방사선이 더 독종이지요?"

"아니 물리적으로 똑 같아요. 방사선이 알갱이의 크기, 세기 등에 따라 알파, 베타, 감마 등 이름이 있는데 X레이 기계에서 나오나 원자력발전소에서 나오나 다 똑같아요."

"아이구 뭐가 자꾸 어려운 말이 나오네요. 이렇게 원자력 잘 아시는 분이 한방에 계신 줄 알았으면 좀 배우는 건데 오늘 퇴원한다니 아쉽네요. 탈원전이 무슨 문젠가도 듣고 하는 건데. 이렇게 병원에서 자주 X레이 찍어도 괜찮다고요?"

"네, 걱정 마십시오. 전혀 건강에 지장이 없습니다. 암치료 등 목적으로 쪼이는 방사선은 워낙 세지만 진료용은 약해요. 그럼 구급차 왔겠어요. 그만 가볼게요. 빨리 쾌차하셔서 퇴원하시길."

김병연은 손을 흔들고 면회실을 나섰다.

2.

김병연은 영상자료실에서 그동안 촬영한 X레이와 CT촬영 자료를 복사한 CD를 사서 챙기고, A병원 협력실에서 추천해 준 1차병원 B정형외과로 아내를 옮겨 입원시켰다. B병원 접수창구에서 배정해 준 원장실 앞에서 김병연은 A병원에서 챙겨온 CD를 간호사에게 건넸다.

진료실에 들어서자 40대의 의사가 거만하게 환자를 내려다보며 환자의 상태를 묻고 바로 X레이를 찍고 혈액을 채취하라는 처방을 내렸다. 김병연은 어제 A병원에서 퇴원을 결정하기 전에 혈액을 채취하고 X레이를 찍고 그 자료를 비싼 돈 주고 사서 가져왔는데 그 자료는 보는 둥 마는 둥하고 또 피를 뽑고 X레이를 찍으라는 거야, 하고 불만이 쌓였으나 의사의 처방을 따를 수뿐이 없었다.

병실은 보험이 적용 안 되는 1인실, 보험이 적용되는 2인실, 6인실이 있었다. 김병연은 6인실은 입원료는 저렴했으나 간병인이 병실에서 머물기가 불편하여 2인실에 아내를 입원시켰다.

먼저 입원해 있던 환자의 간병인, 60대의 남자가 병실에 환자를 태운 휠체어를 밀고 들어가는 김병연을 상냥하게 반겼다. A병원에서와 달리 정형외과에 입원한 환자의 간병을 맡은 보호자는 친절한 것 같아 김병연은 마음이 조금 넉넉해졌다.

아내 옆자리에 먼저 입원한 여자는 54세로 버스가 급정거하며 넘어져서 팔목이 골절된 환자였다. 간병을 하는 남편은 세무공무원이었다. 퇴직하고 세무사사무소를 운영하는데 사무장에게 사무실을 맡겨놓았고 간병을 한다고 했다.

입원한 첫날 추어탕 집에서 김병연과 같이 점심을 하며 박상민이라고 자기를 소개하며 알려준 그의 신상이다. 박상민은 날쌔게 김병연의 점심값을 냈다. 저녁은 돼지갈비 집에서 했다. 두 사람은 소주를 한잔 하며 상대방을 알아갔다. 김병연이 날쌔게 저녁값을 냈다.

다음 날 점심을 먹고 난 후, 박상민이 사무실에 잠시 들러야 한다며 잠깐 아내를 봐주라고 김병연에게 부탁했다. 박상민의 아내는 걸을 수가 있어 혼자 물리치료실도 갈 수가 있어 김병연이 돌봐줄 것이 없다. 김병연은 알았다고 고개를 끄덕였다. 김병연은 박상민의 아내를 특별히 돌볼 일은 없었지만 박상민이 올 때까지 그래도 신경이 쓰였다.

입원 3일차 밖에는 겨울비가 추적추적 내렸다.

며칠 점심과 저녁을 같이한 김병연과 박상민은 좀 친해졌다.

두 사람은 병상에 누워있는 두 환자가 잠이 든 사이 답답한 병실을 나와 복도 한편에 면회를 온 사람들이 앉을 공간으로 마련해 놓은 응접의자에 마주보고 앉았다.

"입원한 지 5일이 지났는데 이제 퇴원해도 좋다고 하네요. 그래서 내일 퇴원할까 해요. 그 동안 김 선생님 도움 많이 받았어요."

박상민이 창밖의 비를 내다보며 말했다.

"축하합니다. 이제 비좁은 병원 벗어나시게 된 거."

김병연이 말했다.

"퇴원은 해도 당분간 물리치료 와야 해요. 오늘이 소한인데 비가 오네요."

"오늘이 소한이요? 마누라 간병하느라 세월 가는 줄 몰라, 오늘이 소한인 줄도 몰랐어요."

"김 선생님은 저보다 더 오래 사셨지만 제가 육십 평생 살면서 소한에 비가 오는 거 처음 봐요."

"저도 칠십 평생 처음 봐요. 원래 소한이 대한보다 더 추운데."

"이게 모두 그 떠들어내는 지구온난화 때문인가요?"

"한 해 따뜻하다고 지구온난화 때문이라고 하기는 그렇지만 그렇지 않다고 할 수도 없는 거 같네요. 이렇게 지구가 따뜻해지면 캐나다나 러시아는 좋아하지요."

"왜요?"

"동토인 시베리아와 캐나다 북부가 농사를 지을 수 있는 땅으로 바뀌니까요."

"그렇겠네요. 우리나라도 과일 주산지가 자꾸 북상하고 있잖아요. 제가 어렸을 때는 대구 사과가 유명했었는데 지금은 주산지가 북상했어요. 그런데 지구가 따뜻해지면 겨울에 난방비도 덜 들고 좋은데 왜 문제가 있다고 해요."

"그게…. 지구가 따뜻해지면 남북극에 있는 얼음이 녹아 해수면이 높아지면 지상 생물이 살 공간이 줄어들고, 폭우, 가뭄 등 기상이변이 속출해요.

그래서 문제가 있지요."

"해상수면이 높아지면 지상에 사는 생물에게는 문제가 되지만 물속에 사는 생물은 그 사는 영역이 넓어져서 좋잖아요?"

"그렇게 볼 수도 있는데 지구온난화를 일으키는 주범은 탄산가스이지요."

"탄산가스가 어떻게 지구를 따뜻하게 해요?"

"여름에 길에 주차해 놓은 자동차 속이 밖보다 훨씬 덥지요."

"네. 길에다 세워 놨다 타려고 문을 열면 훅 더운 바람이 나오지요."

"우리가 따뜻하게 느끼는 것은 적외선 때문인데 자동차 속을 쪼인 적외선이 유리창을 뚫고 밖으로 배출이 되지 못해요. 유리가 차폐막이 되지요. 그래서 차속이 밖보다 더 덥지요. 그것과 같이 탄산가스가 대기에 많아지면 지상을 쪼인 적외선을 막아 대기 밖으로 나가지 못하게 해요. 이불같이 덮어 지구를 따뜻하게 해요. 그래서 탄산가스가 늘어나면 지구가 따뜻해지고 멸종이 일어날 수가 있어요."

"멸종? 그게 뭐요?"

"약 45억 년 전 지구가 생겨나서 약 30억 년 전에 단세포 생물이 생겨나고 진화하며 새로운 종이 막 생겨났어요. 특히 캄브리아기, 약 5억9천만 년 전부터 이유는 모르지만 폭발적으로 종이 막 늘어나서 지구가 생명으로 풍성해졌어요. 그런데 화산이 폭발하고 운석이 지구에 떨어지고 하는 사건이 일어나서 지구에 살던 종의 75% 내지 96%까지 종을 멸종시키는 대멸종이 일어났어요. 지구물리학자들은 다섯 번에 걸려 그런 대멸종이 일어났다고 해요. 5대 멸종이라고."

"지구에 그런 일이 다 있었어요? 하나님의 진노가 그렇게 여러 번 있었어요? 노아의 홍수 말고."

박상민이 눈을 크게 뜨며 말했다.

"네. 그 중 가장 처절하게 종을 죽인 멸종이 페름기말 멸종인데 2억5천2백만 년 전에 일어났어요."

"2억5천만 년 전 일을 어떻게 다 알아요?"

"지층을 조사하고 화석을 찾아 분석하고 하여 알아낸대요."

"그럼, 그런 것을 알아내는 전문가는 암석을 척 보면 몇 년 전에 생긴 암석이라고 알아보겠네요?"

"평생 암석만 보고 사니 어느 정도는 알지요. 정확한 것은 방사선 연대 측정법으로 알아내요."

"그 무서운 방사선으로 암석의 나이를 알아낸다고요?"

"방사선이 다 무서운 거 아니에요. X레이 찍으면서 무섭다고 생각했어요? 또 햇볕을 받고 걸으며 햇볕이 무섭다고 생각하셨어요?"

"X레이와 햇볕이 방사선과 무슨 상관이 있어요?"

"그게 다 방사선이에요."

"에이 농담도 지나치시다. 햇볕이 방사선이라고요?"

"네, 그래요. 페름기 말 이야기하다가 말았는데 그때 시베리아에 큰 화산이 폭발했는데 용암이 우리나라 면적의 약 스무 배도 넘는 면적을 뒤덮었어요. 미국 일부까지 석회암이 가열되어 암석에 잡혀 있던 탄산가스가 막 솟아나서 공기 중 농도가 높아졌어요. 그래서 지구 온도가 막 올라가서 극지방의 온도가 섭씨 15도까지 올라갔어요. 그럼 극지방의 얼음은 하나도 남지 않았겠지요? 지상이 물에 잠기고 탄산가스가 해양에 녹아들어 탄산이 되면서 해양 산성화를 촉진하여 산호, 플랑크톤이 먼저 죽고 그것을 먹고 사는 물고기가 죽고 하는 연쇄작용이 일어나서 지상에 살던 종도 막 죽고 하여 지구에 살던 종이 96%나 멸종했어요."

"그렇게 큰 화산 폭발이 있었어요? 무섭다. 지금은 그렇게 큰 화산 폭발도 없는데 지구온난화가 어떻고 하며 언론에서 막 떠들며 겁을 주던데."

"그게 지난 2백만 년 동안 지구에는 빙하기와 간빙기가 반복으로 일어나며 거기에 적응한 생물만 살아남았어요. 20만 년 전에 지구에 자리한 호모 사피엔스, 현생인류는 지난 만년 동안 간빙기의 안정한 온도에서 번창하며 현 문명을 일으켰어요. 그런데 산업혁명이 일어나면서 지난 3억 년 동안 지구가 땅속에 묻어놨던 탄소, 석유와 석탄을 마구 꺼내서 쓰고 있어요. 탄소가 타면 탄산가스가 나오지요. 지금 탄소를 태우며 매년 40기가 톤의 탄산가스를 배출하고 있어요. 땅속에 묻힌 탄소를 다 태우면 약 5,000기가 톤의 탄산가스가 방출되고 지구 온도가 섭씨 16도 오르는 것으로 되어있어요."

"기가 톤은 뭐요? 또 무슨 협정으로 탄산가스 배출을 막는다고 하던데."

"기가 톤은 10억 톤을 말해요. 40기가 톤이면 400억 톤을 말하지요. 파리협정을 말하시는 것 같은데, 산업혁명 전 수천 년 동안 지구의 탄산가스 농도는 200ppm 수준이었어요. 따뜻한 때는 280ppm까지 올랐고. 그런데 산업혁명 후에 화석연료를 마구 캐서 태우다 보니 2013년 400ppm이 넘었고, 지구 온도도 섭씨 1도 이상 올랐어요."

"ppm이 뭐요?"

"백만 개 중 한 개라는 말이요. 400ppm은 백만 개 공기 분자 중 400개가 탄산가스 분자라는 말이지요."

"백만 개 중 겨우 200개 늘었다고 지구가 따뜻해지고 해요? 공갈 같다."

"물에 소금을 조금만 타도 짜지요? 그것과 같이 탄산가스가 늘면 햇빛으로 전해진 열이 지구 밖으로 반사되어 나가는 것을 차단하며 이불 같은 역할을 해요. 그래서 지구가 따뜻해지는 거요. 파리협약은 2013년 체결됐는데 세계 190개국 이상 비준했어요. 그래서 2100년까지 지구 온도를 섭씨 2도 이상 올리지 않도록 각 나라가 탄산가스 배출을 줄인다고 약속했는데, 강제 조항이 없어 각국이 알아서 하도록 되어 있고 탄산가스를 세계에서 두 번째로 많이 배출하는 미국은 탈퇴했어요."

"미국이 첫째 아니고 둘째예요?"

"중국이 첫째예요."

"아, 쪽수가 워낙 많아서 그렇구나. 국민소득이 만 불까지 올랐다고 하고."

"어쨌든 지금 인간이 마구 환경을 파괴하고 땅속에 묻어 있는 탄소를 마구 캐내서 태우고 하며 매일 열 종 이상의 종이 사라지고 있어요. 제6대 멸종이 오고 있지요."

"2100년이면 나랑 관계없어요. 제가 죽었다 깨어나도 2100년까지 살지 못할 테니. 그런데 원자력하면 탄산가스 안 나온다고 하던데."

"네. 전기를 만드는 방법 중 탄산가스가 거의 나오지 않는 유일한 방법이에요. 원자력보다 석탄은 900배, LNG는 450배 더 나와요."

"그런데 우리나라도 파리협정에 들었을 텐데 어떻게 협정 지키려고 탈원전해요?"

"정부가 청사진을 안 내놔서 저도 잘 몰라요."

"멸종이고 어떻고 하시던데 우리 후손을 위해 우리들이 노력해야할 텐데…. 그건 그렇고 금년 겨울 따뜻하여 아파트 난방비 관리비 덜 나왔어요. 아주 좋은 이야기 많이 들었어요. 환자들 심심할 텐데 병실 가볼까요?"

박상민이 자리에서 일어났다. 김병연도 따라서 일어서며 소한 날에 주룩주룩 내리는 비를 멍청하게 내다봤다.

3.

김병연의 아내는 정형외과에서 12일간 입원치료 후에 퇴원했다. 큰 병원과 작은 병원에서 3주도 안 되는 입원기간에 19번이나 X레이를 찍었다. 김병연은 아무리 의료행위지만 너무 자주 환자에게 방사선을 쪼인다고 속으로 막 투덜댔다.

아내는 통원 물리치료를 받기 시작했다. 퇴원 후 일주일은 매일 병원에 갔다. 김병연이 차로 아내를 모셨다. 아내가 물리치료를 받는 40분 동안 김병연은 병원 건물 1층에 자리한 커피숍에 가서 커피를 마시며 책을 보며 시간을 보냈다.

정형외과에는 물리치료를 받으러 오는 환자로 넘쳤다. 어린아이부터 노인까지 연령층도 다양했다. 치료하는 공간이 스무 개는 되는 것 같은데 항상 열 명 이상 치료실 내에 있는 의자나 복도의 의자에 앉아 대기하며 차례를 기다렸다.

김병연은 아내와 나란히 앉아 아내의 차례를 기다렸다. 허름한 옷을 입은 노인이 접수를 하고 김병연의 옆자리에 앉았다.

"어디가 아파 오셨어요?"

노인이 김병연에게 말을 걸었다.

"간병인입니다."

김병연이 소리 나는 쪽으로 고개를 돌리며 말했다.

노인은 김병연보다 훨씬 나이가 들어보였다.

"그 나이에 간병인하세요?"

노인은 김병연을 수고비를 받고 간병하는 직업간병인으로 치부하며 내려다보는 말투로 말했다.

"집사람 모시고 왔어요."

김병연은 노인의 무시하는 듯한 말투에 가볍게 기분이 상하는 옹졸함을 숨기며 말했다.

"아, 부인 간병이요? 얼마나 간병하셨어요?"

"곧 한 달 됩니다."

김병연은 노인이 남의 일에 관심이 많네, 하고 생각하며 말했다.

"한 달이라. 저는 금년 초 아내가 버스를 내리다가 넘어져서 머리를 다쳐 3개월 입원하고 차도가 없어 퇴원시켜 집에서 치료를 하고 있어요. 남편도 아들도 다 못 알아봐요. 솔직히 초면에 이런 말하면 안 되지만 간병 열 달 하다 보니 이제 그만 죽어줬으면 하는 생각이 들어요."

노인이 처연한 목소리로 말했다.

김병연은 병든 아내가 죽기를 바라는 노인을 멀거니 쳐다봤다.

"제 나이 올해 여든 둘인데 내 몸 간수하기도 어려운데 마누라 병수발 들다가 무릎도 허리도 아파 이렇게 치료를 받으러 다녀요. 아들놈들 있어봐야 지놈들 밥 벌어먹고 사느라 바쁘고."

그때 접수창구에서 아내 이름을 부르며 11번 치료실로 들어가시라고 안내했다. 김병연은 아내가 치료실로 들어가는 것을 보고 하소연을 하는 노인에게 목례를 하고 커피숍으로 내려갔다.

그 후 아내 치료를 받으러 갈 때마다 그 노인을 병원에서 만났다. 둘은 서로 목례를 나눴다.

"부인이 치료실 들어가면 안 기다리시고 어디 다녀오시던데 어디 가세요?"

노인이 김병연에게 물었다.

"자리도 좁은데 여기 앉아있기 미안하여 커피숍에 가서 차 한 잔 하고 올라와요."

김병연은 노인이 남의 일에 참 관심이 많네, 하고 생각하며 대답했다.

김병연이 병원 갈 때마다 만나던 노인이 며칠간 보이지 않았다. 김병연은 그 노인이 다 나았나, 아님 치료시간을 바꿨나, 하고 생각했다.

김병연의 아내는 이제 일주일에 이틀만 물리치료를 받으러 간다.

김병연이 커피숍에서 한 손에 커피 잔을 들고 안경을 고쳐 쓰며 책을 보고 있을 때, 아 여기 계시네, 하는 소리가 들려 그는 고개를 들었다.

"며칠 안 보여 다 나으셨나 했어요."

김병연이 보던 책을 내려놓고 노인을 올려다보며 말했다.

"아, 아내 상을 치르느라고 못 왔어요."

노인이 말했다.

"저런. 심심한 조의를 표합니다."

"막상 아내가 살아서 나도 못 알아보고 귀찮게 할 때는 죽었으면 했는데, 막상 죽고 나니 마음이 텅 비고 날 못 알아봐도 살아있는 것이 나았다 생각돼요. 불교에서 부부는 몇 겁의 인연이 있어야 맺어진다고 하던데 내세에 또 만날 수 있을까요? 나도 곧 갈 텐데."

노인의 목소리가 처연하다.

"만날 수 있겠지요."

"한 50년 넘게 한 이불 덮고 살아온 정이 쉽게 가시지 않아요. 삼우제까지 지내고 이제 마누라한테 이생에서 더 해줄 것도 없는데 서울서 혼자 살기도 뭐하고 생각이 많아요."

"아드님은 어디 사세요?"

"아, 큰놈은 경주에서 발전소 다니고, 둘째놈은 여수에서 기름회사 다녀요."

"경주면 월성원자력발전소 다니시겠네."

"어떻게 월성원자력발전소를 다 아세요?"

"아, 그 분야에서 일을 하다가 정년퇴직했어요."

"그러시구나. 아들놈이 월성발전소 다니는데 문통이 탈원전한다면서 발전소를 죽인다고 하던데."

"네, 월성1호기를 죽였어요."

"그럼 발전소가 없어지면 우리 아들 실업자 되는 거 아니요?"

"월성에 발전소가 여섯 기 돌고 있는데 한 개만 죽였어요. 나머지는 계속 돌리고 있어요."

"그럼 실업자는 안 되겠네. 그런데 잘 돌던 발전소를 왜 갑자기 죽였대요? 문통이 무슨 저승사자인가?"

"경제성이 없다고 2022년까지 돌리라고 정부에서 허가를 줬는데 4년 미리 죽인 거요."

"경제성이 없다는 말은 발전소 돌려봐야 돈벌이가 안 된다는 말이지요?"

"그런 말이지요. 그런데 돈벌이 안 된다는 말은 사실이 아니요. 발전소를 돌려서 돈벌이가 되나 안 되나 따질 때 처음 건설할 때 들어간 돈을 다 빼야 하고, 매일 때는 연료비, 발전소 돌릴 때 인건비와 수리비 등을 따져 들어간 돈과 전기요금으로 받는 돈과 비교하여 돈이 남는가 안 남는가 계산하는 건데 이번에 죽인 월성1호기는 30년 돌리며 이미 건설 때 든 돈은 다 뺐고, 연료비와 운영비만 드는데 그것은 보통 원자력발전 원가의 20% 밖에 안 돼요. 탈원전 대신 마구 돌리는 LNG발전소는 연료비가 60%를 차지하고.”

“그럼 원자력발전소는 지어놓고 돌리면 돌릴수록 돈을 벌겠네요. 이미 건설비는 다 들어갔고 돌릴 때 돈이 덜 드니.”

“네. 그런데 경제성이 없다고 거짓말을 하며 발전소를 죽였어요.”

“그래요? 큰아들이 발전소 30년 돌리고 더 돌리려고 7천억 원이나 들여서 다 고쳐서 새발전소같이 만들었다고 하던데.”

“네, 정부로부터 발전소 준공 때 30년 돌리는 허가를 받았어요. 돌리면서 문제 있는 부품은 갈아 끼우지요. 우리가 자동차 몰면서 배터리도 갈고 타이어도 갈고 하며 계속 쓰지요. 배터리 다 됐다고 자동차 폐차하지 않잖아요? 새 걸로 바꾸고 계속 타지요. 발전소도 그렇데 닳아빠진 부품은 갈아 끼며 미국은 60년 돌리라고 허가를 내줘요. 그런데 우리나라는 37년 돌리고 발전소를 죽였어요. 외국에서는 원자로, 자동차의 엔진 같은 건데, 원자로만 문제없으면 계속 돌려요. 몇 십 년 돌려보니 원자로가 생생해요. 그래서 80년 돌리는 것을 허가하기 시작했어요. 월성1호기는 7천억 들여 원자로, 엔진까지 다 새것으로 바꿔 끼웠어요. 그렇게 돈을 많이 들여 고친 것은 60년 돌리려고 했는데 36년 돌리고 문을 닫았어요.”

“아이구 아까워라. 차를 오래 더 쓰려고 엔진 보링까지 했는데 보링해 놓고 바로 폐차를 한 꼴이네. 미국 같은 부자 나라도 60년씩 돌린다는데 우리가 무슨 큰 부자라고 더 쓸 수 있는 차를 몇 년 안 쓰고 폐차하나.”

“그러게 말입니다. 아무리 아니라고 해도 경제성 없다고 거짓말하며 죽이는데 어떻게 할 방법이 없어요. 큰아들 월성1호기 죽였어도 실직자 안 될 테니 큰아들한데 가시지요. 사택이 크고 좋아요.”

“그럴까요. 병원에서 만난 인연도 인연이지요. 저 박만기입니다. 이렇게 조언 주시어 감사합니다.”

노인이 손을 내밀었다 김병연은 그의 이름 김병연을 대며 노인의 손을 잡았다.

4.

　김병연은 이제 부축하지 않고 지팡이를 짚고 두 발로 다닐 수 있는 아내와 고등학교 동창 월례 부부모임에 갔다. 반년 만에 혼자 걷고 모임에 갈 수 있게 된 아내는 퍽 행복해 했다.

　김병연은 두 발로 걸으며 행복해 하는 아내를 보며, 치료는 의사가 했지만 그동안 간병을 한 그의 노고도 아내가 행복을 찾는 데 일조한 것 같아 기분이 좋았다.

　몇 십 년 친구들이 김병연 부부를 반겼다.

　"몇 번 모임에 못 나오더니 혼자 나오고 하여 병연이 홀아비 된 줄 알았는데 이렇게 제수씨랑 나오니 반갑습니다."

　은행을 퇴직한 영태가 말했다.

　"두 사람 나란히 방에 들어오는 걸 보니 신혼부부가 들어오는 거 같네."

　하던 사업을 아들에게 물려주고 노후를 유유자적하는 형오가 말했다.

　식사가 나올 때까지 40년 넘게 서로 알아온 다섯 부부는 김병연 아내의 쾌유를 축하하며 입치레 인사를 하며 신나게 떠들었다. 식사와 함께 막걸리와 맥주가 들어왔다. 남자들은 막걸리를 여자들은 맥주잔을 채우고, '오징어 두 마리' 건배를 외쳤다. 오징어는 '오래도록 징그럽게 어울리자'의 약자로 두 마리는 같은 구호를 두 번 외치는 건배 방식이다.

　건배를 하고 식사를 하면서 대화는 자연 며칠 후 있을 총선으로 옮겨갔다. 안보와 경제를 망친 여당이 질 거라는 주장과 야당 노릇을 제대로 못해 제 몫을 못 찾아 먹는 분열된 보수야당이 질 거라는 주장이 팽팽하게 맞섰다.

　"병연이는 야당이 이기면 좋겠다."

　형오가 말했다.

　"그렇지. 탈원전 반대하는 야당이 이기면 국가 에너지 정책에 변화가 있을 거 아냐."

영태가 말했다.

"그런데 내가 이해하지 못하는 점이 있다. 우리나라 에너지의 98퍼센트를 수입에 의존하는 나라에서 어떻게 식량과 함께 국가존립의 필수품인 에너지 문제로 여야가 다투는 선거 쟁점이 되냐?"

초등학교 교장 출신 은성이 말했다.

"그거야 문통이 아무 설명도 없이 그냥 탈원전을 밀어붙이니 그렇지."

병연이 당연한 것을 왜 묻느냐는 투로 말했다.

"문통이 판도라 영화 보고 눈물을 흘리면서 탈원전을 결심했다던데. 그런데 나라를 이끌어야 하는 사람이 허구인 영화를 보고 전문가 말도 안 듣고 그렇게 일방적으로 탈원전을 밀어붙이면 문제 있지."

영태가 말했다.

"나도 판도라 영화 보면서 원자력 해먹은 놈이 그런 일은 현실에서 일어날 수 없다는 것을 알면서도 마지막 장면에 가슴이 뭉클했다. 영화는 영화고, 재미있으라고 꾸며낸 줄거리에 빠져 국가에너지 대계를 뒤엎는 탈원전 정책을 결정하고 밀어붙인 것은 잘못이지."

김병연이 강한 톤으로 말했다.

"병연이 너 열내봐야 탈원전은 현실이고 앞으로 2년 더 있어야 문통 물러갈 거고, 그 동안 기술자 협력업체 다 죽을 건데, 탈원전 반대하는 야당이 이번 선거에 이기면 뭐가 바뀔까?"

고급공무원 출신의 창성이 말했다.

"행정부에 탈원전정책을 바꾸라고 하겠지."

형오가 말했다.

"현실적으로 야당이 이기면 야당이 죽기 살기로 탈원전 바꾸라고 하지는 않을 거고, 그냥 국회에서 결의문이나 채택하고 칼자루를 쥔 대통령이 들은 척도 안 하면, 문통 깔고 뭉개는 거 장기잖아. 문통 임기 중에는 어떻게 할 방법이 없을 거다. 야당이 법안을 내면 국회선진화법에 따라 여당과 협의 안 되면 본회의 상정조차 어렵고, 그렇다고 원전문제를 야당이 패스트

트랙에 올릴 것 같지도 않고."

창성이 공무원 출신답게 분석했다.

창성의 분석을 들으며 병연은 무력증에 빠지며, 앞으로 2년 더 탈원전이 계속되면 지난 60년 동안 길러 놓은 세계 최고 수준의 원자력분야 고급인력의 이탈을 막을 수 없고, 두산중공업 등 원자력 관련 산업 인프라가 다 무너지면 다시 친원전정책으로 돌아서도 인력과 인프라를 다시 일으켜 세우려면 막대한 돈이 들고 시간이 걸릴 텐데, 하고 걱정이 되어 술맛이 싹 달아났다.

친구들은 탈원전정책을 씹다가 화제를 경제문제로 바꾸며 입방아를 찧었다.

병연은 그가 40년 종사한 원자력산업의 몰락을 보며, 아내는 다리가 골절되어 6개월 만에 회복됐는데, 문통 5년간 탈원전 후유증을 회복하는 데 얼마나 시간이 걸리고 돈이 들까 답답하여 푹 한숨이 나왔다.

후계자

1.

오형신은 11층 회장실 창밖으로 멀리 내다보이는 남산타워를 올려다보며, 산다는 것이 무엇인지 회의에 빠지며 문득 죽음에 대하여 생각했다.

내가 죽으면 내가 평생 일궈놓은 이 재산은 어디로 가지? 대학에 기부하고 갈까? 아님 신성문화재단에 다 출자하고 갈까?

다른 재벌 총수들은 내 나이면 벌써 2세, 3세에게 사업을 물려주고 여생을 즐기는데 나는 물려줄 아들이 없네. 없는 것이 아니라 어디서 찾지? 죽었나, 살았나?

오형신 회장의 눈앞에 그가 살아온 80년이 죽 지나갔다.

그는 가난한 집에서 태어나 정말 가난하게 자랐다. 읍내 초등학교에서 2십리나 떨어진 산골 선창리에서 자랐다. 학교 갈 때는 선창리 어린이 여러 명이 떼를 지어 갔다.

하교하고 집에 돌아갈 때도 떼를 지어서 갔다. 하급반 아이들은 운동장에서 구슬치기, 땅따먹기 놀이를 하며 상급반 아이들의 수업이 끝나기를 기다리다가 같이 갔다. 비가 많이 오면 징검다리가 물에 잠겨 학교를 쉬었다.

6.25 한국전쟁 후에 빨치산이 내려와 소, 돼지, 닭 등 가축을 다 잡아가고 곡식도 약탈해 가서 입에 풀칠하기가 정말 어려웠다. 산골 어른들은 옥수수, 조, 수수 등을 땅에 굴을 파고 숨겼으나 빨치산들은 귀신같이 찾아내서 약탈해 갔다. 봄이 되면 움직일 수 있는 식구들은 다 산비탈로 가서 쑥을 캐고 먹을 만한 산나물을 채취하여 연명하였다. 정말 목숨을 부지한 것이 기적이었다.

순경과 빨치산이 교전을 하며 튄 불똥에 형신의 집이 불에 탔다. 선창리에 살 집이 없어진 형신의 식구는 장수 읍내로 나왔다. 형신의 아버지가 도가에 허드렛일을 하는 머슴으로 들어갔다. 그리고 읍내에서 1킬로미터 떨어진 논 가운데 있는 상엿집에서 살았다.

아버지가 가져다 준 술찌끼로 배를 채우고 어린 형신은 술에 취해 자주 비틀거렸다. 정말 어렵게 초등학교를 졸업한 형신은 철물상에 심부름꾼으로 들어가서 먹고 자는 것을 해결했다.

형신은 3년 군대생활을 하며 군대에서 주는 쥐꼬리만 한 사병 봉급을 꼬박 모았다. 군대에서 주는 화랑담배도 팔아서 그 돈도 모았다.

군대에서 장사가 쏠쏠히 돈이 남는다는 말을 귀담아 들었던 형신은 제대를 하자 군대에서 모은 돈을 밑천으로 장터에서 빗장사를 시작했다. 그러나 장사를 해서 번 돈으로 겨우 호구를 해결할 수뿐이 없었다.

선창리에서 떼 지어 초등학교를 같이 다녔던 세 살 아래 팽순이와 결혼했다. 결혼은 했으나 한집에 살 형편이 못됐다. 팽순은 남의 집 식모를 하며 호구를 해결했다. 그래도 아들, 병성이 생겨 식모살이를 하는 팽순이 주인집의 눈치를 보며 그 집에서 키웠다. 병성이 초등학교를 들어갈 나이가 될 때까지 그런 생활을 이어갔다.

팽순은 초등학교까지 들어간 다 큰 아들을 더 이상 식모살이를 하는 집에 둘 수 없었다. 부부는 병성을 아들이 없어 고민하는 사촌형 집에 양자로 보내기로 했다.

악착같이 5일장을 따라 전전하며 빗장사를 하며 돈을 모은 형신은 고무신장사로 업종을 바꿨다. 먹고 살 만큼은 돈이 벌려 아들 태성을 찾아오고 싶었지만 이미 양자로 보낸 아들을 찾아올 수는 없었다.

이제 부부가 한집에 살았으나 더 이상 아들이 생기지 않았다. 좀 먹고 살 만해지자 긴장이 풀렸는지 팽순이 시름시름 앓다가 30도 못 넘기고 저세상으로 가버렸다.

악재가 겹친다더니 개울 옆에 있던 사촌형 집이 홍수에 떠내려가서 사촌형과 형수가 물에 빠져 죽은 시신으로 발견되었다. 양아들 병성의 시신은 발견되지 않았으나, 살았는지 죽었는지 알 길이 없었다.

병성이 초등학교 입학했을 때 찍은 가족사진이 병성의 존재를 알려주는 형신에게 남은 유일한 징표다.

혈혈단신이 된 형신은 이를 악물고 돈을 모으기 시작했다. 그때부터 형신의 손은 마이다스의 손이 되어 막 돈이 붙고 불어났다.

나이 30에 형신은 처음으로 노점상을 벗어나서 가게를 얻고 붙박이로 한곳에서 장사를 시작했다. 그는 상호 이름을 그의 이름에서 한 글자 '신', 죽었는지 살았는지 알 수 없는 아들 이름에서 한 글자 '성'을 따서 신성상회라고 했다. 그는 잡화상을 하며 번 돈으로 옆 가게를 사고 건축자재를 팔며 영업 분야를 넓혔다. 혼자 가게를 다 볼 수가 없어 종업원, 김말수를 들였다.

상고를 졸업한 김말수는 초등학교만 나온 주인보다 아는 것이 많았다. 김말수는 머리는 뛰어났으나 집이 가난하여 고등학교 졸업 후에 은행 취직이 가능하다고 알려진 상고에 입학했다. 김말수는 평생 오형신의 사업 동반자가 되었다.

"사장님, 우리 가게에서 세멘 블록을 공장에서 받아다 팔고 있는데 블록 만드는 것은 간단하니 우리가 직접 만들어 팔면 이문이 더 클 텐데요."

김말수가 주인에게 말했다.

오형신은 점원의 말이 그럴 듯하여 땅 100평을 빌리고, 이웃 블록공장에서 기술자를 데려오고 하여 신성블록 공장을 세웠다. 신성블록은 오형신이 세운 최초의 생산 공장이다. 직접 블록을 만들어 파니 공장에서 받아다가 파는 것보다 이문이 더 났다.

2년 후 김말수가 주인에게 건의했다.

"건축자재 중 철물, 파이프 등을 100퍼센트 가공품을 받아다 파는데 공장에서 원자재를 받아다가 우리가 중간 가공을 하여 팔면 이문이 더 남을 겁니다."

상고에서 배운 부기 실력으로 가게 수입 지출을 기장하는 김말수는 신성상회의 현금 흐름을 알고 자금 여력을 알고 있다.

주인은 종업원의 말이 그럴 듯하여 그 말을 따랐다. 교외에 천 평쯤 땅을 사고 철물을 가공하는 공장을 지었다. 공장 이름을 신성제관이라고 했다. 신성제관은 오형신의 두 번째 생산 공장이다.

제철회사에서 원자재를 사다가 가공하여 파니 이문이 훨씬 더 났다.

6.25 전화가 끝나고 건설 붐이 일어 건축자재가 막 팔렸다. 오형신의 은행계좌에 현금이 쌓여갔다.

오형신은 물건을 팔고 공장을 돌리며 공무원이 그의 사업에 큰 영향을 줄 수 있다는 것을 알아채고 공무원과 친교를 쌓아갔다.

오형신은 전북 도청소재지 전주에 신성상회 분점을 냈다. 말이 분점이지 장수 군청소재지에 있는 본점보다 훨씬 규모가 컸다. 오형신은 김말수에게 분점 경영을 맡겼다. 주인의 신임에 보답하며 김말수는 분점을 맡은 지 2년 만에 서울에 분점을 내겠다고 했다.

오형신은 종업원의 건의를 선뜻 받아들였다. 회사가 빚을 내서 사업을 키우는 것이 허물이 아니라는 것을 알게 된 오형신은 서울 분점을 낼 때 은행에서 돈을 빌렸다. 오형신은 사업을 키우려면 은행을 잘 이용해야 하는 것 같아 은행원과 교분도 쌓아갔다.

신성상회 분점이 전국으로 확산됐다. 벽돌과 철물 자재의 수요가 팍팍 늘었다.

오형신은 늘어나는 철강 수요를 맞추기 위해 신성제관 공장을 증설하기로 했다.

"회장님 공장 증설을 건설회사에 맡길 것이 아니라 우리 회사에서 건설회사를 세워 하시면 비용이 훨씬 덜 들 겁니다."

김말수 사장이 오형신 회장에게 건의했다.

"건설회사를 세우자고? 그것이 쉽겠어?"

"회장님이 자금을 대시면 제가 기술자를 모으겠습니다."

바로 신성건설을 세우고 제관공장 증설공사를 했다. 평소에 공무원과 쌓아놓은 친분이 건설공사를 적기에 마무리하는 데 큰 도움이 되었다.

신성제관 증설공사를 한 실적을 앞세워 평소 쌓아놓은 공무원 인맥을 이용하여 신성건설은 군청에서 건설하는 식품보관창고 건설을 수주하고, 도로포장공사, 다리공사를 수주했다.

은행에서 일부 자금을 대여 받아 신성건설은 전주에 300세대 규모의 아파트를 건설했다. 입지가 좋아 100퍼센트 분양됐다. 큰 돈이 남았다.

서울 강남에 부지를 확보하고 500세대 규모의 아파트를 건설했다. 강남붐을 타고 100% 분양되어 더 큰 돈을 벌었다.

신성건설, 신성상회, 신성제관의 본사를 서울로 옮겼다. 오형신은 40년 넘게 살았던 고향을 떠나 서울로 이사를 했다. 김말수가 오 회장님께 재혼을 권했으나 오형신은 고생고생하다 죽은 아내 팽순이와 죽었는지 살았는지 모르는 가난에 쫓겨 버리다시피 했던 아들에 대한 미안함으로 재혼을 차일피일 미뤘다.

그는 30평 아파트에서 혼자 검소하게 가정부의 도움을 받으며 산다.

오형신은 사업을 위해 상류사회의 생활을 배워갔다. 그는 고향 국회의원을 후원하며 친분을 쌓고 그의 소개로 정치권에도 발을 넓혀갔다.

김말수는 야간대학을 다니며 학사, 석사 학위를 받고 틈틈이 시간을 쪼개 대학원을 다녀 박사학위도 받았다. 그는 오형신의 오른팔로 사장급인 신성

그룹 총괄실장을 맡아 그룹 브레인 역할을 한다.

총괄실장 김말수는 신성그룹 회장 오형신에게 새로운 사업계획을 보고했다.

"미래제철이 자금난으로 흔들거리는데 인수하시면…."

김말수는 인수 예상금액과 앞으로 사업 비전을 죽 제시했다.

"제철산업이 미국에서 일본으로 그 중심이 옮겨졌고, 지금 일본에서 한국으로 옮겨 오고 있어요. 그 중심에 포항제철이 있어요. 우리가 인수하면…."

신성제관을 운영한 경험이 있는 오형신은 좋다는 신호를 보냈다.

"몇 년 지나면 제철산업이 우리나라에서 인건비가 싼 중국이나 인도로 넘어갈 가능성이 커요. 그래서 계속 살아남기 위하여 더욱 좋은 철강제품을 생산해야 하며 연구개발이 필수입니다. 제철소 부지에 연구소를 설립하고 해외에서 인재를 유치하겠습니다."

오형신은 앞을 내다보는 김말수를 건너다보며, 갓 상고를 졸업하고 그의 가게 점원으로 들어왔을 때와 비교하여 한없이 커버린 충성스런 부하가 기특했다. 그는 어떻게 저런 복덩이가 나한테 굴러들어 왔을까, 생각하며 고개를 크게 주억거리며 그의 건의를 쾌히 받아들였다.

호주 시드니에서 열린 철광산업 세미나에 참석했다가 주최 측에서 VIP 참석자만 초청한 요트 파티에서 알게 된 중동 왕자의 도움으로 신성건설은 중동고속도로 건설공사를 수주했다. 신성건설은 해외사업의 물꼬를 트고 계속 중동에서 아파트 건설공사를 수주했다. 그 실적을 바탕으로 멕시코 고속도로 공사도 수주했다.

오형신은 양평 별장에서 주말을 보냈다. 독신인 회장님을 위하여 김말수 가족이 동행했다.

정원에서 바비큐 파티를 하고 술이 거나하게 취한 오형신과 김말수는 벤치에 나란히 앉아 한강을 건너다보며 여가를 즐겼다.

"회장님. 우리 그룹 사세가 커져 이제 해외사업도 하는데 그룹의 균형 발전을 위해 금융기관 하나 가지면."

김말수가 후주 깔바도스 잔을 손바닥에 놓고 굴리며 말했다.

"금융기관? 법상 은행 대주주는 못 되잖아?"

오형신이 코냑의 향기를 즐기며 말했다.

"제2금융권 상호금융은 괜찮아요."

"자본금이 얼마나 들까?"

"한 5천 있으면 돼요."

"5천? 큰돈은 아니네, 해볼까?"

"그럼 바로 추진하겠습니다."

오형신이 고개를 끄덕거렸다.

김말수는 바로 신성상호금융을 설립했다. 2년 후 신성증권을, 또 1년 후 신성생명보험을 설립했다.

오형신은 여야 국회의원들에게 선거자금을 대주며 국회의원에 당선시켜 그의 뒷배도 만들어갔다.

오형신은 가전제품 분야의 선두 주자인 삼성과 LG, 자동차 분야의 현대를 따라잡기는 어렵다고 보고 아직 우리나라에 세계적인 제약회사가 없는 점에 착안하고 제약분야에 손을 대고 우선 특허기간이 만료된 복제약품 생산부터 시작하는 신성제약을 설립하고, 바이오연구소를 설립 적극 지원하며 신약개발에 박차를 가했다.

전기를 저장하는 기술이 산업화의 전망으로 좋을 거라고 내다보고 배터리연구소를 설립했다.

오형신은 향후 태양광이나 풍력 등 분산형 전원이 늘면 재생에너지로 생산한 전기의 저장이 큰 문제라고 생각했다. 생산한 전기를 배터리에 저장하여 가정에 LPG 가스를 배달하는 것과 같이 전기를 충전한 배터리를 가정에 배달하여 사용하는 날이 올 것이라고 예측했다.

그는 발전소에서 생산한 전기를 대용량 배터리에 저장하여 공장으로 바로 배달하면 송전선, 변전소 건설할 때마다 지겹게 되풀이되는 민원에 시달릴 것이 없이 전기를 수송하여 사용할 수가 있다고 생각하고 대용량 배터리 연구개발에도 과감하게 투자했다.

대용량 배터리 개발에 성공하면 선박 운항에도 쓸 수가 있다. 선박의 발전실 운전을 위해 다량 싣고 다니는 기름 유출 위험을 없애고 대형 배터리를 충전하여 바로 전기를 쓸 수 있으면 선박 내 공간을 더 유용하게 쓸 수 있고 환경에도 도움이 클 거다.

오형신은 바이오연구소와 배터리연구소를 고향에 세웠다. 미래 산업의 쌀이 될 로봇연구소와 나노연구소, AI연구소도 나란히 세웠다.

그는 어린 시절 도가에 근무하던 아버지가 가져다준 술찌끼를 먹고 비틀거렸던 때를 잊지 않고, 그 바쁜 일정에도 고향 친구들 모임에 꼬박 참석하며 밥값을 내줬다.

그는 그가 번 돈 일부를 사회에 환원하자는 뜻으로 신성문화재단을 설립하고 매년 2천억 원씩을 출연하여 그 기금이 이제 1조원이 넘었다. 오 회장은 두 번째 출연을 하고 펀드 매니저를 문화재단 이사장으로 앉혔다.

이사장은 재단기금을 잘 운영하여 연 10% 이상의 수익을 올렸다. 오 회장은 문화재단 이사장에게 수익의 50%는 장학금으로, 50%는 문화사업에 쓰라는 지침을 주고 세부적인 시행은 이사장에게 일임했다.

오 회장은 그가 창업한 회사의 사장을 영입할 때는 꼼꼼하게 자격조건을 따지지만 한 번 사장으로 영입하면 그 회사 인사 및 경영을 완전히 그에게 맡겼다. 그는 자주 정치권 인사로부터 인사 청탁을 받는다. 그럴 때마다 오 회장은 김말수 총괄실장에게 그 사항을 인계하고 각사 사장과 협의하여 처리하도록 했다.

오 회장은 연구소 소장이 요구하는 연구자금을 대주는 외에 연구 내용에 대해 일체 간섭하지 않았다. 문외한의 간섭은 연구만 방해할 거라는 그의 신념 때문이다.

오 회장은 처음부터 그의 사업 동반자인 김말수를 배려하여 새로운 회사를 설립할 때마다 경영권을 침해 받지 않는 범위에서 일정 지분 주식을 나눠줬다.

문화재단 이사장이 사업계획을 보고했다. 장학사업은 우선 SKY대학을 비롯하여 각 도에서 가장 성적이 뛰어난 대학 한 곳씩을 골라 등록금과 기숙사 비용을 장학금으로 주겠다며, 기금이 더 늘면 수혜 대학을 늘이겠다고 했다. 오 회장은 그에 대해 의견이 있었으나, 그의 의견을 말하지 않고 그렇게 하라고 했다. 이사장은 아직 연 수익이 크지 않아 문화사업은 어렵다고 보고했다.

오 회장은 예를 들어 관현악단을 설립하면 악단원의 인건비는 회사에서 부담할 테니 기금수익은 관현악단 운영비로만 쓰라고 지침을 줬다. 오 회장은 우리나라 스포츠계는 올림픽에서 육상 수영 등 기초체육 분야 금메달이 거의 없는데 어린 영재를 발굴하여 체계적인 훈련을 하라고 지시하며 선수와 코치의 월급도 회사에서 부담하겠다고 했다.

우선 육상과 수영부문 선수육성을 하고 기금이 더 늘면 그때 분야를 더 확대하라고 했다. 이사장은 인건비가 해결되면 여러 분야에서 활발하게 문화사업을 할 수 있다며 의욕을 표시했다.

오 회장의 집무실은 테헤란로에 있는 22층 그룹빌딩 11층에 있다. 창가로 멀리 한강이 내려다보이고 더 멀리 남산이 보인다.

그룹빌딩에는 신성세라믹, 신성블록이 사업영역을 전 세라믹 분야로 넓히며 사명을 바꿨다. 신성건설, 신성제철, 신성저축은행, 신성증권, 신성생명보험, 신성제약, 신성유통 본사가 들어있다. 신성문화재단 사무실도 신성빌딩 안에 있다.

오 회장은 팔짱을 끼고 한강을 내려다보다가 남산을 올려다보다가 하며 가난했던 시절, 사업 확장을 할 때마다 겪었던 어려움, 일찍 세상을 떠난 팽순이, 살았는지 죽었는지 모르는 아들 병성이 떠올랐다.

딴 재벌 총수들은 온갖 편법을 동원해 재산을 2세, 3세에게 물려주는데 나는 재산을 물려줄 자식이 없네.

죽으면 내 재산을 어떻게 한다?

그런 생각이 오 회장을 허전하게 했다.

오 회장은 책상 서랍을 열고 곱게 간직해 놓은 아들이 초등학교 일 년 때 찍은 가족사진을 꺼내서 물끄러미 쳐다봤다. 사진은 퇴색할 대로 퇴색했다.

사진 속의 팽순이는 정말 촌스럽다. 같이 손잡고 선창리에서 초등학교 20리 길을 다닐 때는 예쁘게 보였었는데 지금 보니 정말 촌스럽다. 30도 못 살고 가난 속에 헤매다가 갔다. 아들 병성은 살았을까 죽었을까? 살아있으면 50이 다 되니 이제 길에서 봐도 알아보지 못할 거다. 먹을 것이 없어 입 하나 덜려고 양자를 보냈었는데….

오 회장이 물끄러미 사진을 보고 있을 때 노크소리가 나고 김말수 총괄실장이 회장 집무실에 들어섰다.

"어, 어서 와. 무슨 일?"

오 회장이 의자에서 일어서며 반갑게 50년 동료를 반겼다.

"회장님 토요일 골프 약속 잡았어요. 김 행장이 본부장과 나온대요. 제가 모시고 가겠습니다."

오 회장은 아프리카 케냐에서 수주한 도로건설공사 자금을 수출입은행에서 융자를 받으려고 수출입은행장에게 로비를 위해 골프를 주선하라고 했었다.

"그거 잘 됐네. 아들이 서울지검으로 발령 났다고? 축하해."

김말수의 셋째아들이 사법고시에 합격하고 사법연수원을 졸업하며 성적이 우수하여 서울로 발령을 받게 되었다.

"회장님 보시던 거 가족사진이지요. 저한테 며칠만 빌려주시겠어요."

"이 낡은 사진 뭐하게?"

"아, 제 친구가 경찰에 있는데 요사이 빅 데이터를 이용하여 몇 십 년 전 사진만 있으면 어떻게 얼굴이 바뀌었는지 알아내고 헤어진 가족을 찾는 데 쓸 수 있대요. 아드님 병성이 살아있으면 찾을 수 있을 거요."

"그래? 그게 가능해?"

오 회장은 아들을 찾는다는 기대는 못하고 사진을 김말수에게 넘겼다. 김말수는 그 낡은 사진을 소중히 챙기고 회장 집무실을 나갔다.

2.

김말수가 오 회장의 가족사진을 가지고간 지 8일 후 회장 집무실 문을 노크하고 실내로 들어섰다.

"어서 와. 무슨 일?"

소파에 앉아 신문을 보던 오 회장이 김 총괄실장을 살갑게 맞았다.

"오늘은 기쁜 소식을 가져왔습니다. 아드님을 찾았습니다."

"뭐라, 우리 병성이를 찾았다고? 그럼 당장 데려와야지."

"네, 디엔에이 검사까지 마쳤습니다."

"그래 당장 만나러 가야지. 어디 있어?"

"삼양동 옥탑방에 살고 있습니다."

"내 아들이 옥탑방에 산다고? 불쌍한 놈."

오 회장은 당장 아들을 만나러 가려고 자리에서 일어섰다.

"회장님, 잠깐만. 지금 당장 아들을 만나면 아들이 현실을 받아들이기가 힘들 거요. 그래서 정신적으로 쇼크를 받을 수가 있어요."

"쇼크를 받는다?"

"법화경에 보면 재물이 한량없는 부자가 50년 만에 만난 아들을 환경에 적응시켜가는 과정을 부처님께서 설법하셨어요."

"부처님이 그런 설법을 다 했어? 오십년 만에 만났으면 내 경우와 비슷한데. 그래 어떻게 아들을 얻었나?"

"네. 그 부자는 아들의 마음이 작고 못나 신분이 높은 사람을 어려워하고 가까이 하기 어려운 줄 알고 방편을 써서 처음 마구간 거름 치우는 것부터 시작하여 아들의 마음이 열리고 뜻이 커지는 것을 보고 창고지기를 시키고 마지막에 재산을 물려줬습니다."

"응, 그거 일리 있는 설법이네. 그럼 우리 병성인 무엇부터 시작할까?"

오 회장이 잠시 생각하더니 심각한 표정으로 말했다.

"은행지점에 가면 안내하는 사람이 있는데 그 일부터 시키시지요. 그 일은 힘도 들지 않고 돈 흐름을 볼 수 있습니다."

"그럼 우리 저축은행에 취직시킬까?"

"저축은행에 취직시키면 바로 회장님을 알 수도 있으니 우리 회사 건물 바로 옆 건물 S은행 지점에 취직을 시킬게요. 그럼 회장님이 몰래 가서서 볼 수도 있고."

"그거 좋은 생각인데, 당장 그렇게 해. 우선 밥벌이라도 하게 해야지."

오 회장이 조바심을 내며 말했다.

보름 후, 오 회장이 평소에 쓰지 않던 안경을 쓰고 S은행 테헤란로 지점을 들렀다.

병성이 입구 의자에 앉아 있다가 오 회장이 들어서자 일어서며 번호표 뽑으시지요, 하고 말했다.

오 회장은 몇 십 년 만에 만난 아들이라는 50대의 안내원을 빤히 쳐다보며 어렸을 때 모습을 찾았다. 어렸을 때 모습이 남아있는 것도 같고 아닌 것도 같았다. 오 회장은 안내원이 찬 명찰, 오병성을 보며 가슴이 뭉클하여 바로 달려가서, 내가 니 아버지다, 하고 껴안고 싶었으나 의지로 감정을 꾹 눌렀다.

안내원은 그를 빤히 쳐다보는 할아버지를 의아한 표정으로 쳐다보며 무엇을 잘못했나, 하며 몸을 움츠렸다. 안내원이 주춤하며 어려워하는 모습을 보며 오 회장은 당장 아들의 손을 잡고 니가 병성이냐, 하며 통곡하고 싶었으나 용솟음치는 감정을 참고 내가 ATM 기기를 잘못 쓰는데 도와줄 거요, 하고 말했다. 안내원이 먼저 문을 열고 ATM 기기로 갔다.

오 회장은 현금카드를 주고 현금 한 뭉치를 주며 예금을 해달라고 했다.

안내원은 다음에 혼자 하실 수 있도록 도와드리겠습니다, 하고 친절히 절차를 알려줬다. 입금을 마치고 안내원이 입금이 완료됐습니다, 하며 현금카드를 건네주었다. 현금카드를 건네받은 오 회장은 안내원과 더 할 말이 없어 고맙다고 인사를 하고 아쉽게 은행 문을 나섰다.

3일 후 오 회장은 공과금 고지서를 들고 은행을 찾아 아들 병성의 도움을 받아 ATM 기계로 공과금을 냈다.

다음번에 오 회장이 은행을 찾았을 때 병성은 먼저, 할아버지 무엇을 도와드릴까요, 하고 물었다.

오 회장은 다섯 번째 은행을 찾아가며 일부러 점심시간에 맞춰 갔다.

"오셨어요. 오늘은 무슨 일?"

아들이 아버지에게 물었다.

"돈을 찾으러 왔는데 그건 혼자 할 수 있어요. 점심시간인데 점심은 어디서 들어요?"

아버지가 아들에게 물었다.

"이 빌딩 지하에 식당이 여럿 있어요. 한식도 있고, 중국식도 있고, 패스트푸드 점도 있어요."

"그래요? 나 점심 먹게 안내 좀 해 주실래요?"

병성은 ATM 서비스 도움이 아닌 점심 먹을 식당을 안내하라는 할아버지를 멍청하게 쳐다봤다. 오 회장은 강제로 병성을 끌고 은행 밖으로 나가 엘리베이터 앞에 섰다.

"내가 몇 번 도움을 받았는데 감사의 뜻으로 점심을 살게요."

"네 점심을요? 그거 제 할 일인데요."

병성은 의외라는 반응이었다.

"할아버지가 호의로 밥 한 끼 산다는데 그냥 얻어먹어요."

오 회장이 지하 1층에서 엘리베이터를 내리며 말했다.

병성은 좋다고도 싫다고도 못하면서 어물거렸다. 오 회장이 앞장서서 지하식당가로 걸어갔다.

"오병성 씨는 무슨 음식을 좋아하나?"

오 회장이 명찰을 보고 이름을 안 체하며 말했다.

할아버지가 자기 이름을 부르자 병성은 놀라는 반응을 보였다.

오 회장은 아들을 일식집으로 데리고 들어갔다. 병성은 일식집은 비싼데, 하며 따라 들어오기를 망설였다. 오 회장은 강제로 병성을 식당 안으로 끌고 들어가서 독방으로 들어갔다. 평생 일식집 독방을 가본 적이 없던 병성은 어색해 하며 두리번거렸다. 오 회장은 그런 아들을 보며 마음이 아팠다.

오 회장이 점심 정식을 주문했다.

"저는 이 집은 비싸서 한 번도 들어올 생각을 못했어요."

병성이 항복하는 말투로 말했다.

"그래? 그럼 맛있게 먹어, 맥주 한잔 시켜줄까?"

"저 근무해야 해요."

"그래? 병성 군은 지금 어디 사나?"

"삼양동 살아요."

"여기 출근은 어떻게 해?"

"마을버스 타고 나와서 전철 타고 와요."

"혼자 사나?"

"네, 결혼했었는데 제가 돈을 못 벌어 아내가 도망갔어요."

"여기 오기 전에는 뭐했나?"

"이삿짐센터에서 일하다가 허리를 다쳐 그것도 못하고 무료급식소에서 점심 저녁 해결했어요. 교통비가 없어 전부 걸어다녔어요."

"삼양동에서 어디까지?"

"종로까지 두 시간 걸려요. 파고다공원 옆 급식소에서 점심 먹고, 서울역

지하급식소에서 저녁 먹고 집까지 걸어갔어요. 다행히 옥탑방은 전세로 얻어 쉼터는 안 가도 됐어요."

아들의 사연을 들으며 어릴 때 먹을 것이 없어 굶어 본 경험이 있는 오 회장은 간장이 오그라들었다.

"그래도 용케 은행 안내원 자리를 잡았네."

"네. 점심 먹고 파고다공원에서 바둑 장기 두는 것도 보고하며 시간을 보내고 있을 때 우연히 만난 분이 이 자리를 알선해 줬어요. 고마운 분인데 다시 뵐 수가 없네요."

병성은 정말 음식을 맛있게 먹었다.

오 회장은 당장 니가 내 아들이라고 소리치며 손을 맞잡고 울고 싶었으나 김말수의 말이 떠올라 눈시울이 뜨거워지는 것을 눈을 깜빡이며 눈물을 참았다.

"부모님은?"

"저 시골 출신인데 부모님이 먹을 것이 없어 저를 친척집에 양자로 보냈어요. 그런데 제가 중 3때 여름 홍수가 나서 천변에 있던 친척집이 다 떠내려가고 양부모도 다 떠내려가서 돌아가셨어요. 구사일생으로 살아난 저는 고향에 가서 부모님을 찾았으나, 어머니는 식모 하던 집에서 다른 집으로 옮기셨는데 어딘지 모른다고 하고, 아버지는 장 따라다니며 장사를 하셨는데 만날 길이 없어 다시 양부모가 살던 동네로 가서 머슴살이를 했어요. 머슴살이하며 돈이 좀 모여 대처로 가서 장사라도 해야겠다고 서울로 올라왔다가 서울역에서 사기꾼에게 가진 돈 다 털리고, 지게꾼으로 서울역에 짐을 날라다 주고 품삯으로 먹는 것은 해결했었는데, 잘 데가 없어 역에서도 자고 공원에서도 자고 하며 살다가 이삿짐센터에서 일을 하게 되어 사는 것이 좀 안정되어 장가도 갔는데 그만 허리를 다쳐 돈을 못 벌게 되자 아내는 도망가고 그렇게 살았어요."

몇 번 안면 밖에 없는 할아버지에게 자신의 고생을 털어놓으며 병성은 감정이 폭발하여 울먹거렸다.

"그만 하고 밥 먹지, 이제 좋은 일만 있을 거야."

오 회장도 폭발하려는 감정을 억제하며 잔잔한 말투로 말했다.

"파고다공원에서 은인이 나타났다고 했지? 이렇게 만난 것도 인연인데 내가 또 다른 은인 한 번 되어 줄까?"

오 회장은 손을 뻗어 아들의 손을 잡고 흔들며 말했다.

병성은 우연히 만난 할아버지가 무슨 말을 하는지 못 알아듣는 표정이었다.

병성과 점심을 먹고 집무실로 돌아온 오 회장은 평생 고생한 아들을 당장 찾아와서 편안한 생활을 시키고 싶었다. 그는 김말수를 불러 아들이 고생했던 이야기를 들려주며 당장 찾아오면 어떻겠냐고 물었다.

"회장님 심정은 이해합니다. 이왕 참으신 김에 조금만 더 참으시지요. 제가 알아보니 곧 신입행원 채용이 있대요. 행원으로 생활을 시키고, 그리고 그 경력을 바탕으로 제 밑으로 데리고 와서 경영수업을 시키겠습니다. 그때 기회 봐서 아들이라고 밝히면 어떻겠습니까?"

"그게 몇 년 후요? 내 나이 80이라 언제 갈지 모르는데."

"회장님, 건강하시어 백수하실 겁니다."

"중학교도 졸업 못한 병성을 어떻게 은행 행원으로 넣나?"

"학벌은 안 봅니다. 제가 은행장에게 부탁하여 행원으로 넣겠습니다. 이왕 참으신 김에 조금만 더 참으시지요."

김말수가 공손히 말했다.

오 회장은 어쩔 수 없이 김말수의 말을 들었다.

3개월 후, 오 회장은 2주 동안 아들을 볼 수가 없었다. 그리고 아들의 자리가 바뀌었다. 안내원 자리에서 정식 행원이 앉는 창구 자리로 옮겨 앉았다. 오 회장은 병성이 정식직원이 된 것을 축하한다며 호텔 식당에서 저녁을 사줬다. 평생 한 번도 호텔에서 식사를 해본 적이 없던 병성은 식사를 하면서 매너가 서툴고 퍽 어색해 했다.

오 회장의 강요로 마시게 된 칵테일의 시큼 달콤한 맛에 눈을 크게 뜨며 놀라는 표정을 지었다. 손에 가득 잡히는 고급 유리잔에 담긴 포도주를 마시며 포도주의 텁텁한 맛에 병성은 왜 비싼 돈을 주고 막걸리보다 맛이 못한 이런 술을 마시지요, 하고 물었다. 포크와 나이프를 제대로 잡을 줄을 몰라 스테이크를 썰며 쩔쩔매는 아들을 보며 오 회장은 가슴이 미어졌다.

병성은 은행에 취직을 하고 삼양동에서 오 회장 단독주택이 있는 신당동에 소재한 은행 독신료로 주거를 옮겼다. 독신료는 오 회장 집에서 도보로 20분 거리다.

오 회장은 아들이 앉은 창구로 가서 적금도 들고 송금도 하며 아들을 만났다. 병성은 적금을 드는 할아버지의 이름이 오형신인 것을 보며 흠칫 놀라다가 그럴 리 없다는 듯 고개를 저으며 일을 처리해 줬다.

은행 취직 축하 턱으로 거창하게 저녁을 얻어먹은 병성은 지하 한식당에서 설렁탕을 사며, 할아버지 존함이 저의 아버지와 같아 놀랐었다며 아버지가 살아계시면 할아버지 나이시라고 했다. 병성은 내가 니 아버지다, 하고 나오는 절규를 겨우 삼켰다.

"할아버지 또 적금 드시게. 이렇게 저한테 적금 들어주시면 제 실적 올라 좋긴 한데 은행 브이아피 고객 되실 수 있는데."

병성이 서류를 넘기며 동그라미 칠해 놓은 데만 기재하시라고 하며 말했다.

"여기가 편하고 더 좋아. 다른 창구 직원은 젊은데 자네만 나이 들어 힘들 거 같아, 자네한테 적금을 들어주는 거야. 그래서 내가 내 친구 몇 사람 자네와 거래하라고 부탁했지."

"그러셨어요? 그래서 할아버지 또래 고객 몇 분이 생겼구나. 감사합니다. 그런 뜻에서 제가 저녁 한 번 모실까요?"

"좋지? 오늘은 안 되겠고 금요일에 저녁 사 줄 거야?"

"금요일 저녁이요. 좋아요. 6시 반 은행 ATM 창구에서 뵈어요."

금요일 오후 6시 반, 오 회장은 은행 ATM 부스로 갔다. 아들이 기다리고 있었다.

"어디로 갈까? 주말인데 교외로 나갈까?"

"교외요? 저 차 없는데."

"내 차로 가고 밥값은 자네가 내."

"할아버지 차로요?"

"밖에 기다리고 있어. 가지."

오 회장이 ATM 부스를 나서자 운전기사가 달려오며 ATM 부스 앞에 세워놨던 검정색 승용차의 뒷문을 열고 문 앞에 부동자세로 섰다. 병성은 기사까지 둔 고급승용차를 타는 할아버지의 정체가 궁금하여 눈을 크게 떴다. 오 회장이 병성을 차에 밀어 넣었다.

운전기사가 시동을 걸며, 회장님 어디로 모실까요, 하고 말했다.

오 회장이, 양평 그 매운탕 집으로 가, 하자 기사가 예, 하고 바로 차를 출발시켰다.

오 회장은 아들과 나란히 차를 타고 올림픽대로를 달리며 감개가 무량했다.

"88올림픽 때였으니 이런 도로를 만들었지, 지금 같으면 환경단체가 악악거려 어려웠을 거야."

오 회장이 한강을 내다보며 말했다.

"요새는 뭐를 해도 결사반대해요. 실제 죽지도 않으면서."

"은행 일은 할 만해?"

"별 어려운 것은 없는데 예금을 유치해야 하는데 저는 아는 사람도 없고, 인맥도 없고 하여 어려워요. 정말 운이 좋아 은행에 들어오기는 했지만."

"그래? 내가 친구한테 부탁하여 한 100억 유치해 줄까?"

"100억씩이나요?"

"100억이 적어?"

"아니요. 넘 많아서요."

"그럼 다음 월요일 친구한테 한 100억 넣으라고 할게. 그 대신 저녁은 좀 비싼 거 사야겠는데."

"그렇게요. 매운탕집이면 메기매운탕 비싸지 않은데."

"쏘가리매운탕 사야지. 독신료는 지낼 만해?"

"네. 그런데 주말 되면 다 집에 가는데 저는 갈 집이 없어 항상 독신료에서만 지내려니 좀 그래요."

"그럼, 우리 집에 놀러 와."

"회장님 집에요?"

병성이 오 회장의 호칭을 할아버지에서 회장님으로 바꾸었다.

"그래. 우리 집이 독신료에서 가까워. 오늘 집에 가면서 알려주지."

"어떻게 제가 사는 독신료가 어디 있는지까지 다 아세요?"

"우연히 알게 됐어. 내 친구 아들이 그곳에 있었거든."

부자는 저녁을 먹으며 많은 이야기를 나눴다. 100억 원 예금을 유치하게 된 병성은 약간 들떠서 이야기를 많이 했다.

저녁을 마치고 집에 돌아오며 오 회장은 병성을 그의 집 대문 앞까지 차를 태우고 와서 집을 알려주고, 기사에게 독신료까지 태워다 주라고 했다. 차를 타고 가며 병성은 기사에게 회장님 뭐하시는 분이냐고 물었다. 기사는 오 회장의 지시대로 돈 많은 할아버지라고만 말했다.

월요일 은행이 영업을 시작하고 한 시간쯤 지나, 신사복을 쪽 빼입은 할아버지가 은행에 들어서며 안내원에게 오병성 씨가 어느 분이냐고 물었다. 안내원이 맨 끝에 앉은 분이라고 알려주자 할아버지는 오병성에게 다가가서 지난 주말 저녁을 하며 오 회장님이 100억 원 예금해 준다고 했지요, 하고 물었다. 그렇다고 대답하자, 그럼 예금 수속을 하라고 했다. 병성이 놀라며 지점장님께 인사를 하시지요, 하며 할아버지를 지점장실로 모시고 갔다.

"이 분이 100억을 예금하신다고 하여 모시고 왔습니다."

지점장이 100억을, 하며 자리에서 일어서서 할아버지에게 90도로 허리를 굽히며 큰절을 했다.

"제 친구 분이 오병성 씨가 유치한 걸로 100억 원만 예금해 달라고 해서 왔습니다."

지점장은 오병성이 누구의 배경으로 행원이 되어 그의 지점으로 발령받았는지 모르지만, 중퇴 학력에 나이는 자기와 비슷한 오병성을 창구에 배치하면서도 별로 마음에 차지 않았었다. 그런데 덜컥 100억 원이나 예금을 유치했다.

"여기 앉아 계시면 서류 정리되면 비밀번호만 누르시면 됩니다."

지점장이 차를 내오라고 호들갑을 떨며 말했다.

할아버지는 정기예금이 실적 올리는데 좋겠지요, 하며 1년 정기예금으로 해 주세요, 하고 주민등록증과 도장과 10억 원짜리 수표 열 장을 지점장에게 건넸다.

예금 수속을 마치고 할아버지는 지점장실을 나가며 지점장에게 오병성 씨에게 잘 해 주라고 부탁하며 예금을 더 해줄 수 있다는 암시를 줬다.

3일 후 오 회장이 미국에 송금을 하러 왔다.

"회장님, 100억 예금해 주셔서 감사합니다."

병성이 자리에서 일어서서 큰절을 하며 인사를 했다.

"내가 예금한 게 아닌데."

"제가 식사를 모시고 싶은데요."

"식사 좋지. 그럼 이번 토요일 저녁 어때?"

"토요일 저녁이요? 어디로 모실까요?"

"내가 차를 독신료로 보낼게. 5시 반 어때?"

"좋습니다. 기다리겠습니다."

병성이 공손하게 대답했다.

토요일 오후 5시 반 병성이 독신료 정문 입구에서 기다리자 일전에 양평 매운탕 집에 갔을 때 탔던 승용차가 스르르 다가와서 그 앞에 멈춰 섰다. 운전기사가 차 문을 열어줬다. 차에는 오 회장이 타고 있지 않았다.

승용차는 오 회장 집 쪽으로 갔다. 병성은 오 회장 집에 가서 오 회장을 태우고 어디로 갈 모양이라고 생각했다.

승용차가 저택 주차장으로 미끄러져 들어갔다. 운전기사가 날쌔게 차에서 내려 차문을 열어주며, 회장님께서 정원에서 기다리신다고 했다. 병성은 무슨 말인지 알아듣지 못하고 운전기사가 가리키는 문으로 나갔다. 아담한 크기의 정원이 나타나고 정원에 몇 사람이 서성거렸다. 병성은 그 사람들 가운데 오 회장을 발견하고 달려가서 인사를 했다.

"어 왔어. 오늘 바비큐 파티를 할 건데, 괜찮지?"

병성이 네, 라는 대답도 못하고 어리둥절 오 회장과 담소를 나누는 할아버지를 보니 월요일에 100억 원을 예금해 준 분이라 허리를 굽히고 인사를 했다. 예금을 했던 할아버지는 그 옆에 서있는 할머니를 가리키며 집사람이야, 하고 소개를 했다. 병성은 꾸벅 인사를 했다. 오 회장의 부인은 보이지 않았다.

50대 여인이 숯불이 이글거리는 바비큐 용 화덕에 고기를 올려놓았다.

"술은 양주, 포도주, 맥주를 준비해 놨으니 골라서 마셔. 안주로 소고기, 양고기, 소시지, 새우를 구울 거니 맘껏 먹고 마시며 주말을 즐기길. 내 차로 독신료까지 태워다 줄게."

오 회장이 허허거리며 호쾌하게 말했다.

병성은 주눅이 들어 어깨가 오그라들었다.

적당히 구운 소고기가 입안에서 살살 녹았다. 운전기사가 만들어 준 칵테일로 건배를 하고 음식을 먹고 술을 마셨다. 세 노인이 편하게 대해줘서 병성은 마음이 누그러졌다. 알코올이 위장을 휘두르며 긴장을 풀어지게 했다.

난생 처음으로 바비큐 파티에 참석한 병성은 처음에는 어색하고 불편했으나 알코올이 그런 기분을 싹 씻어줬다. 세 노인이 권하는 술을 덥석덥석 받아 마신 병성은 술에 취해 갔다.

병성의 취해 가는 머리가 왜 저 노인들이 그를 이렇게 융숭하게 대접하는지 몰라 살짝 겁도 났다.

두 시간 넘게 술과 음식을 즐기고, 소면으로 저녁을 하고 후식으로 과일과 커피까지 마시고, 병성은 불편한 파티 자리에서 풀려났다.

다음날 아침 병성은 8시가 넘어 잠에서 깨어났다. 지난 저녁 파티에서 술을 많이 마셨는지 위장이 더부룩하고 머리가 아팠다. 병성은 우선 찬물 한 컵을 마시며 위장을 달랬다.

일요일 특별히 할 일이 없는 병성은 남산에 올랐다. 팔각정에서 기둥을 잡고 서울역 쪽을 내려다보며 머슴을 하다가 서울로 올라와서 사기꾼에게 가진 돈을 다 빼앗기고 지게 짐을 지며 생활하던 때가 떠올랐다. 행원이 되기 전까지 고생했던 시절이 떠올랐다.

병성은 그의 아버지와 이름이 같고 연세도 비슷한 오 회장이 왜 그에게 그렇게 잘해 주는지 이해가 되지 않았다.

네이버의 인물란에서 찾아본 오 회장의 고향은 그와 같은 장수였다. 오 회장의 고향을 컴퓨터 화면에서 보며 병성은 찡, 하고 전기가 왔었다.

오 회장이 아버지일 리는 없다. 5일장을 전전하며 장돌뱅이를 하던 아버지가 어떻게 대그룹 총수가 되나? 그런데 고향도 같고 이름도 같고 나이도 비슷하고 우연치고는 정말 대단한 우연이다.

파고다공원에서 우연히 만난 사람이 은행 안내원으로 취직시켜 주고, 몇 번 ATM 기계 쓰는 것을 도와준 인연으로 100억 원 예금 유치해 주고, 집에까지 초대한다! 그가 근무하는 은행 지점 옆 빌딩을 통째로 소유한 오 회장이 비서를 시키면 될 텐데 왜 직접 은행을 찾을까? 병성은 미스터리를 풀 수가 없었다.

3.

오 회장은 나이 80이 넘으면서 사업을 확장하기보다는 기존 사업체의 내실을 기하는 쪽으로 경영방침을 정했다. 기업 이익의 사회 환원에 신경을 썼다. 큰 병원이 없는 노원구와 의정부 일대 의료봉사를 위해 수락산 밑에 신성병원을 지었다. 삼성이나 현대가 강남에 세운 삼성, 아산병원과 비슷한 규모의 대형병원을 지었다.

신성문화재단은 기금이 2조원이 넘어 이제 활발하게 문화 활동을 할 수 있게 되었다. 음악분야, 관현악단과 합창단, 국악연주단은 단원의 월급을 신성 직원과 동일하게 지급하며 예술가들이 생활에 쫓기지 않게 했다.

국내외 공연비용은 재단에서 부담했다. 대우가 좋은 신성음악단원이 되려고 하여 우수한 연주자가 모였다. 세계적인 연주단이 되었다. 육상팀, 수영팀 선수들도 신성 직원이 된다. 회사와 재단의 지원으로 운동에만 전념할 수가 있다. 꿈나무들은 신성 체육팀에 들어가는 것을 꿈으로 여겼다. 한국기록이 작성되고 세계기록에 도전하며, 국제대회에서 입상도 한다.

K대학과 자매결연을 맺고 연구자금을 지원한다.

오 회장은 초등학교 동창들과 수락산 둘레길을 걸었다. 오 회장은 70년 이상 알고 지낸 불알친구들과 산책할 때는 정말 마음이 편하다. 서로 부탁할 것도 없고, 서로 눈치 보며 체면 차릴 것도 없다. 나오는 대로 떠들고 서로 윽박질러도 감정을 상하지 않는다.

한두 시간 쯤 산책하고 둘레길 하산길에 있는 식당에 들러 막걸리 한잔하고 웃고 떠들며 간단히 식사를 하고 헤어진다. 얼마 안 되는 밥값은 돈을 많이 번 오 회장이 낸다.

둘레길 반환점을 막 돌며 늙은 친구들의 와이담에 박장대소하던 오 회장은 갑자기 가슴이 뻐근해지더니 쥐어짜듯 아파 픽 주저앉았다. 식은땀이 막 흘렀다. 119에 SOS를 쳤다.

오 회장은 신성병원 응급실로 이송됐다. 병원 설립자가 응급실에 실려 오자 응급실은 잠시 수런거렸다. 연락을 받은 원장이 달려오고, 심장전문의가 달려와서 응급수술을 했다. 수술이 끝날 무렵 연락을 받고 김말수 총괄실장도 달려왔다.

수술을 마친 2시간 만에 오 회장은 마취에서 깨어났다. 오 회장은 병원 VIP실로 옮겨졌다. 손등에 꽂은 주사 바늘을 통해 여러 약품이 뒤섞인 수액이 혈관으로 들어갔다.

"회장님 어쩌시다가? 수술은 잘 됐대요. 스턴트 시술은 요사이 맹장 수술과 같대요."

김말수가 병상에 누운 60년 사업 동료 상사에게 다정하게 말했다.

"나이가 드니 심장이 좀 쉬고 싶었던 게지. 응급실에 혼자 누워서 생각하니 이러다 잠시 때 놓치면 가는구나, 하는 생각이 들더라고. 저 김 실장과 할 이야기가 있는데 잠시 자리 좀."

오 회장의 말에 침대에 빙 둘러 서있던 원장, 전문의, 두어 발자국 뒤에 서있던 간호사들이 병실에서 나갔다.

"내가 이렇게 병실에 누워서 생각하니 이렇게 죽으면 자식 놈한테 애비 소리 한 번 못 들어 보고 갈 것 같아. 이제 한 1년쯤 뜸 들였으니 그만 병성이한테 애비라고 밝히면 안 되겠나?"

오 회장이 형제와 같은 김 실장에게 호소했다.

좀 더 시간을 보내고 병성이 상류사회 생활에 익숙해지면 아버지라고 밝히자고 충언했던 김말수도 더 이상 늦추자고 할 수가 없었다.

"알았어요. 병실로 데려오겠습니다."

김 실장이 단정적으로 말하고 병실을 나섰다.

김 실장은 승용차 기사에게 병성이 기거하는 독신료로 가라고 지시했다.

저녁을 먹고 휴게실에서 독신료에 기거하는 은행 동료들과 티브이를 보며 한가한 시간을 보내던 병성은 100억 원을 선뜻 예금해 준 할아버지가 그를 면회 오자 긴장하며 할아버지에게 인사했다. 두 사람은 독신료 뜰 연못 옆 벤치에 나란히 앉았다.

"어떤 일로 이 저녁에?"

병성이 김 실장을 빤히 쳐다보며 겁먹은 목소리로 말했다.

"고향이 장수라고 했지요?"

"네. 장수에서 나서 초등학교 일학년까지 다니고 임실에서 자랐어요."

"나도 장수 출신이야. 아버님 성함은?"

"오 형자 신자입니다."

"우리 회장님과 함자가 같네. 회장님 고향도 장수신데."

"제가 네이버에서 찾아보고 알았어요. 아버님과 함자도 같고 나이도 비슷하여 참 묘한 우연이라고 생각했어요. 저희 아버님은 행상을 하셨거든요. 지금쯤은 가난하게 사시다 돌아가셨을 거예요."

병성의 목소리가 울먹이는 것 같았다.

"자네 아버지는 살아계시네."

"네? 어디에요?"

"지금 병원에 입원하셨어. 나랑 같이 가서 뵈올 거야?"

"병원에요? 어디가 아프세요? 어느 병원?"

"그럼 옷 입고 나와 내 차 타고 병원 가면서 이야기해 줄게."

병성은 혼란스런 표정으로 옷을 입으러 독신료 현관으로 달려갔다.

4.

병원 응급실로 실려 가서 심장수술을 받은 오 회장은 자신도 곧 죽을 수도 있다는 절박감에 아들 병성의 후계자 인계작업을 서둘렀다.

김말수가 병성의 후계자 수업을 총괄 지휘했다.

오병성은 바로 신성그룹 총괄실 부장으로 발령을 받았다. 은행 독신료에서 아버지 저택으로 주거를 옮겼다.

우선 병성을 오 회장의 아들로 호적을 회복하는 소송을 시작했다.

세무사, 회계사, 변호사로 구성된 태스크 포스팀은 어떻게 증여세를 안물고, 아니 덜 물고 오 회장의 주식을 합법적으로 아들에게 인계할 수 있나 검토에 들어갔다. 아버지 재산을 그냥 아들에게 증여해 주면 아버지 재산의 60%를 증여세로 물어야한다. 그럼 국가가 신성그룹의 대주주가 된다. 경영권을 방어할 수가 없다.

최하층 생활을 해온 병성에게 상류사회 생활 패턴도 가르쳐야 한다. 식사, 응대, 취미생활 등 모든 분야를 돈을 들여 속성으로 병성을 인텔리로 만들어야 한다.

사업을 하려면 인맥은 매우 중요한 자신이다. 오 회장은 기회를 만들어 그의 인맥을 아들에게 인계해 갔다. 총괄실장 김말수같이 충성스럽고 수완 있는 아들을 보좌할 인재를 물색했다.

병성은 하늘같이 높게 보았던 국회의원, 고급관리, 은행 간부, 사회 저명 인사들을 만나며 주눅이 들어 말이 잘 나오지 않았다. 상류사회 사교를 위해 골프는 필수라며 프로 선수를 사범으로 모시고 골프도 배웠다. 로비의 꽃인 요정 파티 뒤풀이로 노래를 잘 불러야 하며, 춤도 어느 정도 추어야 한다고 춤과 노래까지 연습시켰다.

중졸인, 병성은 은행 안내원을 하면서 고입 검정고시 준비를 하여 시험에 합격하여 중졸 자격은 땄다. 오 회장은 학사학위라도 따게 하기 위하여 아들에게 대입검정고시 시험 준비를 시켰다.

재벌 아버지를 찾고 갑자기 생활 여건이 바뀐 병성은 눈코 뜰 사이 없이 바쁜 나날을 보내며 자기에게 찾아온 행운에 감사했던 것은 잠시, 잘 먹고 잘 입고 편한 잠자리에서 자는 것이 삼양동 옥탑방에서 살 때보다 더 행복하다고 느낄 시간도 없었다. 가끔 그냥 은행원으로 독신료에 사는 것이 더 편했다는 생각이 들었다.

거의 평생을 독신으로 살아온 오 회장은 아들의 결혼을 서둘렀다.

재벌 총수 독자의 신부감 후보가 줄을 섰다. 대부분 병성보다 20년 이상

연하로 학벌과 집안이 화려했다. 평생 살아온 환경이 빈천했던 병성은 그렇게 윤기가 나는 젊은 여자를 감당할 자신이 없었다. 그렇다고 결혼을 안 하겠다고 할 수도 없어 그 화려한 여자 중 한 여자를 아내로 골라야 하는 병성은 머리가 아팠다. 병성은 그의 자리를 내놓고 도망가고 싶었다.

아버지는 해외여행을 한 번도 해 본 적이 없는 병성에게 미국도 구경시키고, 유럽 여러 나라도 구경시켰다. 당연히 국제 언어인 영어도 공부시켰다. 배우고 익히고 경험할 것이 너무 많았다. 초고속으로 초일류 인간이 되어야 하는 병성은 하루 24시간은 너무나 짧았다.

병성은 아침 6시 반 눈을 떴다. 침대에서 빠져나와 세수를 하고 눈을 부비며 거실로 나가자 그를 기다리던 운전기사가 아침 인사를 하고 그를 인도어 골프장으로 싣고 갔다. 병성은 인도어 골프장에서 프로의 지도를 받으며 골프 연습을 한다.

병성은 지난 주 머리를 얹었다. 병성은 프로 사범이 머리를 얹으러 가자고 하여, 무슨 말인지도 모르고 따라갔다. 그가 아는 범위에서 머리를 얹는다는 말은 기방에 막 들어온 처녀 기생을 돈 많은 사람이 처음 여자로 만들어 주는 행사라는 정도다.

그런데 골프에서는 인도어에서 연습을 하고 필드에 나가 처음 실전 골프를 치는 것을 말했다.

"이번 주말 토 일요일 이틀 동안 필드에 나갈 겁니다. 다다음주 사창립 임원 골프대회에 나가시려면 더 칼을 갈아야 합니다."

그를 지도하는 프로가 아부가 섞인 사근근한 목소리로 말했다.

오 회장은 법적으로 친자 확인을 마치고 이번 사창립기념 골프대회장에서 그룹 임원들 앞에서 병성을 아들, 후계자라고 밝힐 계획이다.

골프 연습을 마치고 집에 돌아온 병성은 샤워를 하고 아버지와 한상에서 아침을 먹고 아버지의 승용차를 아버지와 같이 타고 회사에 출근했다.

회사에 출근하면 병성은 김말수 총괄실장 방으로 가서 오전 9시에 회장에게 보고할 일일보고서를 총괄실장에게 보고하는 자리에 배석한다. 그 보고를 들으면 그룹이 어떻게 돌아가는지 알 수가 있다.

그는 오전 11시까지 실무를 배운다. 11시가 되면 외국인 영어 강사가 와서 50분 영어 회화를 가르쳐준다.

점심은 아버지나 총괄실장을 수행하여 정계의 거물이나, 재벌 총수들과 하는 오찬에 참석한다. 최고급 술을 마시고 최고급 음식을 들지만 병성은 그 자리가 껄끄럽다. 그들이 나누는 대화가 낯설고 허황하다.

2시 반쯤 회사에 돌아오면 경영학 박사가 그를 기다리다가 실사례를 중심으로 경영학을 강의한다. 이어서 그의 대입검정고시 준비를 도울 가정교사가 들이닥친다.

저녁은 아버지나 실장에게 이끌려 호텔이나 요정, 일류 식당에서 여는 만찬에 참석한다. 10시쯤 집에 돌아오면 그는 파김치가 되어 잠자리에 든다. 병성은 그런 생활을 이어가며 80이 되신 아버지의 지치지 않는 건강에 감탄한다.

오늘 점심은 K재벌 총수 둘째딸과 선을 보는 자리다. 인터콘티넨탈 호텔 21층 식당에 예약이 되어 있다. 규수는 미국 동부 명문대학에서 박사학위를 하고 대학 강사를 하고 있단다. 병성과는 살아온 세상이 너무 다른 여자다. 병성은 오늘도 초일류 여자와 만나 꼭두각시 노릇을 하기 싫었으나, 그가 부의 세계에 휩쓸려 들어온 응보라 피할 수가 없다.

선을 보고 난 병성은 회사로 들어가지 않고 남산으로 차를 몰라고 했다. 병성은 난생 처음 케이블카를 타고 남산 정상에 올랐다. 걸어서 오를 때보다 시간도 절약되고 힘도 들지 않고 기분도 좋았다. 그는 돈의 위력을 실감하며 팔각정에 서서 시내를 내려다보며 재벌 규수가 떠들어대던 세상을 상상하며 이질감이 느껴져 우울했다.

그녀는 자신의 유학생활을 자랑했었다. 중학도 졸업 못한 병성은 전혀 공감할 수 없는 세계다. 병성은 오후에 밥벌이를 하러 와서 그를 기다릴 경영학 박사와 과외 선생에게 오후 딴 약속이 있으니 쉬시라고 운전기사를 시켜 연락하라고 했다.

병성은 서울역에서 지게를 지고 출찰구를 나오는 보따리를 든 손님의 눈치를 보던 때가 떠올랐다. 손님이 그를 불렀을 때 반짝 살맛이 났던 순간이 떠올랐다. 지금 그의 편한 삶에서는 그런 기쁨을 느낄 수가 없다.

자신이 새 생활에 적응할 수 있을까? 선을 본 규수들은 하나같이 오늘 선을 본 규수같이 자기 세계에 갇힌 새장의 애완조다. 그런 다른 세상에 살던 여자와 살며 스트레스를 받아야 해?

지금 자리를 지키려면 그런 고행은 견뎌야 한다.

가늘게 먹고 느슨하게 사는 것과 굵게 먹고 꽉 짜인 인생을 사는 것 중 어느 것이 더 행복할까?

그때는 내가 살고 싶은 대로 살 수 있었는데…, 이젠 가면을 자꾸 만들어 바꿔 쓰며 살아가야 한다. 50년을 살아온 세상과 다른 세상을 살아야 한다.

이대로 도망쳐서 옛 생활로 돌아가 버릴까? 그럼 아버지는? 지난 세월도 나 없이 혼자 잘 사셨는데….

병성은 앞으로 어떻게 살아갈지 생각이 많았다.

산다는 것

테크노토피아

1.

병철은 털목도리를 두르며 아내에게, 나 장례식장 간다. 저녁은 거기서 먹고 올게, 하고 말했다.

아내가 당신 나이가 몇인데 아직도 상가에 다녀, 하고 핀잔을 줬다.

병철은 태호 어머니가 돌아가셨는데 안 가볼 수 있어, 하고 볼멘소리를 했다.

아내는, 태호 씨 어머니가 돌아가셨어? 연세가 어떻게 돼, 백세는 되시겠다, 하며 나도 가야 하는 거 아냐, 하고 놀라는 목소리로 말했다.

태호는 병철의 불알친구다. 부인들끼리도 서로 잘 안다.

병철은, 날씨도 추운데 나만 다녀올게, 말했다.

아내는, 알았어, 그럼 당신만 다녀와, 했다.

병철은 추위를 대비하여 완전 무장을 하고 현관을 나서 엘리베이터를 타고 지상으로 내려왔다. 엘리베이터를 나서자 추위가 전신을 사정없이 막

때렸다.

병철은 승용차를 운전하고 갈까 하다가, 상가에 가면 동창 놈들이 몇 올 거고 소주라도 한 잔해야 하는데 음주 운전은 그렇고, 장례식장에서 대리 운전을 부르는 것은 모양새가 그렇지, 하며, 전철을 내려 한 10분 걷고 한내 천을 잇는 다리를 건너면 바로 병원이니 전철을 타고 가자, 했다.

병철은 추위에 눈물이 핑 돌아 눈물을 훔쳐내며, 나이가 드니 이 정도 추위도 못 견디네, 하며 끌끌 혀를 차며 아파트 상가 쪽으로 빠른 걸음으로 갔다.

상가의 코너에 자리한 제과점 안에 두 패의 아낙들이 커피를 마시며 조잘대는 것이 보였다. 제과점은 커피 전문점보다 저렴하게 커피를 판다.

병철은 저 여편네들은 남편들이 곧 퇴근할 텐데 저녁밥도 안 하나, 하고 속으로 시비하며 지나쳤다.

이어진 가게 유리문에 A4 용지에 '임대' 라고 써 붙였다. 그 가게는 이 아파트 입주 때부터 30년 가까이 사진관이었다. 그 주인은 사진 콘테스트에서 우수상 입상 상장을 사진관에 걸어놓고 사진 솜씨를 자랑했었다. 돌 사진도 찍고 회갑 사진도 찍고 했었는데, 디지털 기술에 밀려 고전하다가 디지털 카메라에게 그의 밥통을 물려주고 폐업했다. 그 사진작가는 아직도 사진을 찍는지 전업했는지 모른다. 가게에 새로 임대 들어오는 사람이 없어 벌써 일 년째 '임대' 간판을 떼지 못하고 있다.

다음 가게는 약국이다. 상가 3층과 4층에 소아과, 치과, 내과 병원이 있다. 그 약국은 그 병원들의 고객을 받는다. 병원에서 끊어주는 처방전에 맞춰 약을 챙겨 준다. 참하게 생긴 일류대학을 나온 여자 약사는 아파트 입주 때부터 그 약국을 운영했다. 남편은 정치를 한다고 했다.

이제 그녀의 얼굴에 세월의 흔적이 쌓였다. 그녀는 처방전에 쓰인 약을 서랍장에서 찾아서 봉투에 넣어주고, 하루 몇 번, 식후 30분 후 먹으라고 봉투에 적고, 컴퓨터가 알려준 약값을 받고 안녕히 가시라고 인사한다. 대학에서 어렵게 배운 약학 지식은 별로 써먹는 것 같지 않다.

다음 점포, 슬로우 커피점에는 항상 손님이 없다. 병철은 슬로우 커피가 뭔지 모르지만, 비싸다는 것은 안다. 값이 비싸서인지 손님이 거의 없다. 커피점 주인은 부유층이 사는 아파트라 값은 좀 비싸지만 고급 커피가 잘 팔릴 것이라고 계산하고 커피점을 열었을 텐데, 짠돌이 주부들이 잘 찾지 않는다. 병철도 그 커피점을 한 번도 이용하지 않았다.

다음 안경점이 이어진다. 20년 더 넘게 가게를 하고 있다. 병철은 돋보기 안경을 그 안경점에서 맞췄다.

다음 가게는 프랜차이즈 빵집. 빵을 팔면서 아주 저렴하게 커피도 판다. 앉을 자리가 없어 테이크아웃만 가능하다. 몇 번째 주인이 바뀌었다. 주인이 바뀔 때마다 인테리어를 새로 한다.

병철은 조위금을 내려고 은행 ATM 부스에서 현금을 뺀다.

병철은 벌써 몇 년째 은행 창구에서 현금을 찾은 적이 없다.

병철은 버튼을 눌러 현금을 빼며 지난 해 은행지점 400개가 문을 닫았고, 은행원 6,000명이 일자리를 잃었다는 신문기사를 떠올린다. 은행에서도 기계에 밀려 직원들이 쫓겨났다.

이 아파트 첫 입주자인 병철은 상가에서 장사를 하며 그렇게 살아가는 가게 주인 대부분을 안다.

훈훈한 전철에서 내려 지상철 플랫폼에 나서자 찬바람이 휙 몰아친다.

병철은 몸을 움츠리며 큰길을 건너 한내천 쪽으로 걸어간다.

칼바람이 옷깃을 파고든다. 으스스 한기가 온다.

한내천 다리에 올라서자 큰 선풍기로 막 불어대는 것같이 차가운 바람이 휘몰아친다.

병철은 추위에 움츠러들어 연속 눈물을 닦아내며, 에이 택시 탈 걸, 택시비 몇 푼 아끼려고 이 무슨 고생이야, 하며 자신에게 투덜댄다.

고인이 98년을 살다가 떠나서인지 상가에는 슬픔도 눈물도 없다. 상주들은 병실거린다. 꼭 짐을 벗고 안도의 웃음을 짓는 것 같아 민망한 생각이 든다.

병철은 불알친구들과 술을 마시며 어렸을 때 태호의 어머니로부터 음식을 얻어먹던 이야기를 하며 우리 동창들도 속속 간다며 허탈해 하며, 인생은 다 그렇게 살다 가는 건데, 하며 인생을 관조한 척했다.

2.

병철은 바쁜 걸음으로 수서역 6번 출구로 나갔다. 고등학교 동창들과 대모산 둘레 길을 돌 거다. 전철을 내리며 시계를 보니 서둘러야 약속시간을 댈 수 있을 것 같아 걸음을 서둘렀다.

동창 세 사람이 입구에서 기다리다가 허겁지겁 계단을 빠져 나오는 병철에게 손을 내밀었다.

병철은, 한 3분 늦었네, 하며 친구들의 손을 잡았다.

대모산 근처에 사는 왕년에 잘 나갔던 고등학교 동창 네놈이 한 달에 한번 둘레 길을 돌고 점심을 먹고 헤어진다.

김선호는 MB가 현대건설 다닐 때 MB와 인연을 맺고 MB의 신임을 얻어, MB가 집권한 시절에는 장관급 자리까지 했다.

모상태는 기자로 신문사에 입사하여 사장까지 했다.

박정석은 은행 전무 출신이다.

세 친구는 늦게 온 병철과 악수를 하고 바로 산을 오르기 시작했다.

봄이 오는 중이다. 날씨가 따뜻해지는 것을 알아채고 진달래가 꽃망울을 내밀었다. 화창한 날씨를 즐기는 등산객의 화사한 등산복 색깔들이 빼꼼히 산길을 따라 출렁인다.

"국장님 산에 가세요?"

젊은이가 병철을 보고 꾸벅 인사를 했다.

병철이 소리 나는 곳을 보니 한 부서에서 사무관으로 근무했던 부하가 등산모를 벗고 인사를 한다.

"응, 오랜만이야, 잘 있었어?"

병철이 손을 내밀며 반갑게 인사를 받았다.

"네, 국장님도 잘 계시지요?"

부하가 손을 꼭 잡고 정을 담아 인사를 했다.

병철은 부하의 태도가 너무나 살갑고 정겨워 한 마디를 보탠다.

"그래, 결혼은 했어?"

"아이 국장님, 지난 연말 제 주례 서주셨잖아요."

순간 병철은 주례를 서준 것을 다 잊어버리다니, 하며 철퇴로 한 방 맞은 것같이 정신이 멍해져서 어물어물 그 자리를 피해 도망쳐서 앞서 가는 친구들을 따라갔다.

세 친구는 신나게 미투(me too)운동을 화제로 입방아를 찌며 걸어갔다.

충남지사 안희정이 당한 것은 좌파들끼리의 세력 다툼이라고 아는 체하며, 고은 시인이 80이 넘은 말년에 무슨 망신이냐며, 좀 일찍 저세상으로 갔으면 그런 수모는 안 당하고 계속 존경받는 문단 원로로 남았을 텐데, 하며 아쉬움을 토로했다.

병철은 주례까지 서준 후배를 알아보지 못한 충격으로, 이거 치매 아냐, 하며 자신을 들볶느라 친구들의 대화에 끼지 못하고 뒤처졌다.

병철은 건망증이 아닌 치매면 요양원에 들어가야 하는데 아직 요양원 가기에는 젊은 나이이다.

요양원은 21세기 고려장하는 곳이라던데, 자식들이 입소 수속만 하고 아예 발걸음을 끊는, 고독이 춤을 추는 곳, 그곳에 들어가야 해, 하며 생각에 생각을 이어갔다.

병철은 그의 치매 소식이 공무원 사회에 쫙 퍼질 텐데 창피해서 어떻게 나다니지? 치매인가 진단해 봐야 해, 하며 생각에 빠져 발걸음이 느려졌다.

50대의 장년 7, 8명이 병철을 추월했다. 장년들도 미투를 안주 삼아 치고 받고 하며 신나게 떠들었다. 대화를 듣다 보니 그들은 대기업 임원들 같았다.

그들은 그룹 총수를 씹기 시작했다. 선대가 계실 때는 국내파가 요직을 차지했었는데, 젊은 3세가 들어오자 해외파로 물갈이를 했다는 불평부터 젊은 총수의 엽색 행위를 돌아가며 떠벌렸다. 여비서, 경리 직원 등 총수가 건드린 여직원을 입에 올리며, 다 돈으로 해결하여 안희정같이 여자가 폭로하는 일이 없는 거라며 시시덕거렸다.

병철은 자식들 그 회사에서 월급을 받아먹고 살며 그렇게 총수를 씹으면 어떻게 해, 하며 이맛살을 찌푸리며 그들의 뒤를 따라갔다.

친구들이 약수터 쉼터 벤치에 앉아 병철을 기다렸다.

"병철이, 왜 그렇게 늦었냐?"

정석이 힐난조로 물었다.

병철은 얼굴을 붉히며 내가 주례선 놈도 못 알아봤는데 그게 치매지, 하고 친구들 사이로 말을 던졌다.

"야 임마, 그거 치매 아니야. 이 정도는 돼야 치매지. 그건 건망증이다."

선호가 웃으며 말했다.

"어느 정도?"

병철이 물었다.

"한 달 전 골프를 치러 갔는데, 나랑 같이 라운딩한 놈이 목욕탕에서 너 오랜만이다, 가까운 시일에 라운딩 한 번 하자고 하더라. 그 정도는 돼야 치매지, 너 정도는 건망증이다. 걱정 마라."

선호가 병철에게 어깨를 툭 치며 위로했다.

"내가 정말 치매가 어떤 건지 알려줄까? 일전에 친구 어머님 문상을 갔는데. 아들놈이 아버지를 모시고 온 거라. 아버지가 사진을 보고 저 여자 누구야, 하고 물어서 질겁했지. 몇 십 년 같이 산 마누라도 못 알아봐야 치매지. 너 정도는 건망증이다. 선호 너는 요새 무사하냐?"

상태가 MB의 측근을 했던 선호에게 물었다.

"무사하다. 검찰이 수색할 걸 대비해서 집에 있는 관련서류는 다 치웠는데, 아직 소식이 없다. 아무 일 없으니 걱정 마라."

선호가 하늘을 보며 말했다.

"선호야, 내가 이해 못하는 거 하나 있다. 대통령이 되면 퇴직 후에 비서도 붙여주고 연금도 쏠쏠히 주는데, 그것만 가지면 평생 편히 먹고 살 수 있는데 왜 현직 때 치부를 하려 하지?"

은행 출신 정석이 진지한 말투로 물었다.

"야 이놈들아. 너희들은 그렇게 쪼잔하게 생각하니, 이 정도로 인생이 끝난다. 크게 욕심이 있어야 더 크게 되는 거다. 돈은 많을수록 좋은 거다."

선호가 큰 소리로 말했다.

"야, 우리같이 소박하게 사는 것이 났지 뭐 욕심내다가 감방 가는 것이 좋냐?"

상태가 선호의 말을 들이받았다.

"어느 놈은 욕심내다 감방 가고 어느 놈은 우리같이 가늘게 먹고 말년에 등산이나 가고 하는 것이 인생인데 뭐 그렇게 심각하게 생각하냐."

정석이 결론을 지었다.

"며칠 전 MB가 검찰 포토라인에 선 것 보고 자칫 문재인 아닌가 착각했다."

상태가 말했다.

"그건 또 무슨 말?"

정석이 물었다.

"4년 후면 문 씨도 끝나는데 지금같이 그렇게 파대면 걸릴 것 안 나오겠냐? 그럼 구속 안 되겠니?"

상태가 말했다.

"나는 사장 되어 전 사장 것 파지 말라고 했다. 내가 퇴임하면 내 후임이 내 똥구멍을 파면 귀찮잖아. 대권을 잡으면 통치를 위해 별수 없이 무리하는 것도 있을 텐데 서로 이해해 줘야지. 그걸 적폐라고 하면, 적폐야 적폐지만, 대통령하고 나면 다 감방 가야 한다."

기자 출신답게 상태가 시니컬하게 말했다.

"니 말이 맞다. 세상사 인과응보인데 내가 70쯤 살다 보니 잘못한 것은 다 이 세상에서 받고 가더라. 베풀고 살아야지 얄팍한 정치적인 목적을 위해 그렇게 적폐 적폐하며 뒤지면 지금 뒤진 놈도 뒤짐을 당할 거고. 푸, 그건 그렇고 이 정부 너무 세상 돌아가는 것을 모르는 것 같다. 우리나라가 참 작은 나라인데 대국으로 생각하는 거 같다."

상태가 한숨을 푹 내쉬며 말했다.

"무슨 말?"

정석이 물었다.

"국제관계는 힘의 논리에 의해 좌지우지 되는데 우리끼리, 하며 힘센 놈을 제쳐놓고 북과 무엇을 하겠다는 발상인지, 어린애 수준이다."

상태가 심각한 표정으로 말했다.

"최근 역사를 보면 아프리카는 기독교를 앞세운 서양 세력들이 현지 사정은 전혀 고려하지 않고 지도에다 자로 죽죽 줄을 그어 이 남쪽은 니가 그 북쪽은 내가 먹자고 했잖아. 막 줄을 그어 한 국가가 되기는 했는데 원수 사이 부족이 한 국가에 속하게 되니 내전이 끝이지 않지. 중동도 마찬가지다. 한 100년 전에 맺은 사이크스 피코협정 웃기는 협정이었지."

"그 협정이 뭐냐? 처음 듣는데."

정석이 물었다.

"1915년 영국과 불란서가 체결한 협정인데 중동을 서로 쪼개 먹는 협정이다. 영국은 이라크와 요르단을 먹고, 불란서는 시리아와 레바논을 먹고, 중동에 침을 삼키던 러시아에게는 터키의 일부를 주기로 한 협정이다. 당사국 국민에게 물어 본 적이 없이 영국 외교관 사이크스가 지도에 죽 선을 그은 거야. 마치 2차 대전 말에 미국 장교가 38선을 죽 그은 것과 같지. 38선을 그을 때 우리나라 누구와 협의한 적 없잖아. 힘없는 우리나라는 그냥 남북으로 분단되고 서로 땅덩어리를 먹겠다고 6.25 전쟁을 일으키고. 지금도 마찬가지지. 세계에서 군사력이 제일 센 미국과 막 떠오르는 중국이 우리 땅을 가지고 어떻게 요리하는 것이 자기 나라에 유리할까 저울질하고 있는 데 지금 정부는 힘도 없으면서 힘 있는 나라들에게 운전자 하겠다며 우리 끼리를 외치니. 일본 아베가 밸이 없어 미국 트럼프한테 그렇게 쩔쩔 매는 시늉을 할까? 1980년대 일본이 막 잘 나갈 때 미국 자존심인 록펠러 센터도 사고, 광을 잡았었는데 미국이 까불어, 하고 군밤을 주자 20년 불황에 빠졌 었잖아. 지금 미국에 아부하며 경제가 살아나서 청년들이 골라서 직장을 가는 호황이 왔잖아. 지금 정부놈들이 좀 세상을 보는 눈이 있었으면 해."

신문사 사장을 했던 상태가 정세를 예리하게 분석했다.

"니 말이 맞다. 세계는 막 미래를 향해 달려가는데 우리나라는 과거에 머물며 적폐 청산이나 외치고 있다."

선호가 후 한숨을 내쉬었다.

"야, 우리같이 퇴직한 힘없는 노털들이 떠들어봐야 변할 건 없고, 세상이나 인생이나 다 그렇게 흘러가는데 이 좋은 날 꽃망울 피는 것 보며 즐겁게 살자."

정석이 말했다.

네 친구는 정석의 말대로, 세상은 인생은 다 그런 거지, 살아간다는 것이 다 그런 거야, 노장은 조용히 사라져야지, 하며 허허 웃었다.

막 움트기 시작한 진달래 꽃망울도 따라서 웃었다.

3.

녹음이 한창이다.

병철은 고등학교 동창 훈평의 문병을 간다.

나이가 드니 친구 부모 또는 친구 본인 장례식장에 가거나 문병을 가는 것이 큰 일 중의 하나가 되었다.

훈평은 허파 일부를 떼어냈단다. 폐암은 아닌데 허파 일부가 궤사하여 떼어냈단다.

병철은 전화로 병명을 들었으나 외국어인 데다가 단어가 길어서 외우지 못한다. 병명이 무엇이든 회복이 되어 중환자실에서 일반 병동으로 옮겼다고 하니 다행이다.

동창 셋이 같이 가기로 했다.

아침 기온이 영상 24도, 미세먼지도 없고 공기가 쾌적하다.

병철은 전철을 타러 공원길을 가로 질러간다. 여기 저기 산책 나온 사람들이 좋은 날씨를 즐기고 있다.

분수대 앞에서 젊은 아버지가 어린 아들 걸음마를 훈련시킨다. 아들이 서너 걸음을 걷고 비틀거리면 아버지가 넘어지기 전에 얼른 손을 잡아준다. 잠시 균형을 잡고 아이는 또 발걸음을 뗀다.

아버지는 흐뭇한 표정으로 아들을 따라가며 어린 아들이 걷는 것이 대견하여 행복한 미소를 짓는다. 그 웃는 모양새가 꼭 바보 같다.

그 바로 뒤에 노인이 간병인의 손을 잡고 비틀거리며 걸음마를 옮긴다. 열 걸음도 못 옮기고 간병인의 팔에 매달려서 호흡을 가다듬는다. 그리고 다시 발걸음을 뗀다.

아이와 노인의 걸음마 연습이 너무 대조적이다. 한쪽은 앞을 향해 걷고, 한쪽을 뒤를 늦추려고 걷는다. 요즘 사람을 무서워하지 않는 비둘기가 걸음마 연습을 하는 두 사람 사이를 종종거리며 걷는다.

훈평은 일류대를 졸업하고, 언론사에 취직하여 정치부 기자로 잘 나가는 축에 들었다.

남편을 도와줄 능력이 있는 부자 부인을 얻었다. 정치부 기자로 사람 보는 눈을 키운 훈평은 장래가 아주 유망한 국회의원, 동향의 박건중의 참모로 들어갔다.

박건중은 민주화운동에 앞장서다가 전두환 군사정권에 찍혀 옥살이를 하고 나와 미국으로 망명했다.

훈평은 언론사에 사표를 던지고 박 의원을 수행하여 미국으로 따라갔다. 5년을 미국에서 박 의원의 수발을 들었다. 훈평의 생활비와 박 의원의 생활비의 일부는 능력 있는 아내가 대줬다.

군사정권이 끝나고 박 의원이 귀국했다. 그는 평화자유당을 만들어 당수가 됐다. 민주투사, 박 의원은 고향에서 신으로 추앙받으며 절대적인 인기를 누렸다. 평화자유당 공천만 받으면 바보라도 그 지역에서 국회의원으로 뽑아줬다.

훈평은 국회의원 공천을 신청했다. 맨입으로 부탁할 수가 없어 유능한 부인이 정치 헌금 5천만 원을 만들어 박 의원에게 전달했다.

훈평은 공천에서 탈락했다.

훈평이 신청한 지역구에 변호사가 공천을 받았다. 10억 원을 정치헌금으로 바쳤다는 설이 돌았다.

훈평은 미국까지 따라가서 머슴 노릇을 한 자신에게 공천을 주지 않은 박 의원을 찾아가서 무언의 시위를 했다.

박 의원은 정치헌금으로 바친 5천만 원을 돌려주며 전국구 30번을 주겠다고 했다. 평화자유당 당세로 전국구 10번 내외가 당선권에 든다.

훈평은 전국구 30번을 제시하는 박 의원의 배신에 치를 떨며 박 의원과 인연을 끊고 무소속으로 출마했으나 낙선했다.

훈평은 처가에 기대어 사업을 하며 살아가며 박 의원의 배신을 못 잊고 한을 품고 반생을 살았다. 그는 한풀이라도 하듯 철저하게 건강관리를 했다.

그런데 허파의 일부가 궤사하여 수술을 받았단다.

전철역 출구에서 만난 동창 셋은 마을버스를 타고 병원으로 갔다.

버스를 타고 가며 친구들은 훈평에게 공천을 주지 않았던 박 의원을 성토했다.

병철은 만원씩을 걷어 병원 매점에서 몸에 좋다는 홍삼 엑기스 두 박스를 사서 들고 병실로 갔다.

친구들은 문병을 가서 의례적으로 하는 말을 건네고, 훈평은 병을 발견한 경위를 장황하게 늘어놨다.

"폐를 떼어내어 살기는 했지만 오래 살기는 어려울 것 같다."

훈평이 힘없는 목소리로 말했다.

"오래? 몇 십 년 더 살고 싶은데?"

입바른 소리를 잘하는 친구가 환자를 치받았다.

"몇 년? 생각 안 해 봤는데."

"10년은 더 살 거니 걱정 말아라. 빨리 쾌유하여 산이나 다니며 한잔 하자."

병철이 말했다.

"고맙다. 허파가 줄어들어 숨이 짧아 산에 갈 수는 없을 것 같다."

훈평이 말했다.

"그럼 공원이라도 돌면 되지. 형렬이가 침대에서 떨어져서 입원했다."

입바른 소리를 잘하는 친구가 훈평에게 막말을 하고 미안하여 남의 불행을 들먹이며 병상의 친구를 위로했다.

"그 녀석 어떻게 침대에서 떨어져? 머리는 안 다쳤대?"

훈평이 큰 소리로 물었다.

"머리는 안 다쳤는데 고관절에 금이 갔대."

"나이 들어 고관절 다치면 가는데. 그 녀석 건강했었는데. 학교 다닐 때 레슬링도 했었고,"

훈평이 안타까워 했다.

친구들은 환자를 위로한다고 병상에서 고생하는 몇몇 동창들 이야기를 전하고 반시간쯤 시간을 보내고 병실을 나섰다.

병철은 그때 박 의원이 공천을 해 줬으면 국회의원 동창 한 놈 두는 건데, 하고 생각하며 마을버스를 타러 갔다. 친구들은 마을버스에서 또 박 의원을 씹고, 인생만사 새옹지마라며 허허 웃으며 건강하자고 구호를 외치고 헤어졌다.

4.

병철은 아내가 계산이 안 맞는다고 좀 봐달고 하여 산수 계산을 도와줬다.

아내는 대학동창 총무를 하는데 오늘 점심 모임에서 회비 정산을 하고 총무 자리를 인계해 줘야 하는데 회비 계산이 잘 안 맞는다는 거다. 더하기 빼기만 하면 되는데 고등학교 수학 선생까지 한 아내가 그 계산을 못하고 도움을 청했다.

병철은 아내의 계산을 도와주고 물러나서 소파에 앉아 물끄러미 아내를 쳐다보며, 이거 치매 증상이 오는 거 아녀, 하고 걱정이 되었다.

병철은 얼마 전 대모산 등산을 가면서 지난 겨울 주례를 서줬던 부하직원을 알아보지 못해 당황했던 순간이 떠올라 아내마저 치매가 오면, 하고 정신이 아찔했다.

양로원에 마주앉은 두 치매 부부가 아내는 남편을 보며, 웬 남자가 나랑 같은 방에 있지, 하고 남편은 아내를 보고, 웬 여자가 나랑 한 방에 있지, 하는 광경을 떠올리며 모골이 송연했다.

병철은 그 녀석 왜 만나자는 거지, 하며 현관을 나섰다. 고등학교 동창, 창수가 점심을 사겠다고 만나자고 했다.

창수는 아파트 상가에서 슈퍼마켓을 한다. 돈이 제법 벌리는지 가끔 친구들에게 밥을 샀다. 그런 창수가 병철에게 상의할 일이 있다며 만나자고 했다.

병철은 은퇴한 지 오래된 나에게 무슨 상의, 하며 인허가 부탁이면 이제 끗발이 떨어져 도와줄 수 없는데, 하며 좀 찜찜한 기분으로 만나자는 식당으로 갔다.

병철은 아파트 상가를 끼고 전철을 타러 가며 슬로우 커피점 인테리어를 뜯어내는 것을 보며, 아 또 저 가게도 망해 문을 닫는구나, 인테리어 값만 날렸네, 하며 안타까워하며 저 주인은 저 가게를 그만 두면 무엇을 해서 먹고 사나, 하며 주제 넘는 걱정을 했다.

병철은 파리를 날리는 슬로우 커피점을 지나칠 때마다 저 커피점이 언제 문을 닫나 사망일을 짚어봤었는데 반년을 못 버티고 문을 닫는다.

아파트 상가 가게 중 매년 몇 개가 문을 닫는다. 옷가게도 문을 닫고, 식당도 문을 닫는다. 먹고 살려고 가게를 열었다가 인테리어 비용만 날리고 문을 닫는다.

병철은 참 먹고 살기 어렵네, 산다는 것이, 하며 우울한 마음으로 전철역 층계를 내려갔다,

오늘도 60대 초반의 거지가 층계에 앉아 구걸을 하고 있다. 그곳은 5년째 그 거지의 직장이다. 뚤뚤 만 침낭과 등산 가방이 그 거지가 가진 전재산이다. 항상 검정색 옷을 입고 있다. 날씨가 더워지면 출구 가까운 바람이 통하는 위 층계로 자리를 옮기고, 날씨가 추워지면 지하로 내려가 바람막이 유리창 뒤쪽에 자리를 잡는다.

거지가 며칠 전부터 영업방침을 바꿔 성경을 읽는 자세로 구걸을 한다. 전에는 앉은 자리 주변에 빈 소주병과 막걸리 병이 보였으나, 성경을 읽고부터 술병이 보이지 않는다. 전에는 상자에 천 원짜리 지폐를 던져주면 날쌔게 주머니에 집어넣고 상자에는 동전만 남겨 놓았었는데, 성경을 보면서부터는 천 원짜리 지폐를 그대로 보이게 놔둔다.

기독교도들의 선심이 일어서인지, 거지가 성경을 보고부터 천 원짜리 지폐가 상자에 쌓였으나 거지는 오불관언하고 색연필로 줄을 치며 성경만 읽고 있다. 그 거지는 그렇게 아침 열 시부터 오후 다섯 시까지 하루 일곱 시간을 그곳에서 산다.

창수가 먼저 와서 창가 자리를 잡고 앉아있다.
"바쁜 사람 불러내서 미안한데."
창수가 손을 내밀며 말했다.
"바쁘기는 하루 놀고 하루 쉬는데. 요새 장사는 잘 되니?"

병철이 악수를 하고 자리에 앉으며 말했다.

"장사가 잘 되냐고? 말도 마라. 지난 반년 동안 적자가 3천도 넘었다."

"그렇게 많이?"

"최저 인건비가 올라 직원을 두 명 잘랐는데 그래도 인건비 부담이 크고, 아파트 사는 사람이 이마트나 코스트코에 가서 일주일 먹을 것을 한꺼번에 사다가 냉장고에 넣고 먹는다. 고객을 잡으려면 질 좋은 물건을 더 싸게 팔아야 하는데 어떻게 자기 유통망을 가진 그런 큰 업체와 경쟁하겠냐. 더구나 도매 물건 값이 많이 올랐는데 그 오른 대로 소매 값을 올리면 고객이 다 떨어져 나가고, 또 곧 주 52시간 노동법이 발효되면 우리같이 설과 추석만 빼고 연중무휴로 영업하여야 하는 슈퍼는 치명적인 영향을 받는다. 아침 열시부터 밤 11시까지 근무하는데 주 52시간 근무면 하루 13시간 근무니 나흘 근무하면 5일째는 다른 직원을 고용해야 한다."

"아 그러네. 직원 근무 시간 짜기가 애매하네."

"그래서 직원 한 파트는 4일 근무하고 한 파트는 3일 근무해야 하는데, 직원들 급여가 팍 줄어든다. 그럼 직원들 이직이 늘 거고. 그래서 적자 나는 슈퍼를 접고 이 정부에서 적극 추진하는 태양광 사업이나 할까 하여 너를 보자고 한 거다."

"나 퇴직한 지 오래 되고 태양광 사업에 대하여는 신문에 난 것 이상 모르는데."

"그래도 너 고위공무원 했으니 나보다는 감이 있을 거 아니냐? 그래서 이 달 말로 슈퍼 문 닫고 염전을 사서 태양광 사업을 할까 한다."

"염전을 태양광 발전부지로 하려는 시도가 있는 것은 안다. 그런데 염전 수천 평 확보하여 1,000kw짜리 태양광발전소 만들어도 송전 시설이 없으면 안 되는데… 한전이 겨우 1,000kw짜리 발전소 보고 송전시설 깔아주지 않을 거다."

"왜? 이 정부가 태양광발전소 적극 추진하고 한전은 국영기업인데."

"송전선을 깔려면 전봇대를 세워야 하는데 전봇대 하나 세울 때마다 민원이다. 또 1,000kw짜리 발전소 보고 송전선 까는 것은 너무 타산이 맞지 않는다."

"그래도 문 정부가 적극 추진하는데."

"한전도 이익을 추구하는 회사다. 턱없이 손해 보는 장사할 수는 없지."

"그래서 몇 사람이 모여서 공동 투자하여 한 10,000kw짜리 발전소 지으려고 하는데."

"요새 새로 짓는 발전소는 원자력은 백40만, 화력은 백만 kw다. 그것도 한 부지에 여러 기를 지으니 용량이 몇 백만이 된다. 그런 큰 부지 전기를 수송하려 송전선 까는 데도 반대가 심해 아주 어렵다. 밀양 사태 봤잖아? 고리 부지에서 생산된 전기를 수송하려 송전선 까는 데 주민이 반대하여 얼마나 어려웠냐. 창수 너 슈퍼 안 해도 먹고 살 돈 벌어놨지?"

"그거 안 해도 먹고 사는 데는 지장이 없다."

창수가 나를 어떻게 보는 거야, 하는 투로 얼굴을 붉히며 말했다.

"너 슈퍼 망하게 하는 것은 하나님이 니 나이 들었으니 이제 그만 돈 벌고 은퇴하여 유유자적 살라는 계시다. 내 말이 어떠냐?"

"어떻기는 무슨 섭섭한 말을 그렇게 하냐. 나 아직 70도 안 됐다. 그냥 놀고 먹기는 너무 젊다."

"젊기는 뭐 젊어? 며칠 있으면 종심의 나이 70이 되는데."

"친구라는 자식이 어떻게 그렇게 잔인한 말을 하나? 그래 뭐하고 노나?"

"잔인하기는, 산에도 가고, 골프도 치고, 여행도 가고. 돈만 있으면 백수돼도 즐기면서 할 일이 참 많다. 인생은 놓을 때가 되면 놓아야 한다. 옛날에 내가 국장까지는 그럭저럭 별 안 뒤처지고 올라갔는데 실장이 안 돼서 안달복달했는데. 너도 알다시피 내가 좀 융통성이 없잖아. 그래서 정치권에 아는 놈이 없었다. 심지어 우리 지역구 국회의원도 몰랐으니. 실장 진급은 정치권 입김이 있어야 하는데, 내 실력만 믿고. 어휴, 무슨 소리하는 거냐. 어쨌든 브로커 말 듣고 염전에 태양광 한다고 허둥거리지 말고 그만 은퇴하고 쉬어라."

창수는 내 말에 이 녀석 공연히 밥 사주며 사기 꺾는 이야기만 듣네, 하는 표정이었다.

"내가 살고 보니 인생은 그냥 별 거 아니다. 우리 편히 살자."

병철이 도사같이 말했다.

"병철이 너도 늙었구나. 그렇게 머리 좋고 야심도 있던 놈이었는데."

"점심도 사주는데 시원한 소리 못 해줘서 미안하다."

"김 국장은 책도 많이 읽고 인생을 통찰하는 혜안도 있고 하여 인생사 의견을 듣고 싶은데…."

창수가 뜸을 들였다.

"태양광 말고 무슨 일?"

병철이 창수를 빤히 쳐다보며 말했다.

"우리 막내가 정신지체아인지는 알지."

창수는 아들만 셋을 슬하에 두었는데 막내가 정신지체라서 술을 한잔하면 자주 걱정을 했었다.

"알지."

"그 녀석이 서른이 되었는데 자꾸 장가를 보내달라는데 어떻게 하나?"

정신은 성장을 멈췄지만 육체는 성인이 되어 성욕이 발동하는 모양이다.

"그래서 어디 희생해 줄 여자가 없을까?"

창수가 사정조로 말했다.

병철은 남의 귀한 아들을 거세시키라고 할 수가 없어 멍청히 친구를 쳐다봤다.

"월남이나 필리핀 여자를 한 사람 돈들 주고 데려오면 어떨까?"

병철은 차마 며칠 살고 도망가겠어, 하고 말할 수가 없어 입맛만 다셨다.

"그러지 말고 유명한 정신과 의사에게 보이지 그래. 그럼 약물로 성욕까지 치료해준다던데."

병철이 망설이며 말했다.

"내가 그 녀석 평생 먹고 살 만큼 예금도 해놓고 했는데. 그 놈 때문에 아직도 돈을 더 벌려고 한다.”

창수는 창밖을 내다보며 중얼거렸다.

병철은 그게 돈으로 해결될 일이야, 하며 일본에서 정신지체아가 성욕을 해결 못하여 몸부림치는 것을 보고 어머니가 여자 역할을 해줬다는 기사를 떠올리며 정신과 의사를 찾으라는 말 이외에 더 해줄 말이 없어 마음만 무거웠다.

“공연히 김 국장 마음만 무겁게 했네. 내 자식이니까 내가 해결해야지. 그래서 아직 돈을 더 벌어야 하는데 쉬라고? 그만 갈까?”

창수가 먼저 자리에서 일어섰다. 병철은 그 녀석 돈도 잘 벌고 했었는데, 힘 드는 사연이 있네, 나는 그래도 그런 걱정은 없으니 행복한 거네, 하며 창수를 따라서 자리에서 일어났다.

5.

병철은 눈을 뜨며 기지개를 켰다. 옆자리가 텅 빈 것 같다. 아내가 옆자리에 없다. 아내는 1박 2일 일정으로 동창들과 겨울 바다를 구경하러 강원도로 여행을 갔다.

병철은 옆자리가 빈 허전함을 달래며 벽시계를 봤다. 7시다.

병철은 다시 한 번 크게 기지개를 켜고 침대를 빠져나와 침대보를 가지런히 정돈하고 거실로 나갔다. 커튼 밖이 환하게 비치는데 거실은 어두컴컴했다.

병철은 LED 등을 켜고 창가로 다가가 커튼을 열었다. 순간 병철은 아, 하고 감탄사를 내질렀다. 눈 덮인 창밖이 은백색이다. 녹지 공간에 서있는 나무들도 다 눈을 뒤집어쓰고, 주차된 차도 눈을 뒤집어쓰고 있다. 소나무에 핀 설화가 너무 탐스럽다.

병철은 넋을 놓고 백설의 꽃 잔치를 구경하다가, 참 오늘은 내가 아침을 챙겨 먹어야지, 하며 부엌으로 갔다.

그는 냉장고를 열고 우유를 꺼내고, 냉동 칸에서 떡을 꺼내 전자레인지에 1분간 데웠다. 사과를 한 알 챙겨 껍질을 깎았다. 단백질이 부족할 것 같아 달걀 두 개를 꺼내 프라이를 했다.

아침을 때운 병철은 접시와 컵을 식기세척기에 넣고 소파로 와서 앉았다. 그는 당장 할 일이 없다. 그는 티브이를 켜고 채널을 계속 돌렸으나 흥미를 끄는 프로가 없다.

그는 티브이를 끄고 거실을 돌아봤다. 어제 청소를 안 하고 혼자 집에서 배겼는데 먼지가 눈에 들어왔다.

병철은 혼자 살아도 먼지가 생기네, 하며 마른 청소포로 안방부터 청소를 했다. 청소포에 먼지가 묻어 나오는 것을 보며, 청소하기 잘했네, 마누라가 저녁에 돌아오면 집이 깨끗한 걸 보고 기분이 좋겠지, 하고 이왕 집을 청소했으니 내 몸도 씻어야지, 하며 목욕탕에 들어갔다.

목욕을 한 병철은 소파에 앉아 창밖의 백색 세계를 완상하며 오늘 무엇을 할까 생각했다. 집에 아내도 없는데 오늘은 점심과 저녁 약속이 다 없다. 오늘은 하루를 혼자 살아야 하고 혼자 식사도 해결해야 한다.

병철은 오늘은 그냥 방콕하며 푹 쉬자고 마음을 정하고, 탁자에 놓여있는 책, 교보문고 베스트셀러 창구에서 사온 책,《예정된 전쟁》을 집어 들었다.

저자는 그리스시대 펠로폰네소스 전쟁을 분석하는 것으로 책을 시작했다. 당시 그리스 반도의 패권을 쥐고 있던 스파르타에 해상무역으로 부를 쌓은 신흥도시 아테네가 도전한다.

30년간의 전쟁 끝에 스파르타가 승리했으나 두 도시국가는 전쟁의 여파로 피폐하여 마케도니아의 침략에 패배했던 역사적 사실을 적시하고, 지금 세계 1위 국가인 미국과 떠오르는 신흥 세력, 중국이 과연 일전을 벌일 것인가 질문을 던진다.

저자는 지난 500년 동안 기존세력과 신흥세력이 대결을 벌렸던 16차례의 역사적 사실을 열거하고 그 중 12번은 전쟁으로 양국간 관계가 재정립되었으며, 4번은 전쟁이 없이 해결되었다며 사실을 적시한다. 2차 대전 후 소련과 미국은 인류를 절멸시킬 수 있는 핵무기의 위협 때문에 전쟁까지는 가지 못하고 냉전을 계속하다가 공산주의가 자유시장경제에 졌다고 분석한다.

저자는 이미 중국이 세계 공장으로 성장하여 미국의 생산량을 능가했다. 그 추세는 계속될 거다. 현재는 미국이 제해권을 움켜쥐고 있으나, 20년 후는 중국도 열 기가 넘는 항공모함을 확보할 거다. 두 나라가 열전으로 가면 몇 억 명의 사상자가 날 것이며 인류의 파멸을 앞당길 거라고 예측하고는 지혜롭게 전쟁을 회피할 방법이 없을까, 하고 독자에게 질문을 던진다.

병철은 그 책을 읽으며 우리나라는 과연 미국과 중국 중 어느 편에 서야 할까, 머리를 굴렸으나 쉽게 판단이 서지 않았다. 우리나라 국력으로 독자적인 자립은 어렵고, 세계 1위인 미국과 떠오르는 별 중국에 어느 정도 경도하여 줄타기 외교를 해야 할 텐데, 하며 한참을 고민하다가, 나는 이미 퇴직한 관료인데 그런 것을 왜 걱정하지, 하며 참 주제넘은 걱정이네, 하며 허허 웃었다.

시계를 보니 벌써 11시 반이다. 책에 푹 빠져 시간을 잊었던 것 같다.

병철은 오전 내내 입을 놀리지 않아 입이 심심했다. 그는 인공지능 누가에게, 아리아, '향수' 틀어줘, 하고 말했다. 바로 스피커에서 테너 목소리가 흘러나왔다.

병철은 노래를 따라서 부르다가, 아리아 노래 꺼, 하고, 김범수의 보고 싶다 켜, 했다. '보고 싶다' 노래가 흘러나왔다.

슬슬 배가 고파왔다. 눈도 왔는데 나가서 밥을 사먹기 귀찮아 그는 아리아 밥 주문, 하고 말했다. 도미노 피자와 스파게티 주문 가능합니다, 하는 답이 들려왔다.

병철은 아리아 피자 주문해, 했다. 인공지능이 피자 주문합니다, 하고 답을 보냈다.

인공지능 기기를 시켜 점심을 주문한 병철은 주문한 음식이 오는 동안 영화나 한 편 볼까, 하고 티브이를 켰다.

한 채널은 스파이더맨, 또 한 채널은 아이언맨을 상영했다. 그 영화는 그 채널에서 수없이 재탕한 영화다.

병철은 수신료를 받으며 새 영화 좀 틀면 안 돼, 하고 투덜거리며 다른 채널을 돌렸다. 엘시드를 방영했다. 소피아로렌의 발랄하고 고혹적인 매력이 화면에 넘쳐흘렀다.

병철은 최근 친구가 카톡으로 보내온 노년의 소피아로렌 사진을 떠올리며, 푸 하고 웃었다. 노년의 소피아로렌은 젊었을 때 매력 포인트였던 큰 입과 큰 눈이 꼭 마귀의 입과 눈같이 추하게 변모되어 있었다. 세월이 그녀를 철저하게 망가뜨렸다.

병철은 늙는다는 것이 그런가, 하며 창밖으로 시선을 돌릴 때 아내로부터 문자메시지가 왔다.

정동진을 떠나 태백산 눈꽃 구경하러 가요. 저녁에 늦을 거 같으니 저녁도 당신 혼자 해결하삼.

병철은 메시지를 보며 실실 웃었다.

옛날엔 남자가 나돌고 여자는 집을 지켰는데, 이제는 여자가 나돌며 남편더러 밥을 을 챙겨 먹으란다. 세상 참 많이 바뀌었네. 그러니 미투운동이 벌어지지, 했다.

병철은 소파에 누워 인공지능 누가에게 향수 틀어줘, 하고 말했다. 바로 반주가 나오고 테너 목소리로 가곡 향수가 흘러나왔다.

병철은 노래를 끝까지 듣지 않고 딜라일라 틀어, 하고 말했다. 조영남의 굵은 목소리가 거실을 꽉 채웠다.

병철은 저 치는 노래만 불러도 먹고 살만할 텐데 무엇 하러 화투 그림을 대작시키고 남이 그린 그림을 자기가 그린 것같이 속여 비싼 값에 팔아먹고 감방 가지, 하며 혀를 끌끌 찼다.

병철은 딩동, 하고 차임벨이 울려 누구세요, 하고 현관에 대고 소리쳤다.

피자요, 하는 소리가 들렸다.

병철은 신용카드를 챙겨들고 현관문을 열었다. 피자 배달원이 음식을 건네주고 신용카드를 받아 결제를 하고 신용카드를 병철에게 건네며 맛있게 드세요, 하고 물러갔다.

피자는 병철이 소파에 누워 인공지능 누가에게 주문을 시켰다. 인공지능의 주문을 받고 피자집에서는 피자를 배달해 왔다.

병철은 식탁에 앉아 서비스로 제공한 콜라로 목을 축이며 피자를 먹으며 세상 참 좋아졌네, 정말 코도 안 풀고 먹는 구나, 했다.

병철은 피자를 절반만 먹고 나머지는 저녁에 먹기로 하고 냉장고에 넣었다. 식탁을 치울 것도 없어 병철은 소파로 돌아와 벌렁 누워 오후는 무엇을 하며 보낼까 했다.

전철역 스크린에서 닥터 지바고 뮤지컬 선전을 하던 장면이 생각나서 핸드폰을 열고 공연시간을 확인했다. 공연은 저녁에만 했다.

병철은 눈 내린 고궁의 정취나 즐길까, 하고 경복궁과 덕수궁 홈페이지를 열었다. 경복궁 박물관에서 국쇄 특별전시회가 열리고, 덕수궁 미술관에서 현대미술 전시를 했다.

병철은 현대미술이면 초등학교 학생이 장난친 낙서 같은 그림을 전시하는 것 아냐, 경복궁에나 가서 국쇄 전시회를 보고 뜰을 거닐다 오자, 하며 외출준비를 했다. 그때 딩동, 하며 차임벨이 울렸다.

병철은 현관에 대고 누구세요, 하고 소리쳤다. 문 열어보세요, 하는 여자 목소리가 들렸다.

병철은 여호와의 증인 아냐, 하며 문 여는 것을 망설였다. 여호와 증인을 집에 들였다가는 최소 반시간은 성경 말씀을 가지고 씨름을 해야 한다.

병철이 문을 열어주지 않자, 여자가 전화를 안 받더니 이제 문도 안 열어주는 거야, 하고 소리쳤다.

병철은 무슨 일이지, 하며 문을 열어줬다. 50대의 밍크코트를 걸친 풍만한 여자가 병철을 꼬나보며, 주인 여자 있지요, 하며 병철을 밀고 현관으로 들어섰다.

병철이 동해안으로 여행 갔는데, 하고 대답하자, 잘들 논다. 남의 빚도 안 갚고, 하며 거실로 들어섰다.

병철은 여자를 따라 거실로 올라서며, 무슨 말씀이세요, 했다.

"당신 마누라가 나한테 손자 입학금을 주겠다고 열흘만 돈을 빌려 달라고 하여 빌려줬는데 한 달이 지나도 갚을 생각을 않고 이제 전화도 안 받아요. 대신 갚아주세요. 나 급히 쓸 데가 있는데."

여자가 거실에 선 채 병철에게 다그쳤다.

"우리 입학한 손자가 없는데 입학금은 무슨 말이요?"

병철이 정색을 하며 물었다.

"손자가 없다고요? 서울대학교 들어갔다고 자랑하면서 천만 빌려달라고 했는데. 남편이 필리핀으로 골프 치러 갔는데 일주일 후면 돌아오니 그때 갚겠다고."

"저 필리핀으로 골프 치러 간 적 없는데 뭐 착각한 거 아니요?"

"부인 이름이 이명숙 아니요?"

병철은, 박소원인데, 하며 여자를 빤히 처다봤다.

"705호지요?"

"805혼데요."

"아유 죄송해요. 제가 한 층을 더 올라왔네요. 안녕히 계세요."

여자가 부리나케 현관으로 도망쳤다.

병철은 현관문을 닫으며, 아직 치매 걸릴 나이는 아닌데, 하며 그럴 수도 있겠지, 하며 소파에 앉아 습관적으로 티브이를 켰다가 끄고 경복궁에 가려고 옷을 챙겨 입었다.

그때 이동전화가 울렸다. 그가 현직 때 과장으로 데리고 있던 후배의 전화다.

"선배님 안녕하세요. 상의 드릴 일이 있어서."

후배가 공손한 목소리로 말했다.

"잘 있지. 자네는?"

"잘 있습니다. 다름 아니라 이번 6월 지방선거에 고향에서 군수 출마할까 합니다. 중앙부처 과장까지 하며 쌓은 노하우를 고향을 위해 마지막으로 봉사하고 싶어서요."

"그래? 어느 정당 추천받을 건데?"

"무소속으로 나갈까 해요."

"지금 서울 살고 있는 것 같은데 고향은 자주 가나?"

"추석 때 성묘를 갑니다."

병철이 이 녀석 고향 떠난 지 오래고 추석에 고향 한 번 가는 놈이 정당 공천도 없이 출마를 해? 공연히 한 10억 날리고 싶은 모양이네, 하고 생각하며 자네 돈 많은가, 하고 물었다.

"돈은 왜요?"

"군수 출마하려면 최소 10억은 써야 할 텐데. 그런 돈 댈 수 있나? 고향에도 자주 안 가는 것 같은데 고향 사람들이 자네를 알까?"

"저 돈 안 쓰는 선거를 할 겁니다. 돈 쓰고 당선 되면 그 돈 빼려고 부정해야 하잖아요? 저 고시 합격했을 때 고향 마을에 플래카드도 걸리고 했었어요."

병철은 후배의 전화를 받으며 이렇게 세상 물정을 모르니 고시 합격하고 공무원 된 놈이 겨우 과장으로 퇴직했지, 하고 생각하며 후배가 서울 집 날리지 않게 후배가 듣기는 싫겠지만 출마하지 말라고 권하기로 했다.

"자네 큰 뜻은 알겠는데. 선거판은 아사리판으로 돈 놓고 돈 먹는 판인데, 유력 정당 공천 못 받으면 출마하지 말게."

"출마하지 말라고요? 선배님 격려를 받고 싶었는데."

후배가 섭섭한 목소리의 여운을 남기고 전화를 끊었다.

병철은 출마해서 떨어져도 지가 떨어지는 거고, 돈이 들어도 지 돈 드는 건데 좋은 말로 잘해 보라고 할 걸, 공연히 사기만 꺾었나, 하며 후회가 되다가, 그래도 선배가 후배 망하라고 할 수는 없지, 하며 옥쇄 전람회나 보러 가자, 하고 집을 나섰다.

병철이 전철역의 계단을 내려갈 때 메시지가 왔다는 신호음이 울렸다.

박병수 영면 오성병원 영안실 8호.

발인일이 내일이다.

병철은 병수 녀석이 죽었어, 충격에 빠지며, 눈이 와서 길이 미끄러운데 저녁에 문상가기는 그렇고 지금 가자, 하고 마음을 정하고 바로 집으로 갔다. 그는 검정색 정장으로 갈아입고 검은 색 넥타이를 매고 차를 운전하여 오성병원 영안실로 갔다.

박병수는 그의 초등학교, 중고등학교 동창이다. 공대 화공과를 나왔다.

그 친구는 독실한 기독교인으로 대형교회에서 돈을 쓰지 않고 장로가 된 신화적인 인물이라고 같은 교회 다니는 동창이 말했다. 그는 정유회사를 퇴직하고 오로지 하나님을 섬기며 교회에 봉사하느라, 동창 모임이나 회사 퇴직 모임에는 아예 참석하지 않았었다.

병철은 장례식장 현관을 들어서며 13호실 빈소에 박병수의 사진이 보이고 발인이 내일이라는 전광판을 보며 저것이 인생이 가는 길인가, 하며 기분이 묘했다.

13호실 빈소를 찾아가니 교회에서 신도들이 나와서 예배를 보고 있었다. 기도에 이어 찬송가 부르는 소리가 들렸다.

병철은 상청 앞 안락의자에 앉아서 예배가 끝나기를 기다렸다. 그가 앉은 자리에서 국화꽃 속에 둘러싸인 박병수의 사진이 빤히 보였다.

병철은 문득 박병수가 가곡 동심초를 잘 불렀던 일이 떠올랐다. 성악을 전공한 테너를 뺨칠 만큼 성량이 풍부하고 목소리가 청아했었다. 이제 그의 그 맑은 목소리는 어딘가로 사라졌다.

병수가 친구들의 경조사에 참석하지 않아서인지 빈소는 한산했다.

병철은 아무리 차를 가져왔지만 친구의 빈소에 와서 술은 한 잔 해야지, 하며 소주잔을 씹어 마시며 인생은 이렇게 가는 건데, 녀석은 열심히 교회에 다녔으니 천당에 갔겠지, 했다.

병철은 달랑 혼자 식탁을 차지하고 앉아서 딱 소주 한 잔을 마시고 장례식장을 떠나며, 인생은 다 그렇게 살다가 가는 건데, 하며 군수 출마하겠다고 상담한 후배에게 공연히 실망만 안겨 준 것에 미안해 하는 마음을 다스리며 지금쯤 마누라가 눈꽃 구경을 마치고 서울로 향하고 있겠네, 하고 생각했다.

병철은 오늘 마누라 없이도 잘 살았는데 이렇게 살다가 언젠가 나도 곧내 사진이 저렇게 국화꽃 가운데 모셔질 거잖아, 하며 인생은 다 그렇게 살다가 가는 건데 악악거리지 말고 착하고 편히 살자고 다짐했다.

페
친

테크노토피아

1.

김인수는 페이스 북에 뜬 메시지를 보며 실실 웃었다.

27살. 시간을 파는데 혼밥 혼술 때 동석 여행 파트너나 섹파도 가능

정임이 보낸 메시지다. 페이스 북에 올린 그녀의 사진이 퍽 매력적이다.

인수는 섹파는 섹스 파트너도 돼주겠다는 뜻인가, 하며 27살이면 한참 나이고 퍽 예쁘게 생겼는데 무슨 말 못할 사연이 있어 이런 광고를 보내나, 페이스 북이 뚜쟁이 노릇도 하네, 하며 메시지를 닫았다.

인수는 페이스 북 회원으로 가입하고 처음 몇 해는 친구 요청이 오면 아는 사람만 요청을 수락하였으나, 지난해부터 뭐 그렇게 빡빡하게 살 거 있어, 하며 친구 요청이 오면 무조건 다 수락했다.

정임도 그렇게 페이스 북 친구가 됐다.

인수가 답을 안 줬는데도 이틀 후 다시 정임으로부터 메시지가 왔다.

인수는 메시지를 열지 않고 삭제하려다가 이번은 무슨 내용, 하며 메시지를 열었다.

3시간 15만원 10시간 30만원 흥미 있으면 연락바람.

인수는 페이스 북으로 매춘도 하네, 하며 허허 웃었다.

페이스 북 소통창구를 만들고 떼돈을 번 창업자, 마크 저커버거는 그가 만든 페이스 북이 매춘 창구로 이용되는 것은 상상도 못할 거다.

인수가 중앙부처 고위 공무원으로 정년퇴직한 해에 마누라와 현세의 인연이 끊어졌다. 그는 장가간 아들놈이 같이 살자고 했으나, 며느리의 눈치를 보기 싫어 마누라와 둘이 살던 2층 양옥에서 잔디 깎는 일로 소일하며 3년째 혼자 산다.

지구온난화 때문에 닥친 기상이변인지 올 겨울은 유난히 춥다. 영하 10도 이하의 날씨가 죽 이어진다.

인수는 친구들이 해외 따뜻한 곳으로 골프여행을 떠나자고 했으나 여행을 가면 추위는 피하겠지만 타국의 골프장에 격리되어 답답하게 보낼 시간이 꿈만 같이 끼지 않았다.

인수는 친구의 상가에 다녀오며 전철을 탔다. 그는 자리가 없어 손잡이를 잡고 흔들거리며 생각이 많았다.

타계한 친구는 금수저로 태어났다. 20대부터 운전수를 두고 자가용을 타고 다녔다. 공무원 월급은 용돈으로 쓰고 여가로 출근했다. 그래도 때가 되면 진급했다. 유산을 많이 물려받고 연금까지 받아 노후도 넉넉했다.

그렇게 살다가 인공지능 왓슨이 암이라고 진단하고 로봇 팔로 수술을 받았다. 완쾌됐다는 판정을 받고 한 번 죽었다가 살아났으니 이제 돈을 좀 풀까, 했는데 암이 재발하여 그 많은 돈과 현대 기술로도 어떻게 해보지 못하고 현세를 떠났다.

인수는 평생을 잘 나가던 친구가 70도 못 살고 가는 것을 보며 참 인생이 덧없다, 느껴졌다. 문상 왔던 친구가 은행에 있는 돈은 니 돈이 아니니 더 늙기 전에 다 쓰고 가라는 말이 떠올라, 인수는 이 추위에 돈 아끼며 떨지 말고 따뜻한 곳으로 여행이나 다녀올까, 했다.

그는 집에 와서 컴퓨터를 열고 여행사 홈페이지를 열고 여행지를 물색했다. 4, 5일은 여행 일정이 너무 짧고, 일정이 좀 긴 호주나 뉴질랜드는 두 번 다녀왔다. 남인도와 스리랑카를 묶는 여행 일정이 떴다. 10일 간이다. 인수는 북인도는 가봤지만 남인도는 안 가봤다. 스리랑카도 안 가봤다. 아침 온도가 20도, 낮 온도가 30도를 살짝 넘는단다. 그 정도면 기후 조건이 좋다. 가격이 250만 원. 인수는 그 코스를 택했다.

인수는 문득 혼자 가는 것보다 여행 파트너를 해 준다는 젊은 여인, 정임과 같이 가면 어떨까, 하는 유혹을 느꼈다.

직접 만나서 정말 인물이 사진과 같이 예쁘면 여행 파트너를 하자고 할까? 인수는 이 나이에 무슨 망령, 하며 허허 웃고, 코엑스 입구에 있는 스타벅스 커피숍에서 11시 반에 만나자고 메시지를 보냈다.

바로 정임으로부터 좋다는 답이 왔다.

페이스 북에 올린 사진으로 얼굴을 익힌 두 사람은 바로 서로를 알아보고 웃음을 교환했다.

"사진보다 나이가 드셨어도 그 모습은 있네요."

인수가 미리 와서 기다리는 정임에게 다가가자 정임이 말했다.

정임의 실물 첫인상은 얼굴이 탤런트같이 작고 틀은 예쁜데 교양미가 떨어지고, 좀 천해 보였다. 싸구려 화장품을 쓰는 표시가 나고, 얼굴 피부가 거칠었다. 긴 머리를 그대로 늘어트렸다. 빨간색 잠바는 낡았다. 피부 관리를 하면 아름다움이 더 돋보일 것 같다.

정임이 커피 중 제일 저렴한 오늘의 커피를 주문하겠다고 했다. 인수도 같은 커피를 주문하며, 섹파까지 하여 돈을 벌겠다며 막가는 여자가 커피 값을 아끼는 마음씨를 보고 의외라고 생각했다.

"실은 정임 씨를 보자고 한 것은 여행 파트너가 돼 줄 수 있다고 하여, 참 내가 누군지 먼저 소개하고 제의를 해야겠지. 퇴직 공무원. 아들 하나 결혼

시켰고, 3년 전 상처했고 양옥에 혼자 살고, 그럼 소개는 됐나? 해외여행, 인도 가려는데 같이 가 줄 거요?"

인수가 단도직입적으로 물었다.

"인도요? 그 먼데. 며칠이나요?"

여자가 눈을 크게 떴다. 눈동자가 맑다.

"한 열흘."

"거기는 안 추워요?"

"여기 여름 날씨야. 아주 기후가 좋아요. 비행기를 한 7시간 타고 가야 하고."

"7시간이나요? 비싸겠다."

"한 사람 여행 경비가 한 3백만 원 들어요."

"그렇게나 많이요? 그럼 하루에 30만원이나 드네요?"

"그런 셈인데, 같이 여행 가고 싶은지? 또 시간 차지는 얼마나 해야 하는지요?"

인수는 그보다 서른 살도 더 어린 여자에게 반말을 쓰다가 존댓말을 쓰다가 했다.

"그럼 시간당 돈 받으면 제가 여행비 물어야 해요?"

"아니 여행비는 내가 대주지."

"그럼 30만원 일당이 되니 여행비만 대주면 더 돈 안 주셔도 돼요."

"그래? 그럼 계약이 된 거네. 2주 후에 떠날 거니 여권 사본 나한테 주면 나머지는 알아서 할게."

인수는 돈 욕심 내지 않는 여자의 대답에 살짝 놀라며 말했다.

"저 여권 없어요."

"여권이 없어? 그럼 바로 사진 찍고 신청해요. 3, 4일이면 나오니. 점심 먹고 가다가 전철역에 즉석 사진 찍는 데서 사진 찍고, 그리고 사는 동네 구청에 신청하면."

인수는 사진 찍고 여권 신청할 돈이라며 5만원짜리 지폐 두 장을 건넸다.

그녀는 얼굴을 붉히며 망설이다가 받으며 저 비행기 한 번도 타본 적 없어요, 하고 살짝 웃으며 수줍게 말했다. 보조개가 꽃을 피웠다.

인수는 제주도도 한 번 못 가봤다는 다 큰 처녀를 물끄러미 쳐다보며 섹파까지 한다는 이 여자의 신분이 뭘까, 했다.

인수가 점심을 먹으러 가자고 하자, 코엑스 지하는 음식 값이 비싸니 전철을 타고 한 정거장 가서 선릉역에 내리면 뒷골목에 5천원만 줘도 먹을 만한 식당이 있다며 그리로 가자고 했다. 여행 가시면서 큰 돈 쓰셔야 하니 돈을 아끼자고 했다.

인수는 여자의 말을 들으며 혼란스러웠다. 인수는 그녀가 하자는 대로 선릉역까지 가서 그녀가 원하는 5,000원짜리 한식 뷔페 집에 들어갔다.

인수는 음식을 날라다 먹으며 그녀가 살아온 사연을 들으며 가슴이 짠했다. 그녀의 아버지는 그녀가 고1때 불치의 병에 걸려 그녀의 아버지가 벌어놓은 유일한 재산인 집을 2년 만에 말아먹고 돌아가셨다. 한 번도 돈을 벌어 본 적이 없던 엄마는 전셋돈을 빼서 월세로 낮추고 남은 전세금을 곶감 빼먹듯이 빼먹고 돈이 바닥나자 자식들을 남겨놓고 집을 나가 소식을 끊었다.

학교를 그만 둔 정임은 아르바이트를 하며 중학교 다니는 남동생과 생계를 유지해갔으나 어느 날 남동생도 집을 나가 혼자 원룸에 살고 있다고 했다. 편의점 주인에게 처녀를 빼앗겼고, 주인이 팁으로 준 30만원으로 한 달 원룸 방세를 냈다.

몸을 파는 것이 돈 버는 지름길임을 알고 SNS를 통해 남자를 구하고 그들이 주는 팁으로 생활을 좀 더 윤택하게 꾸린단다. 한 달에 두 번만 남자가 걸리면 그 달은 운이 좋다고 했다. 돈이 아까워 절대 비싼 밥을 안 먹고, 비싼 커피도 마시지 않는다고 했다.

식사를 마치자 정임은 맥도날드에서 1,000원짜리 커피를 판다고 했다. 인수는 정임의 인생역정에 맞는 집에서 커피를 마시며 기분이 묘했다. 커피를 마신 후 여권이 나오면 연락하기로 하고 헤어졌다.

정임이 5일 후 여권이 나왔다는 문자를 보냈다. 인수가 지난번 만난 커피숍에서 만나자고 했다. 그녀가 시간에 맞춰 나와 여권을 인수에게 건네며, 저 정말 인도 가는 거예요, 하고 물었다.

인수는 여권을 펼쳐보며 어, 정임이 성이 김씨네. 김정임. 잘 됐다, 하며 환하게 웃었다.

정임이 눈을 크게 뜨며, 뭣이 잘 됐어요?, 하고 물었다.

"이 나이에 정임이 같은 젊은 처자와 같이 여행을 하면 일행이 의심의 눈으로 볼 텐데 성이 나랑 같으니 딸이라고 하면 되겠다."

"그럼 인도 우리 둘이 안 가고 다른 사람들하고 가요?"

"여행사 패키지 따라 가지. 열댓 명이 같이 다닐 거야."

"그래요? 그렇게 여럿이 다닐 줄 알았으면 싫다고 할 건데. 이제 여권도 내고 했는데……."

"같이 가는 사람들 전혀 모르는 사람이니 신경 쓸 거 없어. 나랑 한 자리 앉아서 갈 거고 한 방에서 잘 거니."

"어르신과 한 방에 자는 거요?"

"혼자 자려면 하룻밤에 10만원씩 독방 값을 더 내야 해."

"에이, 그럼 따로 돈 버릴 필요 없겠다, 10만원씩이나."

"그럼 인도 갈 준비가 다 되었으니, 다음 주 토요일 떠날 거니까 오전 9시까지 공항 터미널 2층 리무진 타는 데로 와. 내가 비자도 받아놓고 여행경비도 다 지불해 놓을 테니. 어딘지 알지?"

"네. 찾아갈 수 있어요."

"그리고 여행을 안 해 봤으면 여행용 가방이 없을 것 같은데 30만원 줄 테니 가방 하나 사고. 옷은 그곳은 낮 기온이 30도 넘으니 여름옷 준비하고 반팔에 편한 운동화 신고. 절을 많이 구경 가야 하니 반바지는 안 되니 그리 알고."

"알았어요. 고마워요."

정임이 인수가 전한 돈을 공손히 두 손으로 받으며 감사를 표했다.

"그럼 다음 토요일에 봐."

인수가 잘 가라고 하자, 정임이 눈을 크게 뜨며 이렇게 헤어져도 돼요, 하고 말했다. 인수는 몸으로 돈 값을 하겠다는 정임의 마음을 읽고, 우리 열흘이나 한 방에서 잘 거야, 하며 손을 흔들고 자리를 떴다.

정임은 무엇에 홀린 듯 돈을 주고 몸을 요구하지 않고 멀어져 가는 어르신을 쳐다봤다.

인수는 8시 40분쯤 미리 공항 터미널에 도착하여 정임을 기다렸다. 젊은 여자와 여행을 한다고 생각하니 가슴이 뛰고 숨이 가빠졌다. 인수는 이 나이에 무슨, 하며 자신을 다독였다.

정임이 빨간색 여행 가방을 끌고 나타났다. 지난번에 입었던 낡은 빨간색 잠바를 걸치고 나왔다. 그녀는 다른 겉옷이 없는 모양이다.

인수는 반갑게 그녀를 맞고 가볍게 악수를 하고 자동 기계에서 인천공항 왕복 리무진 표를 출력했다. 바로 인천공항행 리무진이 출발했다. 인수는 그녀가 달리는 길을 잘 볼 수 있도록 리무진 맨 앞자리에 탔다. 리무진이 88 도로에 들어서자 얼음이 언 한강이 죽 펼쳐졌다.

"한강이 얼었네요. 추운 것은 알았지만 한강이 언 것은 몰랐는데. 이렇게 이 차 타고 가면 비행기 타는 거예요?"

정임이 창밖을 내다보며 신기한 듯 좌우를 돌아보며 말했다.

"공항까지 한 시간쯤 걸릴 거야. 그럼 짐 부치고 출국하는 비행기 시간까지 기다리다가 비행기 타면 되는 거야."

"감사해요. 어르신."

"아니 지금부터 아빠라고 불러. 딸이 아버지 해외여행 시켜 주는 거야."

정임은 침을 꿀꺽 삼키며 하, 했다.

처음 비행기를 타고, 해외를 처음 가보는 정임은 두렵고 신기하고 궁금한 것이 많은 것 같았으나 차마 인수에게 묻지 못하고, 행여 길을 잃을 세라 인수의 꽁무니를 바짝 붙어 다녔다.

창가에 앉은 정임은 비행기가 그 큰 동체를 들고 이륙할 때 움씰 놀랐고, 비행기가 하늘로 치솟자 몸을 등받이에 딱 붙이고 두 손으로 팔걸이를 잡고 힘을 썼다.

2.

비행기가 저녁시간에 인도 델리공항에 도착했다. 지루하게 한 시간 반이나 걸려 출국수속을 마치고 짐을 찾고 입국장을 벗어났다.

정임은 인수를 꼭 붙어 따라다녔다. 공항을 나서자 열기가 확 얼굴과 전신에 몰려왔다. 인수는 잠바를 벗어 가방에 집어넣고 정임에게도 잠바를 벗으라고 했다.

인수는 가이드를 따라 빠른 걸음으로 버스로 가서 앞에서 셋째 번 자리를 차지하고 정임을 창가 자리에 앉혔다. 도로가 어두워 건물이 잘 보이지 않았지만, 가난한 거리의 풍경은 어둠으로 감추어지지 않았다.

인도인 가이드는 서울대에서 어학연수를 받았다고 소개하고, 열심히 인도를 소개했다. 정임은 어두운 창밖 거리를 구경하느라 정신이 없었다.

호텔에 도착하여 가이드가 여권을 다 걷어 데스크에 제출하고, 방 배정을 하고 열쇠를 나눠줬다. 인수는 포터에게 그의 가방과 정임의 가방을 지적해 주고 방 번호를 알려주고 정임에게 식당에 가자고 했다. 정임이 가방을 두고 가도 괜찮으냐며 걱정을 했다. 인수는 포터가 가져다 줄 거라고 했다.

두 사람은 호텔 뷔페식당에서 카레 위주 메뉴의 저녁식사를 했다. 정임은 인수가 고르는 음식을 따라서 골랐다. 정임은 디저트로 차려놓은 파파야, 파인애플 등 열대 과일을 맛있게 먹었다.

가방이 문 앞에 배달되어 있었다. 인수는 그의 가방을 끌고 전자키로 방문을 열고 방으로 들어갔다. 정임이 따라 들어왔다. 인수는 밀폐된 방에 젊은 여자와 들어서며 순간 어색하고 긴장되고 감정이 묘했다.

인수는 침을 삼키며 정임에게 트윈 침대 중 어떤 것을 쓸 것인가 물었다. 정임이 대답을 못하자, 그럼 안쪽에 있는 침대를 쓰라고 하고, 티브이 리모컨을 조작하여 티브이를 켜며 문쪽 침대에 걸터앉았다. 티브이에서 삼성 로고가 먼저 나오고 화면이 떴다. 정임은 어정쩡하게 서서 소리가 나는 티브이를 쳐다봤다.

"긴 여행 고단할 텐데 앉아. 나 먼저 샤워할게."

인수가 긴장된 표정으로 어색하게 서있는 정임에게 말했다.

정임이 예, 하고 대답하고 안쪽 침대 끝에 엉덩이를 얹었다.

인수가 가방에서 목욕 후 갈아입을 의복을 꺼내 들고, 지갑에서 달러를 몇 장 꺼내 정임에게 건네며 혹시 돈 필요하면 써야 하니 가지고 있어, 했다. 정임이 이거 받아도 돼요, 하는 표정을 지으며 돈을 받았다.

우리 열흘 동안 이렇게 지낼 거니, 편히 지내자, 하고 나 먼저 샤워하고 나올게, 하며 목욕탕으로 들어갔다. 인수는 샤워 물줄기를 맞으며 방안에 젊은 예쁜 여자가 있다는 생각에 몸이 반응을 하며 얼굴에 열기가 솟았다.

인수가 샤워를 하고 나오자 정임은 여름옷으로 갈아입고 목욕할 준비를 하고 있었다. 인수가 샤워 밸브 조작하는 방법을 알려줬다. 정임이 얼굴을 붉히며 목욕탕으로 들어갔다. 티브이에서 크리켓 경기를 중계했다. 인수는 크리켓 경기 규칙을 모른다.

인수는 침대 옆에 놓인 소파에 앉아 계속 티브이 채널을 돌렸다. 티브이에서 연속극도 나오고, 뉴스도 나왔으나 인수는 한 마디도 알아들을 수가 없었다. 그는 팔다리를 흔들고, 온몸을 비틀며 몸을 풀고 침대에 누웠다.

목욕탕에서 드라이기 작동하는 소리가 났다. 순간 인수는 정임의 나신이 떠올라 전신에 열기가 좍 퍼져 나갔다.

정임이 반팔 차림으로 목욕탕에서 나왔다. 두터운 겨울옷을 입은 모습만 보았었는데, 가벼운 티셔츠 차림의 젊음이 신선하게 보였다. 가슴이 볼록하고 허리가 날씬하다. 인수는 침을 꿀꺽 삼키며 시선을 창밖의 어둠으로 돌렸다.

인수는 마누라가 죽고 처음으로 한 방에서 여자가 화장을 하는 것을 보며 기분이 묘했다. 성적 신호가 오고, 죽은 마누라에게 미안한 마음이 들고, 자식 놈 얼굴도 떠올랐다.

"내일 3시에 모닝콜, 4시에 호텔 출발, 그리고 체나이 가는 비행기 탈 건데 세 시간쯤 탈 거야. 그러니 빨리 자자."

정임이 네, 하고 방안의 불을 끄려 했으나 끌 줄을 몰랐다.

인수는 리모컨을 조작하여 불을 껐다. 침대에 누운 인수는 순간 정임의 침대로 넘어가고 싶은 충동이 일었으나 긴 여행으로 지친 몸이 천 근으로 욕망을 지그시 눌렀다.

체나이 비행장에 오전 10시쯤 비행기를 내려 준비된 여행사 대형버스를 탔다. 인수는 어제 앉았던 버스 앞에서 셋째 자리를 잡았다. 늦게 버스에 오른 정임이 옆자리에 앉았다.

어제는 밤이라 델리 시내를 볼 수가 없었지만, 한낮이라 체나이 거리가 환히 내다보였다. 가이드는 체나이 인구가 천2백만으로 서울 인구보다 많다고 소개했으나, 거리에 고층 건물이 많이 보이지 않아 그렇게 큰 도시라고 실감이 되지 않았다.

"거리가 참 지저분해요. 간판도 정신없고. 어제 저녁 방에 테레비가 삼성 제품이었는데 길거리에 삼성 갤럭시 파는 상점이 많아요."

정임이 열심히 길거리를 내다보다 말했다.

"지나가는 자동차를 보면 현대 차도 보일 거야. 우리나라 기업들은 참 잘하는데 정치권이 엉망이지. 우리나라 정치권, 특히 국회가 선진화 되면 우리나라 발전이 훨씬 빠를 거야."

"인도 이런 촌까지 와서 삼성제품 선전하는 간판 보고 기분이 묘해요. 아빠 말씀대로 우리나라 국회의원들 정신을 차려야 할 텐데."

정임은 창밖에 시선을 고정한 채 중얼거렸다.

대도시답지 않게 길은 좁고 구불구불하고, 차들이 먼지를 풀풀 일으키며 기어갔다. 사람들이 먹고 사는 데 필수품을 파는 가게들이 죽 이어졌다. 식당, 빵집, 과일가게, 커피점 옷가게 등등…, 어느 도시나 상점은 똑 같다.

산토메 성당 주차장에 버스가 섰다. 예수의 열두 제자 중 한 분인 도마사제의 무덤이 있다고 했다. 가이드가 성당 안으로 안내하며 사진을 찍지 말라고 했다. 성당 입구에 도마가 AD 52년에 와서 AD 72년에 순교했다는 안내문이 서있다.

인수는 도마가 AD 52년에 왔으면, 예수가 죽은 지 18, 9년 쯤 후이고, 도마가 예수보다 나이가 어렸다면 40대 중반에 와서 60대에 죽었구나, 하고 나이를 계산하며 성당 안으로 들어갔다.

"도마가 인도에서 죽은 줄 몰랐는데, 도마는 의심쟁이로 유명했는데, 부활하신 예수님의 옆구리와 손바닥의 못 자국을 확인하고 부활에 확신을 가진 걸로 되어 있어. 그런데 인도에서 순교했네."

인수가 정임의 귓가에 조용히 속삭였다.

"아빠, 성경을 잘 아시네."

정임이 인수를 따라 회전 복도를 따라서 성당 안으로 들어가며 말했다.

성당은 빈 의자가 없이 신도들로 가득 찼다. 도마의 무덤 위에 강단이 설치되어 있다. 한국 성당의 신부와 똑 같은 복장을 한 신부 세 사람이 강단 뒤에서 예배를 인도했다. 찬송가를 부르고, 성경도 읽고, 설교를 하는 것 같은데 힌디어를 모르는 인수는 한 마디도 알아듣지 못하고 단지 경건하다는 분위기만 느꼈다.

정임은 진지하게 강단을 쳐다보며 두 손을 합장했다. 그녀의 눈에서 믿음의 기쁨으로 환한 불빛이 쏟아져 나오는 것 같았다. 성찬식을 거행했다. 인도 여신도들은 머리에 흰 수건을 쓰지 않았다. 남녀 신도들이 죽 줄을 서서 신부가 건네는 흰떡과 포도주를 받았다.

인수의 일행 몇 명도 줄에 섰다. 정임이 저는 가톨릭은 아니지만 도마사도가 순교한 성스러운 성당이니 성찬에 참여할게요, 하며 줄을 섰다.

인수는 성찬의 행렬을 보며, 도마는 그 먼 이스라엘에서 언어도 다르고 풍습도 다른 여기까지 무엇을 위해 왔다가 순교했을까? 돌아가신 예수님이 도마에게 믿음이 주는 정신적인 위안 외에 또 무엇을 주었을까? 순교할 때 그의 영혼을 데리러 천사를 보냈을까? 예수는 왜 열두 제자를 다 순교하게 했지, 하고 생각하며 성찬의 행렬을 건너다 봤다.

가이드가 두 시간쯤 가면 세계문화유산으로 등재된 석조사원 해변사원을 본다고 안내하며 사원을 해설했다. 사원을 건조한 왕조의 이야기, 탑이 당초 7개였는데 두 개만 남았다. 큰 탑은 시바신을, 작은 탑은 비슈누신을 모신 사원이다. 가이드는 창조의 신 브라함, 운영의 신 비슈누, 파괴의 신 시바를 언급하며 세 신이 3위일체라고 강조하며 힌두교는 수만 개의 신을 섬긴다고 했다.

인수는 2차선 도로를 따라 펼쳐지는 야자나무 숲의 풍요와 대조되는 사람들의 가난을 보며, 인도는 인구도 많고, 자원도 풍부하고, 믿는 신도 참 여럿이고, 사원도 많은데, 왜 가난할까, 했다. 신들은 섬김만 받고 부를 가져다주지 않나?

사람들이 사는 집은 정말 초라한데, 크고 번지르르하고 깨끗한 건물은 힌두교 사원 이거나 가톨릭 성당이다. 가난한 백성들이 먹을 것 입을 것을 아끼며 모아 바친 헌금으로 저렇게 번드름한 건물을 지어놓고 시바에게 빌고, 예수에게 빌고, 비슈누에게 빌고, 성모 마리아에게 비는데 그 신들은 무엇을 줄까, 하고 인수는 생각했다.

인도의 신들은 사람들로부터 화려한 사원을 얻었다. 예수는 멀리서도 우뚝 돋보이는 큰 성당을 얻었다. 신도들은 가난을 감내하며 헌납한 돈으로 지은 건물의 값어치만큼 영혼의 위안과 희락을 얻었을까? 희망을 얻었을까? 인수는 바친 물질과 받은 기쁨의 대차대조표가 크게 적자라고 생각되어 길거리 곳곳에 우뚝 선 사원과 성당을 어두운 마음으로 쳐다봤다.

아침 7시 호텔을 떠나 5시간을 달려 마두라이에 소재한 스리 마낙시 사원에 도착했다. 가이드는 사원의 연혁을 소개하며 이번 여행의 하이라이트라고 했다.

마낙시라는 처녀가 물고기의 눈과 세 개의 가슴을 가지고 태어났다. 그녀는 시바신을 만나면 정상적인 여자가 되고, 시바신의 부인으로 점지되었다. 그녀는 성장 후 키알시산에서 시바신을 만나자마자 가슴 하나가 없어지고 미녀로 변신하여 마두라이에서 시바와 결혼하고 환상적인 금슬을 누렸다. 마낙시 사원은 마낙시 여신을 기리기 위해 건립했다고 했다. 2,500년 전 500년을 걸려 지었다고 했다.

버스가 사원에 다가가자 멀리에서 화려하고 높은 탑 여러 개가 보였다. 가이드는 주탑은 다섯 개로 높이가 약 50m이며, 황금탑은 중앙에 있는데 관람이 허용되지 않는다고 했다. 가이드는 탑을 건립한 왕들의 이름을 들먹였으나 발음이 낯설고 이름이 길어 인수는 어느 왕의 이름도 머리에 남지 않았다.

인수는 사원 입구에서 버스를 내려 하늘 높이 솟은 탑을 올려다보며 2,500년 전에 무슨 기술로 저런 높은 탑을 건립했을까, 했다. 건설 중 낙반 사고로 많은 인부들이 죽었을 거로 생각됐다. 인수는 로마에 갔을 때 바티칸 성당을 보고 그 규모에 질렸었다. 마낙시 사원은 바티칸 성당보다 부지도 넓고 훨씬 규모가 크다.

신발과 모자, 카메라를 맡기고 사원 안으로 들어갔다. 양말까지 벗었으나 바닥에 깔린 돌이 평평하여 걷기에 불편은 없었다. 사원 안으로 들어서자 기념품 가게가 나오고, 그 뒤로 어두컴컴한 화랑이 죽 이어졌다.

가이드는 985개 기둥마다 신상 조각이 새겨져 있으며, 사원의 절반은 시바신을, 절반은 마낙시신을 위해 건설되었다고 했다. 관광객들은 휴대전화기로 사진 찍기에 바빴다. 가이드가 시바신의 다른 이름을 말하며 기둥의 조각들을 가리키며 열심히 설명했으나 인수는 귓등으로 흘려들으며 그 옛날에 어떻게 저렇게 거창한 조각을 새길 수가 있고, 천장의 벽화를 저렇게 정교하게 그렸을까, 궁금했다.

건축가, 조각가, 화가들이 건물을 짓고, 조각을 새기고, 천장화를 그릴 때 오직 신의 은총만을 기리며 영혼을 불태우며 혼신의 힘을 다 쏟았을 텐데, 과연 그들은 시바신, 마낙시신으로부터 어떤 은총으로 보답을 받았을까, 생각하며 인수는 어두컴컴한 복도를 걸어갔다.

시바신을 새긴 기둥에 촛불을 세울 받침대가 빙 둘러 설치되어 있다. 여신도들이 준비해 온 촛농이 담긴 종지를 그 위에 내려놓고 심지를 꺼내 촛농에 박고 불을 붙이고 두 손 모아 기도를 올렸다.

인수는 신도들이 진지하게 기도하는 장면을 주시하며, 무엇을 이뤄달라고 기도하는지는 모르지만, 저 돌덩어리가 그들의 기도를 들어줄 힘, 능력이 있을까, 하며 기도에 매달리는 그들이 좀 딱하다고 생각하며, 부처님이 그의 불상을 만들지 말라고 했다던 당부를 떠올리며, 부처님은 참 현명한 분이셨구나, 하는 건방진 생각을 했다.

정임은 그녀가 외국에 나와 처음 보는 장관에 놀란 듯 눈을 크게 뜨고 가이드를 졸졸 따라다니며 열심히 설명을 들었다. 인수는 그 광경을 사진으로 담았다. 사원 내에 있는 힌두교 기도처는 비신도는 출입이 제한되어 들어갈 수가 없었다.

인수는 힌두교 신자들이 기도하는 모습을 볼 수 없어 아쉬웠다.

인수는 어두컴컴한 사원의 회랑을 걸어가며 기둥마다 새겨진 신상을 보며 그 조각을 새겼던 조각가의 정성을 상상하고, 그 조각을 향하여 합장하고 기도하는 수많은 신도들을 보며, 축제 때는 백만 명이 넘는 신도가 모인다는 가이드의 말을 떠올리며, 문득 일식을 재앙의 전제라고 믿고 기도하는 영화 장면이 떠올랐다.

일식과 월식은 해, 지구, 달이 각각 궤도를 따라서 규칙적으로 돌다가 겹치는 자연현상이다. 언제 일식과 월식이 올지 계산도 할 수 있다. 그런 사실을 몰랐던 고대인들은 그 자연현상을 신비의 대상으로 치부하며 해가 어둠에 먹혀 없어졌다고 믿고 다시 해가 나오는 기적을 보고 새 왕조가 탄생할

징조라며 희비가 엇갈렸었다.

시바의 돌조각상이 어떻게 힘을 발휘하여 신도들의 소원을 들어줄 수 있겠는가? 그러나 신도들은 그 조각상이 영험을 발휘하며 소원을 들어줄 수 있다고 굳게 믿는다. 가난하고 헐벗고 끼니를 걸러 가면서도 그렇게 큰 사원을 건립할 만큼 큰 돈을 헌금한 정성은 믿음이 뒷받침한 기적이다.

인수는 인도를 떠나 불교국가인 스리랑카로 건너가서 원도 한도 없이 야자수 나무를 보고 불교유적을 봤다. 석가모니가 세 번 스리랑카를 다녀가셨단다. 석가가 머문 자리마다 성지다. 거창하게 큰 와불상과 열반상도 보았다. 석가 진신 치아 사리를 모신 곳은 성지 중 성지다. 스리랑카 왕은 치아 사리를 옥쇄보다 더 귀중하게 모셨단다.

그런데 스리랑카가 포르투갈, 네덜란드, 영국에게 침략을 당하자 사리가 천대를 받았으며, 불교신자들이 그렇게 핍박을 받았어도 그 사리는 신도들의 안위를 지켜주는 어떤 능력도 발휘한 적이 없다. 그런데 사리를 모신 불치사는 여전히 더없이 거룩한 성지로 사리를 지키는 고급관리까지 두고 있다.

콜롬보에 위치한 호텔에서 이번 여행의 마지막 밤을 맞았다. 저녁을 먹고 인수는 호텔바에 가서 칵테일이나 한잔하며 여행을 마무리하는 간소한 파티를 하자고 정임에게 말했다. 정임은 묵묵히 인수를 따라왔다.

2층 호텔바는 한산했다. 창밖도 어두웠다. 인수는 위스키 온더락을 주문하며 정임이게 마실 것을 주문하라고 했다. 정원은 그냥 맥주나 한잔 하겠다고 했다.

"이번 여행 어땠어?"

인수가 젊은 여인의 아름다움을 건너다보며 말했다.

"아빠 덕분에 좋은 구경했어요. 그런데 저는 인도가 그렇게 못 사는 나라인지 몰랐어요. 스리랑카가 더 잘 살아요."

"지금은 그렇게 못 살지만 20년, 30년 후에는 세계경제 일위 국가가 된다는 전망이야."

"그래요? 그때 제가 50대가 되네요. 돈 벌어서 그때는 제가 아빠 모실게요."

"말은 고마운데 그때는 저세상에서 시바, 아님 예수나 석가와 같이 있을건데."

"아, 그런데 인도나 스리랑카같이 못 사는 나라도 그렇게 큰 건축물을 남겼는데 왜 우리 조상들은 입이 떡 벌어지게 큰 유산 하나도 못 남겼지요?"

"우리나라가 굶지 않고 살게 된 것이 겨우 한 30년 됐어. 우리나라도 지지리 가난하고 못 살았지. 또 땅덩어리가 작아 스케일이 작은 데다가 중화 사대사상에 쩔어서 중국보다 큰 건물을 지을 생각을 못했지."

인수는 그렇게 대답하며 그의 대답이 맞는 답인지 자신이 없었다.

"땅이 좁은 것은 사실이네요. 이렇게 좋은 구경을 시켜준 아빠한테 어떻게 보답해야지요?"

"그런 생각할 것 없어. 혼자 왔으면 심심했을 텐데 정임이가 같이 와줘서 아주 좋았는데. 옆 침대에서 사람 자는 소리가 들려 아주 흐뭇했지."

"저는 몸으로 밖에 갚을 길이 없어 언제 갚나 했어요."

"그랬어? 아빠가 어떻게 딸 몸을 탐하나. 빚이라 생각 말고 이것도 인연인데 정임이같이 착하고 예쁜 딸이 생기면 좋은데."

"고마워요. 참 아빠는 종교가 없는 것 같으신데 서울 가면 주일에 저 다니는 교회 가 보실래요?"

"그래 어느 교회 다니는데."

"믿음교회요."

"서울서 제일 큰 교회 다니네, 담임목사 부자가 언론에 회자되는."

"저는 그런 거 관계 않고 그냥 주님만 보고 다녀요."

"좋은 신자의 태도네. 서울 가서 생각해 보자고."

둘은 종업원이 날라다 준 술을 마시며 어두운 창밖에 시선을 두고 각자 자기 생각에 잠겼다.

　인수는 서울 가서 계속 정임을 만날까, 아님 이 여행을 끝으로 인연을 놓을까, 하고 생각했다. 바로 답이 나오지 않았다. 군자인 척하는 그의 마음의 심저에 손을 뻗으면 품을 수 있는 젊은 여자의 육체를 원하는 욕망이 진하게 미련으로 남았다.

　인수는 공항 터미널에서 정임과 헤어지며 이번 일요일 9시 50분에 소망역 3번 출구에서 만나자는 약속을 하고 아쉽게 그녀를 보내며, 이것이 사람 간의 정인가 아님, 남녀간의 육체를 탐하는 본능인가, 했다.

3.

　인수는 9시 50분에 소망역에서 내려 3번 출구로 갔다. 전철에서 내린 인파가 3번 출구로 밀려갔다. 인수는 이 많은 인파가 믿음교회로 가는 신자들인가, 하며 3번 출구 쪽을 쳐다봤다. 정임이 인수를 알아보고 미소를 보내며 다가왔다.

　인수는 정임의 입성이 초라하여 마음이 짠했다.

　인수가, 많이 기다렸어?, 하고 인사했다.

　정임이 인파 속으로 밀려들어가며, 아니요. 들어가요. 시간 다 됐어요, 했다.

　"이 교회 다닌 지 오래 됐어?"

　인수가 대단하네, 이렇게 많은 신자를 가졌으니 서울에서 제일 큰 교회라고 하지, 하고 생각하며 물었다.

　"한 일 년 됐어요, 교회 다닌 지."

　"그래? 어떻게 이 교회를 정했어?"

　"아무리 발버둥쳐도 먹고 살기가 힘들어 기도하면 하나님이 들어주신다는 알바 가게 주인아주머니 말을 듣고, 이왕이면 큰 교회를 가야 하나님이 더 보살필 것 같아서요."

정임이 믿음교회를 택한 동기가 소박하다.

정임이 주보를 받아들고 안내를 받아 쪽문으로 들어갔다. 인수는 정임을 따라 예배당에 들어서며 아, 하는 소리가 절로 나왔다. 예배당이 너무나 컸다. 그 큰 예배당에 신자가 가득했다. 좌석 안내를 받아 의자에 앉았다. 인수가 안쪽에 앉고 정임이 복도쪽에 앉았다. 벌써 예배가 시작되어 찬송가를 부르고 있었다. 자리에 앉아 인수는 전후좌우를 살펴봤다. 그는 3층에 앉아있었다.

인수의 왼쪽 앞에 흰 가운을 입은 성가대원이 2, 3층에 줄을 맞춰 앉아있고, 그 아래 1층에는 오케스트라 단원들이 열심히 찬송가를 반주했다. 찬양대 앞쪽에 거대한 로봇 팔이 움직이고, 로봇 팔에 매달린 카메라가 연속 사진을 찍었다.

1층 강단 뒤를 인공 숲으로 장식을 했고, 그 위 2, 3층에는 대형 스크린이 설치되어, 로봇 팔에 매달린 카메라가 찍은 사진을 방영했다. 스크린은 세로로 세 부분으로 나뉘어져, 가운데 부분은 예배 순서를 알리는 자막이 떠 있고, 양쪽 부분에는 찬양하는 영상을 비췄다. 스크린 앞쪽에 초대형 스피커 세 대가 매달려 있다.

인수는 큰 예배당을 가득 메운 신자들을 보며 도대체 몇 명이나 되는 거야, 하며 블록마다 앉은 신자의 수를 헤아리고, 블록 수를 헤아리다가, 그거세서 무엇해, 하며 한 만 명 들어 왔다고 치자, 하고 세는 것을 그만 두었다.

인수는 며칠 전 인도에서 브리하디스와라 사원 관광을 갔을 때 모여 있던 수많은 힌두교 신자들을 떠올리며, 참 종교의 마력은 대단하네, 하고 감탄했었다. 브리하디스와라 사원에서는 시바신이 타고 다니는 소의 신전에 모셔진 소 조각을 목욕시키는 종교행사가 열리고 있었다.

대형 소조각상에 사다리를 걸쳐놓고 몇 사람이 붙어서서 갠지스 강에서 수송해 온 물로 소를 목욕시켰다. 몇 만 명의 신도가 소의 신전을 빙 둘러

앉고 서서 두 손을 모으고 기도를 했다. 인수는 그 광경을 보며, 이렇게 과학이 발달했는데, 어떻게 소를 신으로 섬기며 소원을 빌까, 하고 의아했었다.

이 믿음교회에도 만 명의 신도들이 두 손을 모으고 장로의 기도에 동참하고 있다. 장로는 창조주 하나님으로 시작하는 기도를 했다. 인수는 창조주, 하며 태초에 말씀이 있었다, 하는 성경 구절을 떠올리며, 현대 과학이 창조론을 무너트리는 판에 언제까지 여기서 부르짖는 창조주 하나님이 믿음의 대상으로 남을까, 생각하며 옆자리를 보니 정임이 두 눈을 감고 두 손을 모으고 열심히 기도하고 있다.

인수는 이제 교회에 나온 지 일 년 밖에 되지 않은 정임이 여호와 신을 제대로 알고 기도할까, 했다. 오케스트라의 반주에 맞춰 찬양하는 성가대의 찬양을 들으며 소에게 목욕을 시키는 중간 중간에 춤꾼 몇 사람이 소의 신상을 빙빙 돌며 춤을 추고 찰지게 간구하는 목소리로 노래를 했던 장면이 떠올랐다. 오케스트라 한 파트인 관현악기 소리가 너무 쨍쨍거려 화음을 깼다. 시끄럽게 들렸다.

오사랑 원로목사가 나와서 설교를 했다. 그는 정년퇴임 때 100억 원이 넘는 퇴직금을 교회에서 챙겨줬으나 다 반납했다고 보도되었었다. 그는 일 년이 넘도록 후임 담임목사를 청빙하지 않더니 그의 아들에게 연봉 3억 원짜리 직장을 물려줬다.

오사랑 목사는 쓸모없는 돌이 산돌이 되어 모퉁이돌이 되는 기적을 베푼 하나님의 제사장이 되자고 외쳤다.

인수는 돌은 무생물인데 어떻게 산돌이 되고, 모퉁이돌이 되려면 석공이 돌을 다듬어 그 자리에 가져다 놔야 하는데, 하나님이 우리를 석공처럼 다듬는다는 말인가, 하며 왼쪽 옆자리를 보니 정임이 노트에 열심히 설교 내용을 메모하고 있다. 오른쪽을 보니 남자 신도가 졸고 있다. 옆 옆자리 신도는 더 깊은 잠에 든 거 같다.

명찰을 달고 두 줄로 앉아있던 헌금요원이 주머니를 돌렸다. 정임이 언제 챙겨왔는지 헌금봉투에 5만원짜리 지폐를 봉투에 넣어 헌금 주머니에 넣고 주머니를 인수에게 돌렸다. 인수는 정임이 어렵게 번 일당을 헌금하며 그녀는 몇 배쯤 복을 받기를 원할까, 생각했다.

미리 헌금봉투를 챙기지 못한 인수는 그냥 만 원짜리 지폐를 헌금 주머니에 넣기가 민망하여 헌금 주머니를 졸고 있던 신자에게 넘겼다. 졸던 신자는 성경책에 끼워왔던 헌금 봉투를 주머니에 넣었다.

한복을 입은 목사가 나와 교회 소식을 전했다. 인수는 아, 저 목사가 오사랑 원로목사와 부자 세습을 한 담임목사구나, 하며 연봉이 3억이라던데, 매달 청년들의 일 년치 월급을 챙기며 오늘 설교를 아버지에게 맡겼으니, 오늘은 놀고 돈 버네, 하며 나 같은 얼치기 신도만 있으면 교회에 문제가 되겠지, 하며 아들 목사가 신도들을 선동하는 큰 몸짓을 하며 예배를 마무리하는 장면을 보며 부자가 잘해 먹네, 하고 생각했다.

별 은혜 받은 기분을 느끼지 못하고 교회를 나선 인수는 정임에게 코엑스 지하로 가서 점심을 먹자고 했다. 정임은 아무 말 없이 인수를 따랐다.

삼성역에서 내려 코엑스 지하로 들어가는 입구에 맥도날드 음식점이 보였다. 정임은 우리 햄버거 먹어요, 했다. 인수가 좀 나은 음식 먹자고 하자 비싼 것 먹을 것 없다고 한다. 돈에 쪼들리며 살아온 정임은 절약이 몸에 밴 것 같아 인수는 가슴이 짠했다.

인수는 정말 오랜만에 햄버거를 먹으며 맛있게 햄버거를 먹는 정임을 쳐다보며, 어떻게 저 여자랑 해외여행을 하고, 같이 교회를 가고, 이렇게 햄버거를 먹고 있지, 참 묘한 인연이네, 저 여자와 인연을 더 이어가야 해, 하며 생각을 굴렸다.

맥도날드에서 커피 전문점의 1/4가격에 커피까지 마신 인수는 정임을 데리고 옷가게로 가서 바지, 티셔츠, 잠바를 사줬다. 정임은 인수가 이유도 없이 옷을 사주자, 크게 미안해 하며 어떻게 갚아야 하냐고 물었다. 인수는 갚을 것이 없다고 하며 손을 흔들어주고 헤어졌다.

다음 주말에 교회에 가자는 약속은 하지 않았다.

4.

10시 15분, 인수는 정임과 KTX 여수 엑스포역에 내렸다.

두 사람은 1박 2일간 여수지방을 여행하기로 했다. 인수가 미리 예약한 렌터카 회사로 갔다. 정임이 자기가 운전하겠다고 하며 면허증을 꺼냈다. 1,980cc 중형차를 인수하며 정임은 꼼꼼하게 차량 상태를 살피고, 차에 올라 네비 사용 방법을 묻고 시동을 걸며, 아빠 안전하게 모실게요, 하며 그녀의 옆자리에 앉아 안전벨트를 매는 인수를 쳐다보며 살짝 웃었다. 살짝 미소 짓는 그녀의 얼굴에 보조개가 환하게 웃었다.

두 사람은 바로 순천만 국가정원을 들러 두 시간 가량 정원의 봄 경치를 완상했다. 관람차를 타고 정원을 한 바퀴 돌며 설명을 듣고, 도보로 이 나라 저 나라 정원을 돌며 정원의 아름다움에 감탄하며 사진도 찍었다.

12시가 넘어 정원을 나와 순천만 습지로 향했다. 가는 길에 꼬막정식 식당에 들러 오붓하게 향토음식을 즐겼다. 정임이 운전대를 잡아 인수는 점심을 하며 소주도 한잔 곁들였다. 가볍게 술이 오른 인수는 젊은 미인과 여행을 하며 더 없이 평안하고 행복했다.

습지주차장에 차를 세우고 매표소로 걸어가며 인수는 봄을 만끽하며 돈을 쓰는 행복을 느꼈다. 두 사람은 관광선을 타고 봄바람을 맞으며 갈대숲을 유람하며 물 위를 나는 물새를 배경으로 사진을 찍으며 마치 연인같이 즐거운 시간을 보냈다. 유람선을 내려 구내매점에 들러 팥빙수를 사서 나눠먹었다.

인수는 한 그릇에 담긴 팥빙수를 숟가락을 부딪치며 퍼 먹으며 정임이 꼭 한 식구 같이 느껴졌다. 점포 주인이 천문대에 들르시면 3시부터 해를 보여 줄 거라고 귀띔해 줬다. 천문대 입구에서 안내원이 3층으로 올라가라고 했다.

망원경이 있는 방으로 들어가는 복도에 별을 찍은 사진들이 죽 전시되어 있다. 은하수 사진도 있고, 안드로메다 사진도 있다.

해를 보러 온 관광객은 노부부와 인수 일행 네 사람이 전부였다. 40대의 연구원이 망원경을 보는 법을 설명해 줬다. 인수는 노부부에게 먼저 보시라고 양보했다. 노부부가 따님과 여행하는 모습이 참 보기 좋다고 하며 먼저 망원경에 눈을 댔다. 인수는 정임에게 먼저 보라고 했다. 정임이 놀라는 표정으로 망원경을 보는 사다리에서 내려왔다.

인수는 망원경에 눈을 댔다. 평소 눈을 뜨고 마주 볼 수 없던 태양이 주홍색의 둥그런 원으로 망원경에 잡혔다. 주홍색 상부 왼쪽에 밤톨만한 검은 점이 보였다. 연구원이 흑점이라고 했다.

네 사람이 관찰을 마치자 연구원이 물으실 것 있으면 물으시라고 했다. 정임이 주홍색 속에 있는 검정 점이 흑점이라고 하셨는데 흑점이 무엇이냐고 물었다.

"태양 표면의 온도는 약 6,000도가 되는데 일부분은 그보다 약 1,000도나 2,000도 온도가 낮아 그런 현상이 일어나며 400년 전 망원경이 발명된 후에야 알게 되었어요. 흑점이 주기적으로 발생하는데 보통 몇 달 지속되며 지구에서는 통신장애가 발생하고 위성의 궤도가 변경되는 등 영향이 있어요."

연구원이 진지한 표정으로 설명했다.

"어떻게 태양 한 부분이 더 온도가 낮을 수가 있어요? 지구같이 북극과 남극이 있어요?"

할아버지가 물었다.

"몇 가지 설이 있으나 아직 그 원인은 모릅니다. 양성자 폭풍, 고에너지 흐름의 변화로 보지요."

"그 말은 더 어렵네. 들어오다 보니 안드로메다은하군 사진이 있던데 그건 뭐요?"

할아버지가 물었다.

"아, 우주에는 더 없이 많은 은하군이 있어요. 우리 태양계가 속한 은하계는 그 많은 은하군 중에 적은 축에 들며 안드로메다은하군은 우리 은하군

보다 큰 우리 은하수에서 제일 가까운, 약 250만 광년 떨어진 은하군입니다."

"250만 광년이면 빛이 250만년 간다는 말인데 우리 KTX 타고 내려오며 참 빠르다고 생각했었는데, KTX로는 얼마나 걸릴까요?"

할아버지가 물었다.

"조보다 큰 숫자가 경, 다음이 해지요. 몇 해년이 걸려도 못갈 거요. 저 계산 안 해봤어요."

연구원이 겸연쩍게 웃으며 말했다.

"빅뱅은 정말 일어난 거요?"

인수가 물었다.

연구원이 빅뱅과 우주의 시초에 대하여 설명을 시작했다.

"박사님! 우주는 하나님이 창조했는데 지금 무슨 말씀하는 거요?"

할머니가 얼굴에 노기를 띠고 항의했다.

"아, 할머니 교회 다니세요? 그럼 그만 설명하겠습니다. 구경 잘 하시고 살펴서 가십시오."

연구원이 멋쩍은 표정으로 인사를 했다.

"조 권사, 과학을 이야기하는데 거기서 말을 막으면 어떻게 해. 미안합니다. 계속 말씀하시지요."

할아버지가 중재를 섰다.

"됐습니다. 공연히 심기를 불편하게 해 드렸네요. 3일 전에도 장로라는 분이 빅뱅 말을 듣고 막 진노하셨어요. 혹세무민한다고. 그럼 안녕히 가십시오."

연구원이 자리를 떴다.

인수는 빅뱅이니 하는 것은 천문학인데 왜 창조론을 내세우며 시비지, 하며 정임에게 우리도 가자고 했다.

순천만 습지를 떠나 두 사람은 돌산대교를 건너 케이블카를 타러 갔다. 저녁은 오동도에서 자연산 광어회를 먹었다. 인수는 소주도 한잔했다. 오동도에 들어갈 때는 아직 해가 남아있어 걸어서 들어갔고, 나올 때는 동백 열차를 타고 나와 바다가 내려다보이는 미리 예약한 펜션으로 갔다.

"어, 더블 침대네."

인수가 전자키로 방문을 열고 방에 들어서며 비명을 질렀다.

"트윈이 아니네요."

정임이 따라 들어오며 말했다.

"불편하면 방을 트윈베드 있는 방으로 바꿔 달라고 할까?"

"괜찮아요. 먼저 샤워하세요."

정임의 말을 들으며 여자가 괜찮다는데, 남자가 호들갑을 떨 것 없지, 하며 인수는 가방에서 새 러닝과 팬티를 꺼내 들고 샤워장으로 갔다.

샤워를 마친 인수는 얼굴에 가볍게 로션을 바르고 베란다로 나가 의자에 앉았다. 빛줄기가 출렁이는 검은 바다가 훤히 내려다보이고, 해협 건너 마을의 불빛이 반짝였다. 별빛은 전기 불빛에 밀려 빛을 잃었다.

인수는 베란다 의자에 편하게 앉아 검은 하늘을 올려다보다가 검은 바다를 내려다보다가 해협 건너 불빛을 보다가 하면서 정임이 목욕을 하고 나오기를 기다리며, 샤워하는 정임의 나신이 떠올라 가슴이 벌렁 떨렸다. 입안의 침이 말랐다.

인도에서 같은 방을 썼을 때와는 다른 기분이었다. 하기야 그 때는 하루에 다섯 여섯 시간씩 버스를 타고, 두세 시간을 걷고, 술을 팔지 않아 술은 마실 생각도 못했다. 허기를 면하려 매일 카레 음식을 먹었었다. 그런데 오늘은 생선회에 소주도 한잔했다. 펜션 분위기가 인수의 마음을 들뜨게 했다.

샤워를 마치고 나온 정임이 호텔에서 제공하는 흰 가운을 걸치고 얼굴 화장을 했다. 인수는 그 광경을 건너다보며 꼭 신혼여행을 와서 신부가 밤 화장을 하는 광경을 보는 것 같은 착각에 빠졌다. 그는 그녀와의 인연의 고리를 생각하다가 문득 뒤에서 그녀를 안고 싶었다. 그녀를 뒤에서 안으면 뭉클 유방이 잡힐 거다.

"아빠 바다 보세요?"

밤 화장을 마친 정임이 베란다로 나오며 말했다.

"응, 아주 바람이 상쾌해. 맥주 한잔 할까? 오늘 운전하느라 술은 입에도 못 댔잖아."

"좋아요. 제가 사올게요."

"아니, 옷 입으려면 귀찮을 테니 내가 사오지."

인수가 맥주 네 캔과 마른안주를 사왔다. 둘은 베란다에서 작은 탁자를 사이에 두고 마주보고 앉았다. 맥주 캔을 따고 둘은 가볍게 잔을 부딪치며 건배하고 한 모금을 죽 마셨다. 시원한 기운이 목구멍을 타고 위장으로 죽 내려갔다.

"정임이랑 이렇게 마주보고 앉아 봄바람을 맞으며 맥주를 마시니 맛이 가가 막히네."

인수가 정임을 빤히 쳐다보며 말했다.

흐릿한 불빛 아래 여자의 얼굴 윤곽이 조각같이 아름답다.

"이리 손 좀 줄 거야?"

인수가 탁자 위로 손을 뻗으며 말했다. 정임이 손을 뻗었다. 인수가 정임의 손을 꼭 잡았다. 부드럽고 따뜻했다. 인수는 아내가 죽고 난 후 가끔 성욕을 해결하려 증강현상 가상현실 세계에서 당시 날리는 여배우를 파트너로 선정하여 몸의 긴장을 풀었다. 감정의 이입은 전혀 없고 그냥 동물적인 욕망만을 해결했다.

지금 마주 잡은 정임의 손에서 전해 오는 감정의 흐름이 인수를 들뜨게 했다.

"꼭 신혼여행 온 거 같다."

인수가 정임의 손을 꼭 쥐고 당겨서 그의 얼굴에 대며 말했다.

정임은 아무 말도 없이 인수가 하는 대로 손을 맡겼다.

"오늘 천문대에서 안드로메다은하군이 우리 은하수로 다가온다고 했지. 250만 광년 떨어진 안드로메다가 다가오는데 50억년 걸린다고 했고, 50억 년 후면 태양도 그 수명을 다한다고 하니, 그 때가 종말인가?"

인수가 정임의 손을 조몰락거리며 중얼거렸다. 정임은 눈을 깜박이며 남자를 건너다봤다. 그녀는 오늘밤 몸을 열어주고 지금까지 받은 돈 값을 해야 하겠지, 하는 생각을 하는지 모른다.

"지금 보는 안드로메다 빛은 250만 년 전에 떠난 빛인데, 250만 년 전이면 지구에 오스트랄로피데쿠스 시대야. 아직 호모하빌레스 시대까지도 못 갔어. 그때 우리 인류의 조상은 한 백 단어쯤 말을 했을까? 지금의 오랑우탄이나 침팬지같이. 아직 불을 만드는 법도 몰랐고 도구도 개발하지 못했으니 그냥 인류의 완력으로 사나운 맹수와 싸워 생존을 지킬 수밖에 없었을 때야."

정임은 인수가 하는 말을 알아듣지 못하고, 눈을 똥그랗게 뜨고 건너다봤다.

"그 때 인류는 브라만도, 여호와도, 알라도, 부처님도 몰랐어. 그 때 신은 그냥 이상한 바위, 힘센 호랑이나 사자 등이었지. 지금 우리가 믿는 정임이랑 인도에서 봤던 신, 브라만, 시바 하는 신이나 믿음교회에서 떠받드는 여호와가 생겨난 건 수천 년밖에 안 돼. 250만 년 전 우리 조상들은 전혀 몰랐었지. 천 년 후에는 신이 하늘에 계신다는 애매한 개념이 어떻게 바뀔까? 그런데 지금 이 순간, 예수나 부처보다 자기랑 이렇게 손잡고 있는 것이 훨씬 은혜로운 것 같은데 내가 자기 곁으로 갈까?"

인수가 정임의 옆자리로 자리를 옮겼다. 정임이 인수의 어깨에 머리를 기댔다. 인수가 정임의 머리 냄새를 맡으며 정임을 꼭 껴안았다. 정임이 그녀를 껴안은 인수의 팔을 껴안았다.

"지금부터 50억 년 후면 세상이 어떻게 바뀌었을까? 아니 천 년 후면 어떻게 바뀌었을까? 수명을 관장하는 DNA 조작으로 인간 수명이 천 년쯤 늘어나 있을지 모르지. 그럼 정임이란 나랑 한 30년 나이차는 아무 것도 아니게 될 거야. 결혼 관습이 유지된다면 한 여자와 남자가 결혼해서 9백 몇 십 년을 같이 살면 지겹지 않을까? 그럼 한 50년 살고 파트너를 바꿀까?"

정임은 그녀에게 과분하게 돈을 투자하며 그녀의 시간을 산 남자에게 몸을 맡기며, 이 남자가 지금 무슨 헛소리를 하는 거야, 하며 그만 분위기 잡고 침대로 갔으면 했다.

　맥주를 한 캔 비운 인수가 또 한 캔을 따서 죽 들이켰다. 저녁 먹을 때 마신 소주와 맥주가 위장에서 섞이며 인수를 알딸딸하게 취하게 했다.

　인수는 알코올이 세상을 손바닥만 하게 보이게 하여 가볍게 붕 뜬 상태에서 젊은 여인이 풍기는 아릿한 체취와 부드럽고 따뜻한 체온을 즐기며 한가롭고 느긋하고 포근한 행복을 즐기다 눈을 들어 바다를 가로지르는 다리의 조명을 내려다보며, 아랫배에서 밀려 올라오는 정욕을 은근히 즐겼다.

　남자가 침대로 갈 생각을 않자, 정임은 그냥 몸을 맡긴 채 중얼거렸다.

　"저 아빠, 인도 갔을 때 가이드가 마나식 사원이 2,500년 전에 500년간 건설되었다고 하여, 인터넷을 찾아봤더니 1600년대에 약 40년에 걸쳐 지었대요. 가이드가 거짓말했어요."

　"우리한테는 2,500년 전에 지었으나 1,600년대 지었으나 별 상관없지만 힌두교를 믿는 사람한테는 2,500년 전에 500년에 걸쳐서 지었다면 더 신비롭고 믿음이 깊어질 거야. 종교라는 것은 믿음이 바탕이 되는데 가능하면 과학으로 설명할 수 없는 기적이 많을수록 좋지. 부처님이나 예수가 참 기적을 많이 행했는데, 과학적으로는 증명할 수 없지만 믿음을 키우는 데는 더없이 도움이 되지. 믿음은 종교의 바탕이야. 그래서 종교 창시자가 행했다는 기적을 많은 사람들이 믿게 되면 종교가 되고, 소수가 믿으면 사교가 되지. 미신과 종교의 차이도 백지장 하나 차이고. 천 년쯤 지나면 지금은 모르는 다른 행성의 생명을 알게 되고, 우주의 비밀이 밝혀질 거고, 생명의 근원이 무엇이고 우주를 가득 채운 암흑물질이나 암흑에너지의 정체도 밝혀지고, 우리가 사는 우주 외에 다른 우주를 찾게 되면 새로운 종교가 나올 거야."

　인수는 정임의 유방을 만지작거리며 눈을 감고 중얼거렸다.

　남자가 하는 말을 잘 이해하지 못한 여자는 아빠 안 추우세요, 하며 그만 침대로 가자고 신호를 보냈다.

"어 그 말을 들으니 좀 추운 것 같네. 맥주를 마셨더니 방광이 가득 찼어."

인수는 정임을 밀치며 자리에서 일어서서 비틀거리며 화장실로 갔다. 인수가 생리를 해결하고 화장실을 나오니 정임이 침대에 누워서 그를 기다렸다.

인수는 가상현실이 아닌 현실에서 여인과 동침하며 가상현실에서 성욕만을 해결하던 행위와는 다른 남녀가 합일하는 감정의 이입을 느끼며 영혼이 교감하는 기쁨을 맛봤다.

인수는 인도여행 때는 일정이 빠듯하여 피곤하기도 했지만 도덕과 윤리의식이 아빠라고 부르는 여인의 육체를 탐하는 것을 억제했었다. 오늘은 본능에 순응하며 행동했다. 인수는 후천적인 윤리와 도덕에 따른 행동과 선천적인 본능에 따르는 행동 중 어느 것이 더 인간적이지, 더 선하지, 하며 후 한숨을 내쉬며, 문득 품고 있는 여인을 이제 몸을 파는 처지로 남기지 말아야 하지, 하는 의무감이 생겼다.

인수는 나신의 여자를 가볍게 안고 어떻게 하면 이 여인을 구제할 수 있을까 생각했다.

5.

KTX를 내린 인수와 정임은 서울역 대합실에 있는 그릴에서 맥주를 반주하여 저녁을 먹었다.

"이렇게 여행하니 지하 단칸방으로 가기 싫지?"

인수가 정임을 빤히 처다보며, 예쁘게 생겼네, 느끼며 물었다.

"솔직히 좀 그래요."

정임이 수줍게 웃으며 말했다. 보조개가 귀엽다.

"그럼 제의 하나 할까? 나 매일 이렇게 놀기도 지겹고 하여 창업을 할까 하는데.”

“아빠가 창업을?”

정임이 눈을 동그랗게 뜨고 인수를 쳐다봤다.

“응, 3D프린터를 하나 사서 제품을 만들어 팔까 해.”

“3D프린터가 뭐예요?”

“종이에 인쇄하는 프린터는 알지?”

“네.”

“그것과 마찬가지로 재료를 넣고 작동시키면 컴퓨터에 입력된 모형을 찍어내는 프린터야.”

정임이, 아, 하고 이해하는 눈짓을 했다.

“그래서 3D프린터로 아이디어를 찍어내서 팔까 하거든. 아이디어만 좋으면 소품을 생산하여 상품성이 있을 거야. 그래서 정임을 동업자로 끌어들이고 싶은데.”

“저를 동업자로요?”

“이렇게 만난 것도 인연인데. 몇 번 만나보니 정임이 성품도 좋고, 머리가 반짝하여 아이디어가 나같이 굳은 머리보다 잘 나올 것 같아.”

“저 고졸도 안 돼요.”

“아이디어는 학벌이 높다고 나오는 것이 아니야. 그리고 동업하게 되면 내가 4차산업에 맞는 대학에 보내줄게.”

“저 고등학교 졸업장이 없어서 대학 못 가는데, 대학입학 검정고시 보라고요?”

“응. 한 일 년 하면 될 텐데. 고등학교 과정 공부하기 싫으면 내가 기술대학교 교무처장을 아니 청강생으로 등록하고 배우면 되지만 정임이 아직 7, 80년은 더 살아야 하니 학위를 따는 것이 좋을 것 같은데.”

“저 갑작스런 말씀이라 정신이 멍해요.”

“그럼 생각해 봐. 우리 집에 들어와서 같이 살면서.”

정임은 인수의 제의에 어리둥절했다. 애첩으로 한 집에 살자는 것도 아니고, 동업자로 한 집에 살잔다!

먹여주고 재워주고 학교까지 보내준단다.

'그 대가는 내 몸?'

힘들게 알바하고 섹파까지 하며 돈을 벌어도 가난은 면할 길이 없고, 이렇게 하다가 나이 들면 섹파도 못하고, 고등학교 중퇴 학벌로는 할 것이 없어 정부에서 주는 수당이나 받아먹고 살아야 하는데….

정임은 생각이 많았다.

"자, 그만 가지. 대답은 며칠 두고 생각해 보고 해. 우리 집에서 살면서, 나는 혼자 창업하는 것보다는 아이디어가 팡팡 나오는 젊은 사람이랑 창업하면 좋을 것 같아."

인수는 택시에 정임을 태우고 그의 집으로 갔다. 인수의 집은 2층 양옥으로 50평쯤 되는 잔디밭 정원이 있었다. 지붕도 벽도 모두 태양광 패널을 덮었다.

인수는 2층에 목욕탕이랑 화장실이 있다며 2층을 쓰라고 했다.

정임은 청계산이 내다보이는 2층 침대에 누워 그녀에게 닥친 행운(?)을 곱새기며 이런 기회가 오는 것이 기도의 효험인가, 하며 4차산업, 3D프린터라는 생소한 분야에서 그녀가 무엇을 할 수 있을까 생각하며 인수의 제의를 받아들일까, 말까 생각했다.

인수는 소파에 앉아 어두운 창밖을 내다보며 묘한 감정을 추슬렀다. 이 집에는 지난 3년 동안 명절에 아들이 가족을 데려와서 잠시 머물 때를 제외하곤 인수 혼자 살았었다. 그런데 지금 2층에 젊은 여인이 자고 있다. 몇 달 전만 해도 그녀가 이 세상에 살고 있는지도 몰랐다.

인수는 그녀에게 이 집에서 같이 살자고 한 것이 동업을 위한 것인지, 동거를 바란 것인지, 자신에게 물어보며, 그녀가 그의 제의를 받아들일 것인지, 아니면 그의 제의를 거절하고 옛날 생활로 돌아가서 그녀가 믿는 신, 여호와에게 보다 나은 삶을 달라고 기도할까, 예단을 할 수가 없었다.

　유가에서는 10년 단위 나이별로 40에 불혹, 50에 지천명, 60에 이순, 70에 종심 등 인격 성장의 기준을 제시한다.

　그런데 80은 제시하는 말이 없다. 필자가 종심을 10년 넘는 나이까지 살았으니 참 오래 생을 즐긴 셈이다.

　그냥 80은 자유분방이라고 하면 어떨까?

　나이 들어서도 위를 보며 살라며, 베르디는 85세에 '아베마리아'를 작곡했고, 괴테는 80세에 '파우스트'를 냈다는 고사를 들먹이며, 그런 높은 목표를 가지고 살아가라고 한다.

　베르디가 85세에 명곡을 작곡할 수 있었던 것은 몇 십 년 동안 많은 오페라 명곡을 작곡하며 쌓은 내공이 빛을 더한 것이요, 괴테가 명작을 발표할 수 있었던 것은 수십 년 작품을 쓴 내공의 정수가 모아져서 파우스트를 완성한 것이다.

　범인은 그저 그런 노익장도 있었어, 하며 자기 분수에 맞는 정도의 내공을 쌓고 인생을 흐르는 세월에 맡기고 관조하며 조그만 성취의 기쁨을 느끼면 되지 않을까, 생각한다.

2020년은 좀 특별한 한해다. 인류는 기술이 주는 유토피아를 즐기다가 기술문명의 찌꺼기가 불러온 자연 재앙에 치이며 고전하고 있다.

연초부터 퍼지기 시작한 단백질 덩어리 코로나19 바이러스의 침공에 사회적 동물인 인간은 그들을 만물의 영장으로 우뚝 서게 한 원동력인 사회적 생활을 접고 언택트(Untact), 온택트(Ontact) 생활을 눈살 찌푸리며 살아간다.

일곱 번째 창작집을 낸다.

언택트 생활을 하며 이 잡지 저 잡지에 발표했던 것을 모은 거다. 저자 나름대로 80평생을 살아오며 경험하고, 느끼고, 생각했던 줄거리를 엮은 것으로 창작집을 내며 작은 성취를 느낀다.

앞으로 두어 권 더 이런 창작집을 내야지, 하며 살아간다.

2021년에는 과학이 빛을 발해 코로나 방역 성공을 바라며, 이 책을 읽으시는 분들 다 행복한 새해를 맞이하시길 바란다.

2020년 12월

테크노토피아

지은이 / 양창국
펴낸이 / 김정희
펴낸곳 / 지구문학

03140, 서울시 종로구 종로17길 12, 215호(뉴파고다 빌딩)
전화 / (02)764-9679
팩스 / (02)764-7082

등록 / 제1-A2301호(1998. 3. 19)

초판발행일 / 2020년 12월 15일

ⓒ 2020 양창국 Printed in KOREA

값 15,000원

E-mail/jigumunhak@hanmail.net

※잘못된 책은 바꿔드립니다.
※저자와의 협약으로 인지는 생략합니다.

ISBN 979-11-965316-7-6 03810